상처, 나를 만나다

초판 1쇄 발행 | 2019년 5월 27일

지은이 | 장유진
펴낸이 | 공상숙
펴낸곳 | 마음세상

주소 | 경기도 파주시 한빛로 70 515-501

출판등록 | 2011년 3월 7일 제406-2011-000024호

ISBN | 979-11-5636-332-3 (03810)

원고 투고 | maumsesang@nate.com

ⓒ장유진, 2019

* 값 13,200원

* 마음세상은 삶의 감동을 이끌어내는 진솔한 책을 발간하고 있습니다.
참신한 원고가 준비되셨다면 망설이지 마시고 연락주세요.

이 도서의 국립중앙도서관 출판예정도서목록(CIP)은 서지정보유통
지원시스템 홈페이지(http://seoji.nl.go.kr)와 국가자료종합목록시스템
(http://www.nl.go.kr/kolisnet)에서 이용하실 수 있습니다. (CIP제어번호 :
CIP2019016543)

상처, 나를 만나다

나는 나의 선택을 후회하지 않는다

상처, 나를 만나다

장유진 지음

마음세상

들어가는 글

인생에는 개개인 나름대로 각자만의 몫이 있다. 나는 나의 몫을 챙기지도 못하면서 지금껏 타인의 삶을 탐내면서 살기 바빴다. 이 책을 통해 잊으려고만했던 나 자신에 대해 깊게 들여다보는 소중한 시간을 가졌다. 나 자신과 직면하게 되니 그제야 내 삶이 보였다. 타인의 삶을 탐내지 않고 오로지 내 삶만을탐내고 가꾸면서 살아갈 용기가 생겼다.

꿈이 있었다. 어릴 적 한글을 떼고 말을 시작하면서부터 주변에서는 장래희망을 물어봤고 나는 답했다. 어릴 적 장래희망은 대통령, 의사, 한의사 등 사회적 지위가 높은 것만 말했다. 그게 정답이라고 생각했었던 것 같다. 하지만 나의 마음속 장래희망인 꿈은 따로 있었다.

'언젠가는 글 쓰는 작가가 될 거야.'

항상 꿈을 생각하면서 살았지만, 어느 순간 그 생각도 멈추고, 잊어버린 채사는 나를 발견했다. 행복을 약속했던 결혼생활에 남편의 외도로 인해 나는 좌절감에 몸부림쳤다. 돌이켜보니 그 순간을 맞이하지 않았더라면 나는 아직도 나를 발견하지 못했을지도 모르겠다. 삶에 있어서 일어나는 무수히 많은 우연 중 아주 사소하고 작은 것이 작은 공간에 머물고 있던 나를 거대한 우주로 이끌어 줄 것이란 것은 상상도 하지 못했다. 상상하지 못한 것을 나는 이루었고 그 과정을 담담히 이야기 건네고 싶다. 이 이야기가 지금 많이 힘든 당신에게 따뜻한 위로와 응원이 되었으면 한다. 또한, 묻고 싶다.

"당신은 꿈이 있나요?"

꿈이 있다고 말한다면 그냥 하면 되는 것이다. 정말 그것이 전부이다. 어려운 것이 결코 아니다. 인생은 짧고 단순하다. 우리들은 인생에 있어서 무엇인가 아주 큰 것을 이루어야만 성공한 삶과 잘 사는 삶이라고 생각하지만, 내가 하고 싶은 게 있으면 그냥 하면 되고 그게 인생의 선물이다.

꿈을 이룰 수 있는 사람이 몇 %라고 정해져 있는 것도 아니다. 내가 하고 싶은 것이 있으면 당장 하자. 그럼 나도 꿈을 이룰 수 있는 사람에 속하는 것이다. 그래서 나는 미루고 미루었던 글쓰기에 도전했다. 내가 입은 마음의 상처로 인해 어찌할 바를 모르고 아픔을 견디는 것만이 내가 할 수 있었다. 하지만 상처 속에 파묻혀 살고 싶지 않았다. 치유하고 싶었다. 나 자신을 치유할 수 있는 사람은 오로지 나. 자신뿐이었다. 글을 쓰면서 인생에 관해 바라보는 시각이 달라졌다. 여기저기 흩어져있던 잡념들이 정리되었다. 글을 쓰면서 자신에 대한 반성과 내가 생각해오던 이성적인 사람으로 개선과 더불어 발전시킬 수 있는 계기를 만들어 주었다. 이것이 글쓰기의 매력이다. 매력에 빠지면 헤어 나오기 힘들 것이다.

정보화 사회인 지금 무수히 많은 정보가 쏟아지고 있는데 나는 그 정보들을 주워 담고 흡수하기도 벅차고 정신을 못 차렸다. 나는 정보를 전달할 수 있는 사람이 될 수 없다고 생각했다. 그런 정보를 누군가에게 전달할 수 있는 사람은 사회적으로 성공한 사람들만이 누릴 수 있는 혜택이라고 여겼다. 하지만 그것이 아니란 것을 깨달았다. 삶이라는 공간에 우리가 나타난 순간부터 개인의 삶을 쓰는 우리들은 누군가에게 힘이 될 수 있는 존재라는 것을 알았다. 두려움에 스스로가 도전하지 않았던 것이고, 그 두려움을 깨뜨릴 수 있는 사람 또한 자신뿐이다.

"내가 내 인생을 살아가는데 왜 내가 두려워야 해? 그럴 필요 없어!"

때로는 여기저기에서 튀어나오는 역경들을 맞이하면서 넘어지고 좌절할 수 있지만, 그 순간이 기회라는 것을 알아야 한다. 그 순간 자기성찰의 시간을 가져야 한다. 그런 시간을 가지지 않으면 내가 바라던 길과는 다른 아예 반대 방향으로 걸어가게 될 것이고, 걸어가다 보니까 돌아가기에는 너무 멀고 돌이킬 수 없는 강을 건넜다는 말처럼 되어버리는 것이다. 그렇다고 이미 돌아가기에는 늦었다. 라고 말할 수 있을까? 이 말 또한 아니다. 돌아갈 수 있다. 지금 당장! 그렇게 살지 않으면 된다.

인생은 계속 우리에게 기회를 주고 있다. 우리들은 그 기회를 무수히 많은 변명을 하면서 그 기회를 놓치고 있다. 나 또한 지금까지 그랬다. 나이가 30대가 되고 보니 사람들이 말하는 것처럼 '이게 뭐지?'라는 생각이 계속 들었다.

'이게 뭐지? 나한테도 30대가 왔어. 대박.'

막상 30대가 되고 보니 무섭고 두려움이 몰려왔다. 내게도 곧 40, 50대가 오겠구나 싶었다. 더는 시간을 의미 없이 흘려버려서는 안 되겠다는 강한 의지가 생겼다. 무엇인가 나만의 길을 걷고 싶어졌다. 하루하루를 소비하지 않고, 내게 주어진 하루하루를 의미 있게 생산하면서 살고 싶어졌다. 앞으로도 어떤 형식으로든 나의 삶은 글과 함께하고 소통하고 있을 것이다.

당신이 언제나 꿈을 이야기하며 살길 바란다.

제1장
평범한 인생

꿈꾸며 상상하며

두 눈을 감으면 그곳이 펼쳐진다. 아카시아 향기가 가득하고 그 향기에 취해 동네의 모든 꿀벌이 몰리는 곳. 계곡물이 졸졸졸 맑은 음을 내며 다리 밑으로 흘러갔다. 광활한 몽골의 초원이 부럽지 않은 곳, 바로 내가 태어난 곳이다. 정겨운 사람들이 모여 살았던 시골 동네였다. 이제 이곳을 다시는 갈 수 없다. 나의 고향은 수몰 지역이 되었고 나의 동네는 어릴 적 내가 그렸던 상상화처럼 물속에 존재하게 되었다.

그곳에 가면 낚시꾼들만 잔뜩 있지만, 그곳은 내 기억 속에 살아 숨 쉬고 존재하고 있다. 나의 유년시절 우리 집은 과수원을 크게 했었다. 너무 넓어서 없던 과일이 없었다. 사과나무, 배나무, 자두나무, 복숭아나무, 모든 나무는 쉽게 볼 수 있었다. 나무들은 어릴 적 나의 친구였다. 집 앞마당 앞에 뚝 하니 서 있던 큰 사과나무가 가장 좋았다. 나에게 아낌없이 주는 나무였다. 덩치도 크고 튼실했다. 초등학교 수업이 끝나고 노란 학교 버스를 타고 집으로 오는 것이 나의 일상이었다. 버스에서 내리자마자 빛의 속도로 달려 집으로 오곤 했다. 한시도 가만히 있지 않고 설쳤다. 어릴 적 그렇게 설치고 까불어대던 게 내가 이 세상에 태어났다는 환호의 몸부림이 아니었을까.

나무에 매달리고, 기어 올라가 나뭇가지에 누워있고, 흥얼흥얼 노래를 부르고 책을 읽어주었다. 나무와의 대화는 일방적이었지만 내가 듣고 싶은 말을 해주어서 끊을 수 없었다. 어릴 적 나는 타잔보다 빨랐고 나무를 잘 탔다. 시골의 자연환경은 상상의 나래를 펼치기에 전혀 부족하지 않았다. 커서 소 박사가 되겠다며 온종일 소여물을 먹이며 소를 관찰했고, 병아리와 함께 놀고 싶어서 졸졸 따라다니다 닭의 공격을 받기도 했다. 밭에 있는 고운 흙들은 내가 진흙으로 만들어 케이크로 재탄생 시켰고 우리 집 마당은 나의 지시 하에 움직이는 또 다른 새로운 세상이었다. 언니와 함께 신문을 읽으며 뉴스를 진행하는 아나운서가 되어보았고, 긴바지를 뒤집어쓰고 엄마의 빼딱 구두를 신고 립스틱을 바른 후 논두렁에서 SES의 노래를 부르며 가수가 되겠다고 소리쳤고, 허준 같은 훌륭한 한의사가 되겠다며 모나미 볼펜으로 친구들의 손에 혈을 눌러주겠다며 검은 점을 마구 찍었다. 지금 생각해보니 나의 어린 시절 내 머릿속은 상상으로 뜨거웠다. 무엇인가를 상상하는 것이 즐거웠다. 상상하고 있는 그 시간만큼은 온몸에서 전율이 돌았다. 꿈에서 그토록 좋아하던 연예인을 만나 사랑하는 사이로 나왔을 때. 그때 딱 잠에서 깨버리면 다시 그 꿈을 이어가겠다고 잠을 청하는 것처럼 상상하는 시간은 무척 행복했다.

내가 잠이 많은 이유가 상상의 달콤함을 그때 맛본 것이 무의식에 남아 있지 않을까. 상상하는 것을 좋아하던 나는 우연한 계기로 고등학생 때부터는 글을 쓰는 작가가 되는 상상을 시작했다. 교내에서 학생들에게 독서를 권장하기 위해 실시했던 독후감 쓰기 대회가 있었다. 잊고 있었는데 곰곰이 생각해보니 그때 독후감 제출한 것이 꿈의 싹이었을까? 나의 독후감을 읽으신 선생님께 칭찬을 받았는데 머쓱하면서도 기분이 좋았다. 내가 쓴 글을 누군가가 읽어보고 칭찬해주니 무엇인가 내가 대단한 사람이 된 것 같았다. 칭찬으로도 두 볼이 발그레하고 가슴이 벅찬 상태였는데 학교에서는 상장까지 주었다. 그 상장이 뭐라고 그때 나의 어깨가 한껏 올라가 있었다. 그 사건 이후 글과 관련된 학교행사에 자연스럽게 이름을 올리게 되었다. 그중 하나가 경상북도 학생들의 문화 축제인 화랑 문화재(백일장)에 참석해서 운문 부분에 도전했다. 학교마다 몇 명씩 배정되어 온 것이었고 수많은 학생들이 있었기에 나는 결과를 기대하지 않았다. 그저 공가를 내고 학교 밖에서 시간을 보낼 수 있다는 것이 좋았다. 아직도 기억난다. 백일장을 마치고 집으로 향하기 전에 선생님, 친구들과 함께 먹었던 두부조림 맛을 잊을 수 없다.

"축하해. 유진아."

까맣게 잊고 있던 화랑 문화재 결과가 나왔다. 전혀 기대하지 않았던 나의 시가 두서의 성적을 거두었단 선생님 말씀에 한참을 의아해했다.

"제가요?"

상장을 보며 뿌듯함도 잠시 불신의 감정이 솟아났다.

'이것은 비리다. 학교마다 인원을 정해두고 상을 주는 것이 아닐까?'

자신감이 없던 나는 상을 받으면서도 왜 나에게 상을 주는지 이해가 되지 않았다. 그런 불신을 혼자만 생각하다가 내 의문은 시간에 밀려 점점 자취를 감추었다. 그 상 덕분에 문학영재 캠프에 참석하는 영광을 얻었다. 그곳에서 처음으로 정호승 시인을 만나게 되었다. 내 인생에 처음으로 시인을 만나는 순간이었다. 그때 받았던 시선집이 '내가 사랑하는 사람'이었다. 그 시집에서 만난 시들을 보면서 가슴이 따뜻해지는 것을 느꼈다. 친구가 괜찮다며 등을 토닥거려주는 것 같은 기분이었다. 시들은 포근했다. 그중에 유독 나의 시선이 많이 갔던 시가 있다. 그것은 '수선화에게'였다. 그 시를 읽고 있으면 고민 걱정들이 내려 놓이고 담담해졌다. 시의 구조상 많은 내용인 아닌 글로 많은 생각과 따뜻함을 느낄 수 있다는 것이 새삼 놀라웠다. 그때 글은 영향력과 힘이 있다는 걸 조금 알게 되었다.

"장유진 님, 시는 인간을 위로해줍니다.
　2005.12.27. 정호승"

문학영재 캠프를 다녀온 후부터 도서관에 가는 발걸음이 늘어났다. 이런저런 책들을 보면서 상상했다. 언젠가는 드라마를 쓰던, 시를 쓰던, 수필을 쓰던 어떤 유형으로든 글을 쓰고 있겠다고 생각했다.

누군가가 "꿈이 뭐예요?" 라고 물으면 뭔가가 있어 보이게 "작가에요."라고 말하는 내 모습을 그리며 단맛에 빠져있었다. 그러나 거기까지였다. 글을 쓰는 작가가 나의 꿈이 되었지만, 그 길을 향해 나아가는 방법을 몰랐다. 사실 자신감도 없었다. 이상보다 현실이 급했기 때문에 내가 가지고 있던 꿈의 열기가 식어갔다. 하루 이틀이 지나면서 고등학교 졸업 후의 미래가 걱정되었다. 내가 고등학교를 인문계가 아닌 실업계를 선택한 것도 대기업에 취업하는 것이 목표였다. 내가 돈을 벌어서 공부해야 하는 가정형편이었다.

내게는 언니와 남동생이 있었는데 언니는 똑똑했고 야무졌다. 언니는 지역에 있는 이름 있는 인문계에 진학했었다. 부모님이 돈 걱정하는 소리를 자주 하셨는데 그 말이 내심 깊이 박혔던 것 같다. 아무리 생각해도 나까지 인문계 고등학교에 진학하면 부모님의 등골이 휠 것 같았다. 또한, 잘 자라고 있는 남동생이 나로 인해 인문계 고등학교에 가지 못할까 봐 걱정되었다. 나는 취업을 나가서 돈을 벌고 사내대학을 다니면 되겠다는 마음을 먹고 나 스스로 선택한 길이었다. 고3이 되다 보니 취업에 문제가 생길까 항상 노심초사가 되었다. 나의 꿈이라고 말했던 작가에 대한 생각들은 어디로 숨어버렸는지 더는 생각하지 않았다. 나는 현실과 타협이라는 것을 하고 있었다. 그 타협 또한 내가 살아남기 위한 것이었고 그 당시 나에게는 제일 나은 선택이었다.

고3 때 구미에 위치한 핸드폰 제조업체인 A사 대기업에 취업을 나가기 위해 준비하고 있었다. 면접에 최종합격까지 하고 현장실습을 나갈 날만 기다리고 있었는데 연락이 없었다. 어찌나 애간장이 타던지 태어나서 그렇게 긴장되었던 적이 있었나 싶다. 내가 현실과 타협하고 선택한 길인데 하나라도 어긋나게 돼버리면 어쩌지 하는 걱정이 이만저만이 아니었다. 여러 가지 방면을 생각해보고 대안을 마련해뒀어야 했는데 그때는 하나밖에 생각이 되지 않았다. 오로지 A사 대기업! 그토록 기다렸던 현장실습은 고등학교를 졸업한 후 한창 더운 여름에 구미가 아닌 천안에 있는 A사 대기업 LED 공장으로 갔다. 그것만 바라보며 지냈기에 현장실습 가는 당일에 슬프다는 생각을 전혀 하지 않았다. 부모님과 집을 떠나서 약 3시간 거리에 있는 곳으로 가는 것인데도 말이다. 친구들과 천안역에 도착해 대기하고 있던 버스를 타고 기숙사로 향했다. 방 배정부터 시작해서 앞으로 일할 공간에 대한 전반적인 교육을 받았다. 모든 것이 내 눈에는 신선하게 다가왔다. 내가 담당하게 된 업무는 LED 판넬을 검사하는 공정이었다. 뉴스에서만 보던 방진복이라는 우주복을 입게 되었다. 그 옷을 입은 순간부터 나의 20대 초반 시계는 빠르게 지나갔다. 하루에 12시간씩 교대근무를 했다. 주말의 개념도 없었고 일주일 일을 하고 이틀 쉬고 또다시 일하는 패턴이었다. 그곳에서 만난 친구들이 없었다면 견뎌내지 못했을 시간이다. 계속 빠르게 지나가는 판넬만 바라보고 집중하고 있었다. 그곳에서 일한 지 한 1년이 지났을 때부터였다. 저녁 근무시간에 1시간씩 야식을 먹고 휴식을 취하는 시간이 있었다. 배식을 받고 자리에 앉으니 자꾸만 코에서 콧물이 흐르는 느낌이 들었다. 휴지로 닦아보니 콧물이 아닌 코피였다. 휴지로 콧구멍을 막고 밥을 먹자니 도통 입으로 들어가지 않았다. 생활방식이 수시로 바뀌어야 하는 환경인데 적응하기에는 내 체력이 약했다. 반복되는 업무를 하면서 회의감이 밀려왔다. 급여는 어린 나이에 받는 금액으로는 많았지만, 가슴이 뛰는 일이 아니었다. 내가 생각했던 직장생활과는 거리가 멀게만 느껴졌다. 언제나 바꿔서 끼울 수 있는 나사 같은 존재가 되어가고 있단 생각을 떨칠 수가 없었다. 하지만 나는 그곳에서 버티어야만 했다. 나는 스스로 자립해서 사내대학을 가려는 목표가 있었기 때문이었다. 나의 건강상태와 근무환경으로 보았을 때 집중적인 공부는커녕, 졸업장만 따는 것으로 목표가 변질될 우려가 생겼다. 그때부터 근무시간에 메모장을 열어 나의 고민을 하나, 둘 적어나가기 시작했다. 12시간 서서 일하면서 잠깐씩 끄적거려도 한 페이지가 금방 차버렸다. 나의 고민이 쌓인 흔적들을 보고 있으면 막막하기만 할 뿐 쉽사리 선택을 내리기가 어려웠다. 선배들에게 같은 질문을 하고 또 하고 또 한 후에나 두려움이 살짝 걷어지고 2년 6개월 만에 사표를 제출하고 나왔다.

우리가 하는 아주 사소한 행동 하나도 나중에 보면 작은 씨앗이 될 수 있다.
어제도 오늘도 계속 머릿속에 띄워진 상상의 배에 올라타라.
바람이 부는 방향대로 가다 보면 어딘가에 도착해있을 것이다.

작가의 삶을 그리다

　우리들의 삶에 이제는 뗄래야 뗄 수 없는 물건이 하나 있다. 텔레비젼을 켜는 리모컨이다. 집으로 돌아오면 제일 먼저 무엇을 하는지 곰곰이 생각해 본 적이 있는가? 나는 항상 집안에 들어오면서부터 텔레비젼 리모컨을 잡는다. 혼자 자취할 때부터 생긴 버릇이다. 퇴근 후 집으로 돌아왔을 때 흐르는 차가운 공기, 적막한 분위기가 나를 더욱 외롭고 지치게 했다. 나는 누군가의 목소리가 필요했다.

　텔레비젼에서 흘러나오는 예능프로그램에서 껄껄껄 하며 말이 안 되는 소리를 해도 그 소리는 나의 공허함을 채워주었다. 온종일 사무실 의자에 앉아 업무적인 전화를 받느라 정신이 없었고, 눈에 피곤함이 몰려와도 모니터와의 시름은 벗어날 수 없었다. 24시간이 모자를 만큼 바빴다. 저녁노을을 볼 수가 없었다. 늘 달과 별이 높게 떠 있을 때 사무실 밖으로 나왔다. 퇴근하고 나면 입에 거미줄이 쳐질 만큼 아무 말도 입 밖으로 꺼내지 않았다. 집으로 가는 길에 보이는 편의점에 들러 맥주 한 캔과 과자 한 봉지를 사서 집으로 돌아왔다. 신발장에 발을 내딛는 순간, 뜨겁게 엔지를 굴렸던 자동차의 시동을 끄듯 나의 모든 기운이 꺼져버렸다. 축 늘어진 어깨를 지고 리모컨을 잡고 텔레비전을 밝히고 볼륨은 최대한 크게 틀어놓은 후 움직였다. 옷을 갈아입고 씻고 텔레비전 앞 벽에 기대어 사 온 맥주와 과자를 뜯었다. 직장인들이 가장 좋아하는 시간이고 행동일 것이다. 쉬고 있는 기분이 드니까 말이다.

텔레비전의 '일시 정지' 버튼이 우리들의 삶에도 있으면 얼마나 좋을까?

고민되는 상황이 닥칠 때, 불편한 자리에서 피하고 싶을 때, 그냥 한없이 쉬고 싶을 때 시간을 붙잡아 둘 수 있는 삶의 일시 정지 버튼 말이다. 그런 것이 있다면 나는 어떤 시간에, 어떤 환경에 머물고 있을까? 항상 올바른 선택의 연속으로 올바른 방향으로 걸어와 있을까? 다시 시작 버튼을 누르지 않은 채 멈추었던 곳에 계속 멈추어져 있진 않을까?

고민하며 머리 아픈 상황에 놓이는 것도 싫고, 새로운 것에 대해 두려움이 많은 나는 후자를 선택했을 것이다. 다행히 우리들의 삶에 시간은 일시 정지가 되지 않기에 여전히 움직이고 있다. 나는 시간을 타고 지금 이곳에 있다.

나에게는 좀 유별난 점이 있다. 과거에 있었던 기억이 잘 나지 않는다. 지금 생각해보니 나는 기억이 잘 나지 않는 것이 아니라 잊으려고 노력하고 묻어둔 것이었다. 옛 기억들을 떠올리면 예전의 나를 마주 봐야 했고, 행복했던 것보다 불행했던 것이 더 많이 떠올라 가슴이 먹먹해지는 것이 싫었다.

나는 고등학교 시절을 떠올리고 싶지 않다. 분명 좋은 친구들과 즐거웠던 기억이 존재하는 반면에 슬펐던 기억의 공간이 컸다. 나는 학창시절에 일탈이라고는 없었다. 사춘기도 없었다. 학교, 집, 밭이 나의 행동반경이었다. 학교에서는 수업시간에 절대 졸지 않았고 하나라도 놓칠까 봐 수업에 집중했다. 조용했고 재미도 없었다. 내 입에서 나오는 말이란 것은 유머라는 것이 전혀 첨가되어 있지 않았다. 딱딱하고 지루한 말들뿐이었다. 교과서에서 알려준 대로 살아가고 있었다. 바른 행동, 바른 말을 하는 모범생이었다. 내 고향은 작은 지역이다 보니 초중학교를 함께 졸업하고 같은 고등학교에 올라왔기에 그 친구들과 자연스레 무리가 형성되었다. 고등학교 2학년쯤이었을까? 무리 지어 다녔던 친구들 사이에서 나는 일명 은따였다. 은근히 따돌림당했다. 다른 교우들과는 사이가 원만했지만, 항상 하교 후 함께 하는 친구들 사이에서 그런 느낌을 받으니 그 시절에는 감당하는 것과 감정이 조절되지 않았다. 표현했으면 좋았을 텐데 내색도 할 수도 없었다. 학창시절에는 한번 같이 어울려 다니면 졸업할 때까지 함께 가야 하는 존재라고 믿었다. 환경이 변하는 것이 두려웠기 때문이다. 그 시절의 기억이 매우 흐릿해졌지만 조금 선명하게 가슴에 남아 있는 일이 있다.

하교 후 버스를 타고 집으로 가야 하는 친구들이 있었다. 버스 시간을 기다려 주기 위해 종종 시간을 함께 보냈다. 그 당시에 나는 어떤 유형으로든지 실수하는 것이 싫었다. 완벽주의를 지향했다. 점점 말수가 적어졌던 이유도 그런 생각을 스스로 하고 있었기 때문이었는 듯싶다. 말 하나로 친구에게 상처를 줄까 하는 걱정스러운 마음이 쌓이다 보니 이상한 성격이 되었다.

함께 다녔던 친구가 5명인데 그중 한 명이 유독 나를 좋게 보지 않았다. 친구들의 수다 사이에서 나는 조용히 함께 그 공간에 있었다. 함께 걸어가는데 친구들의 발걸음이 자꾸만 뒤처졌고 나는 자연스럽게 한 두 걸음 앞서 걷게 되었다. 사람들은 분위기를 직감하게 되는데 그때도 그냥 아무렇지 않은 척해야 하는 분위기였다. 친구들이 나의 뒤에서 나에 대해 비아냥거리며 구시렁거리는 소리가 들렸다. 앞에 걷던 나의 얼굴은 점점 굳었지만, 뒤돌아볼 수 없었고 표현을 어떻게 해야 할지 몰랐다. 뒤통수가 뜨거웠지만 아무렇지 않은 척 걸었다. 그냥 시간이 지나가기만을 바라고 있었다. 친구가 버스 타고 집으로 돌아가고 혼자 집으로 걸어가는 그 시간만을 기다리고 있었다. 혼자 터벅터벅 집으로 향할 때쯤, 혼자 남게 될 때가 마음이 한결 편안해졌다.

집 앞에 도착하자 울음이 눈물샘까지 차올라 방으로 직행했다. 무슨 일 있었냐며 걱정스럽게 방문 앞에서 말을 걸던 엄마의 목소리를 뒤로 한 채 방문을 걸어 잠그고 펑펑 울었다.

견디기 힘든 시간에 나는 일시 정지가 필요했다.

그때 나만의 일시 정지하는 방법은 잠을 청하는 것이었다. 한숨 자고 일어나면 아파 죽을 것 같던 마음도 진정된 상태가 되었다. 일어나서는 있었던 일을 생각하지 않기 위해, 잊기 위해 노력했다. 불현듯 생각이 튀어나올 때마다 머리를 힘껏 좌우로 흔들어 댔다. 행동이 반복되니 자연스럽게 몸에 익혔다. 반복되고 반복되다 보니 나는 어느새 옛 추억이 잘 생각나지 않았다. 꺼내지 않고 다 묻어두었다. 내가 힘들었다는 사실을 그 친구는 모를 것이다. 내가 말을 하지 않았고, 표현하지 않았으니 당연히 그럴 것이다. 그 시절에는 그 친구가 아주 미웠고 사회 초년 때까지도 그 생각 자체를 하고 싶지 않았다.

최근 들어서야 알게 되었다. 나 혼자 그 친구를 미워했고 혼자 괴로워했음을 말이다. 그 시절의 내가 많이 부족했었구나. 그 친구 입장에서는 나라는 친구가 마음에 안 들었을 수도 있겠다. 충분히 그럴 수도 있었겠다 싶었다. 내 마음 속의 앙금을 그 사실을 마주하니 느슨히 풀어졌다. 시간을 타고 지금에 와서야 보니 그때 그 시절의 내가 자세히 보였다.

또한, 조금 더 가만히 나를 들여다보니 나의 주변에는 책이 많았다. 케케묵은 도서관 냄새를 맡으며 책을 읽는 것을 좋아했고, 서점에 가서 끝까지 다 읽지도 못할 책들을 많이 사두었다. 책을 읽는 속도는 달팽이처럼 느렸다. 책에서 전달하려는 작가의 메시지를 하나라도 놓칠까 정독을 하는 편이었다. 책을 읽다가 한 문장이 가슴에 박힐 때. 계속 입속에서 중얼거리고 있을 때. 그 문장만으로도 버틸 힘이 났다. 책들을 서점에서 들고 오면서 스쳐 지나가듯 생각했다.

'나도 나중에 나이 들어서 이런 이야기를 책으로 써야겠다.'

그 생각은 구름처럼 정말 스쳐 지나가서 사라졌다. 책이란 것은 위대해 보였고 그 책을 쓰는 사람은 더더욱 위대한 존재였다. 나는 시중에 책을 낸 작가들처럼 많이 배우지도 못했고 지식도 얕고 내가 쓰는 글은 누구나 쓸 수 있다고 생각했다. 욕심을 내선 안 되는 것 중 하나가 책을 쓴다는 것이었다. 그러면서도 가슴속에 품고 고이 간직했던 생각이 "나중에 책 쓸 거야." 였다. 내게 나중에라는 말은, 나중에는 정말 할 수 있을 거란 희망을 품을 수 있게 해주었다.

내 가슴속에서 지워지지 않았다. 화석처럼 자리 잡고 있었다. 희망에 의존해 따분한 현실을 견디며 살아가고 있었다. 현실에 안주하지 않았고 더 큰 꿈을 갖고 잘 살아가고 있다고 혼자 확인하고 싶었던 모양이다.

우리들은 24시간 계속 말을 하고 있다. 입으로 내뱉는 말, 혼자 상상하는 말, 혼자 속으로 되새기는 말. 그 말들을 모으고 모아두면 재미난 책을 쓸 수 있지 않을까? 나는 길을 걷다가 잠시 멈추어서 하늘을 올려다보는 것을 좋아한다. 내가 올려다본 하늘이 아름답지 않았던 적이 없다. 잡을 수 없고 닿을 수 없는 높고 높은 하늘이라서 더욱 가치 있고 아름다움은 깊었다.

고개를 위로 들고 지나가는 구름, 무리 지어 이동하는 새떼들, 조용히 지나가는 비행기들 속의 이야기가 마치 들리듯 속으로 해설을 읊고 있었다. 아마 이런 행동으로 인해서 읊었던 문장들을 다 합치면 책이 나왔을 것이다. 혼자 말하고 머쓱해서 피식 웃은 적도 많다. 사람들이 나를 보고 "좀 독특해. 사차원 같아."라고 했던 그 말에 나도 동조했다.

'에잇, 뭐 하는 거야. 장유진. 진짜 사차원 맞네.'

나만 이런 행동을 할까? 이런 행동을 나만 한다고 생각하는 것 또한 오만일 수 있다고 생각했다.

사람들은 누구나 먼 산을 멍하니 바라보는 시간이 있다. 정말 멍하니 아무 생각 없이 있을까? 분명 생각을 하고 있다. 아무리 가벼운 생각이라도 우리는 머릿속에 생각이 지나가고 있다. 나는 갑자기 떠오른 명언 같은 짧은 생각들을 이곳저곳에 메모한다. 적어둔 메모를 혼자 보면서 '오, 멋진 말인데?'라고 흡족해하곤 했다. 물론 누군가에게 보여주기에는 부끄럽고 부족한 것을 뼈저리게 잘 알기에 혼자만 좋아하고 즐겼다. 이런 것을 보고 북 치고 장구 치고 혼자 다 하는 꼴일 것이다. 내 가슴속에 아직 작가라는 꿈을 간직할 수 있었던 이유는 혼자 북 치고 장구 치고 할 수 있었단 점이 가장 클 것이다. 내가 단순하고 유치해서 가능했다. 행동으로는 옮기지 못하지만, 상상은 잘하는 아직 어린 마음을 가진 '나'이기에 말이다.

태어나는 순간부터 우리는 그리고 있었다.
행복, 슬픔, 고통, 위로를.
살아가는 전반적인 희로애락을 삶에다 그리고 있었다.
나는 작가라는 꿈을 잃어버리지 않고 간직하고 있었다.
매 순간 나는 그리고 있었음이 틀림없다.

언젠가 나중에

"진짜 오랜만이야. 잘 지냈어?"

"내가 바쁘게 가던 길이라서 그만 가야해. 너무 아쉽다. 우리 나중에 꼭 밥 한 끼 하자."

길을 가다 우연히 동창 친구를 만나 인사를 나눈 적이 있는가? 누구나 한 번쯤은 겪는 일이다. 너무 오랜만에 보게 된 친구라 반갑기도 하면서 또 한편으론 어떤 말을 건네야 할지 모른다. 분명 얼굴은 웃고 있지만, 마음은 불편하고 어색할 것이다. 인사는 나누어야 할 것 같고 그렇다고 계속 길 한복판에 멈추어 옛 추억을 나누기엔 어색한 친구 사이. 한 명쯤은 있을 것이다. 서먹한 그 공기를 깨고 갈 길을 가기 위해 나는 항상 같은 말을 했다.

"나중에 밥 먹자."라고…….

"나중에." 라는 말은 과연 언제일까? 정말 밥을 먹고 싶었다면 언제, 어디서, 몇 시에 밥 먹자고 약속을 했을 것이다. 약속하기에는 부담스러울 때 가장 좋은 말이 "나중에." 이다.

곰곰이 생각해보니 나는 가족, 친구들에게도 "나중에." 라는 말을 질리도록 했었다. 주변 사람들에게도 자주 했던 말을 나 자신에게는 아꼈을까? 그렇지 않다. 더 많이 말했다.

학창시절 우리에겐 황금연휴가 있었다. 바로 방학이다. 지금 직장인이 되어보니 방학이 제일 그립다. 방학이 다가오기 전 스케치북에 방학 때 무엇을 할 것이고, 일과 시간표를 짜던 게 생생하다.

꼭 지키겠다고 열심히 그렸던 시간표는 방학과 동시에 의미를 잃었다. 방문 앞에 붙여놓은 낙서에 불과했다. 방학 숙제도 '내일 해야지.' 하다가 정신을 차리고 보면 방학이 다 끝날 때쯤이다. 나는 한 것이 없는데 시간이 왜 이렇게 빨리 지나갔지? 하며 시간을 탓했다. 밀려놓은 방학 숙제를 하느라 방학이 끝나기 일주일 전이 제일 바빴다. 특히 일기 말이다. 방학 때의 날씨는 항상 맑았고 매일 즐거웠다.

부모님은 숙제점검이나 공부를 두고 잔소리를 하지 않았다. 어릴 적 습관이 될 수 있게 부모님의 잔소리가 있었다면 오늘 할 일을 내일로 미루지 않는 부지런한 한 명이 되진 않았을까? 하곤 생각했을 때도 있다. 나의 문제인데 부모님에게 탓을 돌리는 비겁한 변명이다.

하루 이틀 미루다 보니 자연스럽게 어떤 일이든 미루는 것부터 했다. 개선해야 하는 부분임을 잘 알고 있다. 세 살 버릇 여든 살까지 간다는 속담은 정말 기가 막히게 옳은 듯하다.

"어제의 나는 내가 아니오." 하고 딱 달라져야 습관을 바꿀 수 있다.

생각해보니 너무 많이 무엇인가를 미루는 삶을 산 것 같아서 얼굴이 붉혀지고 부끄럽다.

중학생 시절 나의 몸매는 젓가락이었다. 삐쩍 말라서 나는 먹어도 살이 찌질 않는 체질인 줄 알았다. 나는 쉬는 시간마다 매점으로 뛰어갔다. 10분밖에 되지 않는 쉬는 시간에 나는 달리기를 했다. 복도를 가로질러 질주를 해서 도착한 매점. 그곳에는 초코 빵 몽*이 있었다. 낱개로 팔았는데 한 개에 200원이었다. 몽ㅇ의 달콤함도 좋았지만, 매점에 가면 항상 멋진 오빠가 있었다. 머리는 헤어 젤을 발라 가르마를 탔고 바지는 쫙 달라붙게 입고 삼선슬리퍼를 질질 끌면서 신었던 오빠. 지금은 세 글자로 날라리라고 표현한다. 그 시절에는 어찌나 그런 것이 멋있어 보였는지 모르겠다. 오죽했으면 친언니가 나한테 일침을 가했다.

"넌 왜 날라리 같은 사람만 좋아하냐."

그 시절에는 그것이 멋인 줄 알았다. 정말 사람에게서 반짝반짝 빛이 났다. 가슴이 설레는데 어쩌란 말인가. 고백은 하지 못하고 멀리서만 바라봐야 했던 오빠, 눈이 마주치면 온몸이 굳어버렸던 나였다.

학창시절의 짝사랑이란 감정은 누구나 가질 수 있으니까.

매점에 자주 갔던 이유는 몽ㅇ과 혼자만의 설렘 때문이었다. 몽ㅇ을 얼마나 지겹도록 먹었던지 지금은 질려서 몽ㅇ을 먹지 않는다. 그때 몽ㅇ 때문일까? 살이 전혀 안 찌는 체질이 물만 먹어도 찌는 체질로 변해버렸다. 복도를 걸어가고 있었는데 친구가 나에게 말했다.

"유진아. 너 다리가 왜 이렇게 굵어졌어? 코끼리 다리 같아." 이 말을 잊을 수가 없다. 거울 속에 비친 내 모습을 보니 다리가 굵어져 있었다. 안 되겠다며 다이어트를 선언했었다. 그 다이어트가 지금까지 이어지고 있다.

"오늘만 먹고 내일부터 운동해야지."

다이어트 하는 사람들이 늘 하는 말이다. 물론 나도 해당한다.

지금도 이 말을 입에 달고 산다. 퇴근 후 필라테스를 하고 집에 왔는데 엄마가 김장을 마친 상태였다. 수육과 빨갛게 잘 버무려진 김장김치. 나는 먹으면 안 된다고 속으로 소리쳤지만, 엄마가 식탁에 내민 순간 '오늘만 먹자. 내일부터 다이어트하자.' 라고 타협을 했다. 이건 악순환이 분명했다.

작고 사소한 버릇이 인생에 큰 영향력을 행사했다. 살이 찐 것을 자각 한 순간부터 다이어트를 하겠노라 결심했다면 미루지 말고 했었다면 현재 나의 몸매는 모델처럼 스스로 보기에도 좋았을 것이다.

내 인생에 또 미룬 것이 있다면 영어공부이다. 텔레비전에 나와서 영어로 유창히 말하는 한국인들. 분명 같은 한국인인데 어째서 저 사람 입에서는 영어가 술술 막히지도 않고 잘 나오는 걸까? 부러웠다.

영어를 잘하는 방법, 실생활 영어회화 등 많은 영어 공부 방법을 검색해 보고 "도전이다!" 라고 소리쳤다. 하지만 늘 결과는 작심삼일로 마무리되었다. 익숙했다. 작심삼일도 모이면 큰 것이 된다며 합리화했다. 또한, 오늘은 피곤하니까 내일, 내일 말하다 빨래가 수북이 쌓이고 먼지가 소복이 쌓였다.

이제 정신이 드는 것일까? 왜 진작에 이런 생각을 못 했을까. 왜 깨닫지 못했을까. 스스로가 한심스러웠다. 조금 더 일찍 이런 생각들이 내게로 와, 내 마음에 꽂혔다면 얼마나 좋았을까. 분명 생각은 왔을 것이다. 책을 보다가, 강연을 듣다가 분명 미루지 말고 지금부터 하자고. 무수히 생각했다. 다만, 내가 받아들이지 않았고 생각 또한 미루었다. 누구를 탓할 수 있겠는가. 온전히 나의 부족함 때문이다.

입에서 쉽게 내뱉을 수 있는 말. "나중에."

나는 나의 꿈도 나중에 할거라고 미뤄두었다. 글 쓰는 작가. 나중에 직장에서 은퇴하고 삶이 끝날 때 즈음 이룰 수 있는 것으로 생각했다.

"지금은 내게 돈이 없어. 나중에 할 거야."

"나중에 내 이름을 걸고 나의 책을 낼 거야. 나중에."

나중에. 이 말을 배우지 말았어야 했다. 단어를 몰라서 그 말을 못 하게 말이다. 당장 할 수 있게.

미루는 습관, 나중에라는 말은 우리가 발전할 가능성을 긁어먹고 지연시킬 뿐이었다. 온몸에 구석구석 박힌 습관과 말이라 하루아침에 바뀌는 것은 쉬운 일이 아니다.

이런 날도 있었다. 어젯밤에 사과를 먹으면서 "사과가 제일 맛있어. 매일 먹고 싶어." 라고 말했다가 아침에 일어나서 사과를 보자 마음이 바뀌어 있었다. 이상했다. 어제는 분명히 사과만 매일 먹어도 맛있게 먹을 수 있을 거라 생각했는데 오늘은 사과가 맛이 없어 보여 먹지 않았다. 사소한 일이지만 나는 종종 겪었다. 어제의 나와 오늘의 내가 달라지는 날이 많았다. 스스로 그런 점이 이상해서 어제의 나처럼 행동하려고 굴었던 적도 있다.

'이건 나답지 않아. 예전의 나는 그러지 않았어.'

변하자고 몸에서 신호를 아무리 보내주어도 애써 반박하며 변하지 않으려는 나 자신을 종종 마주했다.

사과를 먹지 않은 이유는 아침에 일어나보니 사과가 맛없어 보여 먹지 않았다. 변하는 것은 나쁜 것이 아니다. 어제의 생각과 오늘의 생각이 달라질 수 있다. 그래서 중요한 결정을 할 때는 적어도 일주일의 시간을 가지고 충분히 생각하라고 하지 않았던가. 어제의 내가 미숙한 점이 있었다면 오늘 내가 한층 성장했다는 사실을 말해준다. 변하려면 무엇인가 그동안의 내가 아닌 것 같은 기분이 들것이다. 그렇다. 그동안 아니었던 나를 마침표 찍고 하고 싶은 것을 과감히 도전하고 행동하는 지금의 나에게 익숙해 지면된다. 사람은 금방 익숙해지니까 어색함은 잠시뿐이다. 언젠가는 이루리라는 말을 이제는 하지 않으려 한다. 하고 싶은 것이 있다면 그것이 무엇이든 나중이라고 미루지 않으려 한다. 나는 성격이 급하다. 나의 단점으로 꼽으라면 성격이 급한 것이다. 단점이자 장점이라 말하고 싶다. 사람 중에 몹쓸 사람 한 명도 없다는 말도 맞다. 성격이 급하다 보니 궁금한 것이 생기거나 호기심이 생겼을 때 저돌적으로 앞뒤 가리지 않고 했다. 그것은 후회가 되지 않는다. 아무리 돈을 낭비했더라도 하고 싶거나 해보고 싶거나 궁금했던 것을 알게 되었으니 말이다. 해보고 아닌 것을 알면 된다. 보완해야 할 부분은 보완하면서 어색한 나와 많이 친해질 것이다. 시간을 축내지 말고, 시간을 담보로 도박을 하지 말고 힘들어도 지금 노력하며 자신과 마주하며 살아갈 것이다.

나에게 가장 쉬웠던 말, 잠시의 고통을 벗어나고 싶어 했던 말,
"나중에."
이 말과 지금 이별하려 한다.
"이제 그만 안녕."

평범하지 않으면
큰일이라도 나는 줄 알고

평범하다. '뛰어나거나 색다른 점이 없이 보통이다.'라는 사전적 의미를 지닌다. 우리 모두 어릴 적부터 집에서나 학교에서나 한 번쯤은 들었을 말이 있다.

"사람들 하는 것에 반만 따라가라."

이 말을 내 나름대로 해석하자면 너무 잘나지도 말고, 너무 못나지도 말고 무엇이든 중간만 하라는 것이다. 사람에게 중간은 어디에 서 있으면 되는 것일까? 중간인지 아닌지 어떻게 구분할 수 있을까? 학교 성적표가 말해주는 것일까? 예를 들어 "당신의 성적 순위는 전체 100명 중 50등으로 중간을 달리고 있는 사람입니다."라고 단정 지어주는 것일까? 항상 의문이 들었지만 사회의 말에 순종할 수밖에 없었다.

우리 사회의 교육은 주입식 교육이니 의심할 수 없었다. 교과서에 실린 내용이 모두 정답이었고, 선생님이 하는 말씀은 나에겐 법이요, 진실이었다. 성인이 될 때까지 나는 이런 생각을 하고 살았다.

친구들과 이야기를 하다 의견에 마찰이 생겼을 때 친구의 한마디에 나는 의견을 종종 접은 적이 있다.

"유진아, 너 진짜 특이하다."

"특이하다."는 말을 들으면 의기소침해졌다. 내가 무엇인가 잘못을 했구나. 평범하지 않았구나 싶은 생각이 들었기 때문이다. 인생에는 평범한 것이 올바른 길이고 그와는 반대이면 안 되는 것인 줄 알았다. 내 생각은 좀 다르지만 다른 사람들과 의견이 달라 마찰이 생기는 것도 싫었다. 정말 내가 이상한 것인가 하는 생각도 많이 들었다. 내 생각은 접고 다른 이들의 생각을 주입했다. 그래서일까? 나는 귀가 상당히 얇은 편이 되었다. 나의 주관이 뚜렷하지 않았으니 말이다. 분명 누군가가 나를 상대로 사기를 쳤다면 속아 넘어갔을 것이다. 아직 금전적인 사기를 크게 당하지 않은 사실에 감사한다.

귀가 얇아서 내 인생에 큰일 날 뻔한 사건이 하나 있다. 내가 너무 특이하고 멍청해서 일어난 사건이기도 하다. 2007년도 여름이었다. 나는 고등학교를 졸업한 후 취업 나가는 날을 기다리고 있었다.

대구에서 친언니를 만난 후 집으로 향하던 길이었다. 동성로 지하상가 계단을 내려가는데 누군가가 내게 말을 걸었다. 남자 한 명과 여자 한 명이었다.

"학생, 눈이 너무 맑다. 영혼이 깨끗하네. 혹시 집에 조상님 중에 병세로 돌아가신 분 없어요?"

그때 며칠 전 언니가 내게 했던 말이 떠올랐다.

'내가 길 가는데 어떤 사람이 나한테 할아버지가 자꾸 보인다면서 제사를 치러줘야 한다고 하더라. 찜찜했는데 제사 지내려면 돈이 있어야 하는데 내가 돈이 어디 있어. 그냥 무시하고 왔지.'

언니가 했던 말이 딱 떠오르면서 생각난 것이 '아, 할아버지가 언니를 찾아갔는데 언니가 이야기를 들어주지 않아서 나한테 왔구나.' 싶었다. 제사를 꼭 치러줘야 나쁜 일이 생기지 않을 것 같았다.

나는 그 날은 일정이 있어서 안 되고 다음에 만나러 가겠다고 인사를 한 후 며칠 후 다시 그분들을 직접 찾아갔다. 대구역에서 만나 버스를 타고 이동을 했는데 교회 건물이었다. 마당으로 들어가니 고추를 말리느라 분주한 아주머니들이 눈에 보였다. 교회 안으로 들어갔더니 작은 방이 있었다. 방안에는 작은 식탁이 있었고 자리에 앉자 설명을 해주었다. 지금은 어떤 설명이었는지 기억이 나지 않는다. 설명을 들은 후 한복으로 갈아입고 12명의 신에게 절을 하러 가야 한다고 했다. 그때부터 이상하다는 생각이 들었다. 그런데 어찌하겠나. 내 발로 들어온 곳인데. 한복을 곱게 차려입고 어두컴컴한 곳에 섰다. 그곳에는 나 말고도 몇 명이 더 있었다. 내 앞에 12명의 신이 있다며 차례대로 절을 하라고 했다. 막상 그 공간에 들어가니 정말 무서운 신과 눈이 마주칠 것 같아 앞은 쳐다도 보지 않고 열심히 12번의 절을 했다. 그리고 교회 지하에 따라내려 갔다. 그곳에는 많은 사람이 삼삼오오 모여 식탁을 하나 펴놓고 철학에 대해 공부를 하고 있다고 말했다. 나도 몇 명과 마주 앉게 되었다. 어떤 여성분이 있었는데 그분은 아버님이 많이 편찮으셔서 힘들어서 공부를 시작하게 되었다고 했다. 식탁 위에는 수박이 있었다. 쟁반 위에 수박이 네모모양으로 잘게 썰어져 있었다. 절을 하고 오면 이것을 먹어야 조상님 덕을 본다고 했다. 수박을 먹으면서 갑자기 무서운 생각이 들었다.

'이거 뭐지? 이상한데? 이상한 사람들 같아.'

등에서는 식은땀이 나기 시작했다. 그곳 사람들은 이해가 되지 않는 말들을 쏟아내는데 나는 엄청 믿는 듯 고개를 열심히 끄덕였다.

"아하, 그렇군요. 정말 신기해요."

나는 당장 이 공간을 벗어나고 싶었다. 그러기 위해선 이 공간에 있는 사람들이 내가 정말 믿고 있구나. 걸려들었다.라는 생각을 심어줘야겠다고 생각했다. 잠시 후 나는 전화벨이 울리지 않은 전화기를 귀에 대고 친구 이름을 불렀다.

"어, 나 지금 여기 교회야. 저번에 말했잖아. 벌써 왔어? 알겠어. 금방 나갈게."

친구가 마치 밖에서 이 공간에 내가 있다는 사실을 알고 있고, 기다리고 있는 듯 말했다.

"선생님, 어쩌죠? 오늘은 이만 가봐야 할 것 같아요. 다음에 또 올게요."

그들은 내게 조상님들께 덕을 올리는 초를 사야 한다고 해서 가지고 있는 돈 만 원을 드렸다.

"천안에는 이런 공간 없나요? 곧 취업을 나가야 하는데 그곳에 있음 거기라도 다닐게요."

마치 이들의 말을 모두 신뢰한다는 듯 교회 밖을 나올 때까지 긴장을 풀지 않고 그들을 속였다. 교회를 나와서 버스를 타서야 안도가 되었다. 그때 사이비라는 것을 처음 알았다. 그 시절에 나는 사회가 무서운 곳인지 몰랐다. 정말 하얀 도화지였다. 지금 생각하면 아찔하고 무서운 추억이다. 이 이야기를 아는 사람은 거의 없다. 한두 명의 친구에게 말했나? 나 자신도 생각하기에 부끄러웠던 일화다. 이야기하게 되면 나를 이상한 시선으로 바라볼 것 같아 겁이 났다. 우스운 에피소드일 뿐인데 말이다.

나는 말했다. 누군가가 내게 과거로 돌아가고 싶냐고 묻는다면,

"아니, 돌아가고 싶지 않아. 나는 최선을 다해서 내가 할 수 있는 걸 하며 살

왔어. 내 선택에 후회하지 않아. 잘한 것 같아. 혹시라도 다시 과거로 돌아가도 내 선택은 그대로일 거야."라고 자신 있게 말할 수 있다고 했던 내가 공무원이 되고 나서 과거로 돌아가고 싶었다. 나에게 없던 자격지심이 생겼다. 공무원 생활을 하다 보니 다른 여직원들과 내가 비교되었다. 다수의 여직원은 곱게 살아온 사람들 같았다. 학창시절부터 집안의 보살핌과 경제적인 지원을 받으며 쭉 공부만 하다가 공직에 몸을 담게 된 사람들, 고된 노동이란 고생을 한번 안 해 본 사람들처럼 보였다. 그에 비교해 나는 생산직 라인에서 12시간씩 일을 하고 왔다는 사실이 평범하지 않다는 생각을 했다. 나는 그녀들이 부러웠다. 부러움이 커질수록 스스로 위축되었다. 나도 평범하게, 완만하게 살아온 사람이었으면 좋겠다는 생각을 했다. 그녀들과 자라온 환경이 비슷해 보이고 싶었다. 그것이 평범한 것 같았다. 나는 그 이후 공직에 몸을 담기 전 무슨 일을 했는지에 대해 일부러 말을 꺼내지 않았다. 단지 평범해지고 싶어서……. 나 나름대로 자부심이 있었다. 가정에서는 착한 둘째 딸이었고, 학교에서는 모범생이자 장학생이었다.

고등학교 졸업 이후, 혼자서 모든 것을 일궈왔다는 사실이 참으로 뿌듯했다. 환경이 바뀌고 주변 사람들이 바뀌자 나의 자부심은 열등감으로 어느새 변해 있었다.

"유진 씨는 뭐하다가 들어왔어?"라는 아무 의미 없이 던진 질문에 나는 그들에게 평범하게 보이지 않을까봐 겁을 내고 있었다. 내가 할 수 있는 최선의 선택을 하고 살아온 길일 뿐인데, 나는 잘못된 생각에 사로 잡혀있었다. 사람은 모두가 같을 수가 없는데 나는 사회에 나와서도 교과서의 정답을 찾듯 평범함을 찾고 있었다. 누가 누구를 판단할 수 있을까. 나의 삶을 평범함의 틀에 끼워 맞추려고 안간힘을 써오며 지냈지만, 이제는 알겠다. 나는 평범하지 않다는 것을. 그리고 평범할 필요가 없다는 것을.

나는 나답게 살면 된다는 아주 쉬운 것을 돌고 돌아서야 절실히 깨닫게 되었다. 각자의 이름으로, 각자의 위치에서 최선을 다하면 된다는 사실을 말이다. 어떤 동료가 나에게 말했다.

"럭비공 같은 사람이네. 어디로 튈지 모르겠다고."

숨기고 숨겼지만 내가 생각하는 것이 다른 이들에겐 좀 특이한 사차원으로 다가오는 모양이었다. 이제는 사차원이란 소리가 나쁘게만 들리진 않는다. 내가 생각해도 좀 사차원 같기 때문이다. 사차원이 아니라 오차원이라 불러도 좋다. 나는 특별한 사람이 되고 싶다. 평범함을 쫓아가느라 나 자신이 저 뒤에 있는지 몰랐다. 이제는 나 자신의 내면을 쫓아가 보고 싶다. 진정 내가 무엇을 원하는지. 어떤 삶을 살고 싶은지 말이다. 일상에 안주하며 무료하게 살지 말고 가슴에 꿈이란 것을 안고 쫓아갈 것이다. 이젠 평범함에 나를 가두지 않을 것이다. 나답게 살아갈 것이다.

"말이란 독을 묻힌 화살촉과 같다. 어떤 독을 묻혀 쏠 것인가? 혀에서 튕겨지는 순간 그 말을 받게 되는 사람의 심장에 비수를 꽂을 것인지. 심장에 열정을 더할 것인지."

주변에서는 말한다.

"네가?"

"네가 했으면 못할 사람 없다."

"너보다 잘하는 사람 많고도 많다."

이런 말을 들으면 의기소침해지고 작아지기만 한다. 그러나 기죽을 필요 없다. 단지, 내 발로 내 가슴으로 내 꿈을 향해 걸어간다는데 왜 붙잡냐 말이다.

뿌리치고 내 길을 걸어가련다.

나의 돛단배는 지금 어디쯤 있니

그땐……

지나가지도 않을 것 같던 시간이, 기억들이, 공간들이, 사람들이 어느새 강가에 흘러놓은 인생 종이배를 타고 흘러 흘러 지나가는 구나.

2012.07.10. am 1:51

방 청소를 하다 노란 수첩 하나를 발견했다. 그 수첩의 표지에는 이렇게 적혀있다.

"일취월장. 나날이 발전하는 장유진. 인생 즐기는 거지. 뭐 있나."

수첩의 옆면에는 '내 생각' '지은이 장유진'이라고 적혀있었다. 그 수첩 안에는 5년 전에 했던 나의 주관적인 생각들이 담겨있었다. 내용을 읽어보니 그 당시의 나는 혼란해 보였다. 글에는 외로움이 묻어나 있었고 생각 정리가 되어있지 않았다. 아마 생각나는 대로 글로 남겼던 것 같다. 내용은 연결되지 않았고 심오함만 가득했다. 수첩을 보는 순간 가슴이 먹먹해졌다. 메모 중에 2012년도 새벽에 남긴 글이 시선에 잡혔다. 나는 새벽에 혼자 원룸에서 무슨 생각에 사로잡혀있었던 것일까? 나에게 무슨 일이 있었던 것일까? 내가 남긴 글인데 그 시절의 내 고민이 생각나지 않았다. 나는 예전이나 지금이나 항상 고민이 많다. 고민은 많았지만, 해결을 위한 노력은 하지 않은 채 회피만 했다. 회피만 하고 눈앞에 닥쳐오는 일들에 버거워하며 지내왔다.

메모 속 일취월장이란 내가 가장 좋아했던 사자성어였다. 중학교 2학년 때인 것으로 기억난다. 나의 도덕성, 인사성은 칭찬을 들은 적이 있었더라도 공부와 관련해서는 칭찬을 들어본 적 없는 내가 처음으로 칭찬을 들었다. 사회과목을 가르쳐주신 여선생님이 계신다. 유머도 넘치고 수업 시간이 즐거웠다. 수업이 즐겁다 보니 집중하게 되었다. 숙제가 있어서 공책을 제출한 기억이 있는데 선생님의 확인을 받고 돌려받은 공책에 선생님의 메모가 적혀있었다.

"일취월장하고 있는 유진이. 파이팅."

그 메모를 보면서 기분이 좋아서 날아가는 줄 알았다. 인정받는 기분을 처음 느껴보았다. 칭찬은 고래도 춤추게 한다는 말처럼 선생님의 칭찬은 나를 춤추게 했다. 사회과목의 성적도 금세 올랐다. 성적이 오르다 보니 공부가 재밌는 것을 알게 되었다. 잘하고 싶은 욕심도 들었다. 하교 후 집에서는 복습까지 했다. 그 칭찬은 나를 바꾸어놓았다.

'나에게도 그런 시절이 있었구나.'

졸업하고 사회생활을 시작하면서 학창시절의 기억이 흐려졌다.

글의 힘은 잊고 있던 기억을 다시 수면 위로 떠오르게 해주는 것이다. 선명하게 그때의 나를 다시 바라볼 수 있게 해주는 것이 장점이다.

나는 바다를 무척이나 좋아한다. 성인이 된 후로 여름휴가는 바다를 볼 수 있는 곳으로 항상 갔다.

육지에서 태어나서 자주 볼 수 없는 바다라 나에게는 색다르게 느껴졌다. 힘들 때 바다에 가면 다 해결이 될 것 같은 기분이었다. 막상 바다에 가도 해결은 되지 않지만 답답한 마음은 뻥 뚫렸다. 어린 시절 아빠가 종이배를 접어준 적이 있다. 언니와 남동생과 함께 종이배를 접는 것을 배웠다. 우리 집 바로 옆에는 다리가 있었다. 그곳에서 종이배를 떨어뜨려 시합을 자주 했다. 그게 얼마나 재밌었던지 작은 손으로 접은 종이배가 100척은 되었다. 나의 주머니에는 항상 종이배가 있었다. 수업시간에도 아무런 생각 없이 종이배를 접었다. 그때 종이배는 나에겐 소중한 장난감이었다. 하교 후 마을 입구에서 학교 버스에서 내리면 도랑이 하나 있었다. 그 도랑은 집까지 연결이 되어있었다. 나는 종이배를 띄우고 속도에 맞춰서 집으로 향했다. 그때 종이배가 물 위에서 장애물을 만나서 걸리는 적이 있었지만, 결국에는 종이배가 끝까지 흘러간다는 것이 좋았다. 어린 시절 그렇게 놀았던 것이 무의식에 남아 있었나 보다. 나는 유독 인생을 바다에 떠 있는 배에 비유해서 말하는 것을 좋아하는데 지금 생각해보니 좋아하는 데는 이유가 있나 보다. 잊고 있었던 이유 말이다. 드라마에서 사랑하는 남녀가 헤어지고 한 여인이 바닷가에 가서 투명한 작은 병에 사랑의 편지를 넣어 던지는 장면이 있었다. 편지를 담은 작은 병이 흘러 흘러 바다 저 멀리 가는 것을 끝까지 바라보고 있었다. 드라마를 볼 때 쓰레기를 왜 바다에 버리나 하며 보았던 장면 중 하나인데 그 여인의 심정을 이제야 알 것 같다. 흘러 흘러 자신의 아픔과 진심이 전해지길 바라는 마음이었을 것이다. 또한, 자신이 자신을 위로 하는 방법의 하나였다.

자신을 위로할 때도 누군가를 위로해줄 때도 나는 이렇게 말을 전한다.

"시간이 해결해준다."

정말 시간이 지나면 모든 것들이 무뎌지는 기분이다. 정말 시간이 모든 것을 해결해준 것일까? 살다 보면 넘어지거나 베이거나 작고 작은 상처를 입는다. 상처를 입게 되면 소독을 하고 약을 바른 후 새살이 돋아 날 때까지 기다려야 한다. 내 눈으로 직접 상처를 본 그 순간은 너무 아프지만, 정말 시간이 해결해 주듯이 밴드 속 상처는 새살로 덮였고, 상처를 입은 적 없는 듯 밴드를 휴지통에 버리는 날이 왔다. 마음에 상처가 났을 경우에는 눈물로 펑펑 소독하고 나면, 지금 당장 죽어도 이상하지 않을 만큼 아프고 찢긴 마음의 물결도 진정을 되찾는다. 고요해진다. 정말 괜찮아진 것일까? 나는 유독 마음이 약했다. 누군가가 지나가는 말로 나에게 한마디를 하더라도 나는 그 말에 큰 의미를 두었다. 크게 받아드렸고, 그 생각에서 벗어나지 못해 자주 마음이 찢어졌다. 그런 일들이 반복되자 나만의 방법을 하나 만들었다.

눈을 감고 어두운 공간에 불을 켜는 상상을 한다. 종이 한 장을 꺼낸다. 그 종이 위에 지금 내가 힘든 것, 나의 마음이 어떤지를 써 내려간다. 종이를 반으로 접고 다시 반으로 접은 후 작은 창고를 열어 그 종이를 넣어둔다. 창고 문을 닫은 후 저 먼 공간으로 밀어 넣어둔다. 그냥 묻어버린다. 나만의 방식이지만 이런 상상을 하고 난 후에는 왠지 생각도 정리가 되고 벗어나는 기분이 들었다. 마치 마음에도 새살이 돋아난 것처럼 다시 잘 해나갈 힘이 생겼다. 그런데 이 방법은 잘못된 것이었다. 나는 모든 것을 외면했고 묻어 둔 것이었다. 직면하기 싫어서 기억 저편으로 보내버린 거였다. 많은 일을 겪으면 사람이 그 일을 통해 성장하고 단단해진다고 했다. 나는 그와는 반대였다. 많은 일을 겪을수록 작아졌고 정신력은 나날이 약해졌다. 온몸에 힘도 빠졌고 일상에 무기력함을 자주 느꼈다. 내가 띄운 돛단배가 잘 흘러가다가 장애물에 잠시 걸린 것이었다. 장애물이 무엇인지 잘 보고 그것만 치워주면 다시 잘 흘러가는 것인데 나는 보지 못하고 살아왔다. 어떤 것이든 머릿속이 복잡하게 살기가 싫었다. 피할 수 있음 최선을 다해서 피했다. 힘든 사건이 생겼을수록 이성을 잃어버리면 안 된다. 힘이 들수록 자신을 들여다볼 수 있어야 한다. 생각을 어떻게 하냐에 따라 사람이 바뀐다. 작은 생각하나가 나를 어떤 방향으로 갈지를 정해준다. 어깨를 짓누르는 고통의 무게로 인해 자신의 모든 것을 놓아버리고 싶을 때도 있을 것이고, 아무렇게 될 대로 되라며 막살아버리고 싶기도 한다. 살아가다 보면 [멘탈 붕괴] 된다는 것도 경험할 것이고 자아에 혼란 감도 올 것이다. 가끔은 타인들과 웃으며 어울리고 있는 공간에서 이런 생각도 들 것이다.

'내가 뭐 하고 있는 건가. 나는 누구지?'

생각의 늪에 빠져 버린다. 어떻게 살아갈 것인가는 본인의 선택이다. 지금 어떤 생각을 하고 사는지가 내 인생에 큰 영향을 준다. 생각의 주체인 자신이 무엇을 진정으로 원하는지 잘 아는 사람도 자신일 것이고 방향을 잘 잡아줄 수 있는 것도 타인도 아니라 자신이다.

단지 자신을 믿지 못하고 있기 때문에 망설이는 것이다.

나는 사람이란 존재로 이 세상에 태어난 것에 감사하다. 내가 사람이니까 상상도 할 수 있고, 반성도 할 수 있고, 노력이란 것도 할 수 있고, 사랑이라는 것도 할 수 있는 것이다. 사람으로 태어났기에 할 수 있는 것이 무궁무진함을 알고 있다. 단지 내가 지금까지 게을러서 도전하지 못했던 것들이었다. 내가 도전은 못 했지만 다른 사람들은 도전하고 그렇게 살아가고 있는 것들이다. 사람으로서 행복할 권리를 누리자. 자신을 들여다보고 지나온 길을 뒤 돌아보기도 하면서 말이다. 잘못한 것이 있으면 반성하고 고치고 행동하고, 또 반성하고 고치고 행동하고 그렇게 나란 자신을 가꿔나가면 된다. 실패와 좌절 그리고 실수에도 절대 무너지지 말아야 한다.

내가 띄운 돛단배를 타고 지금 나는 여기까지 잘 흘러온 것이다. 색이 바래어졌을 수도 있고, 물에 흠뻑 젖어 있을 수도 있다. 배를 움직일 연료가 부족할 수도 있다. 배를 잠시 육지에 정착시킨 후 수리가 필요한 부분은 수리하고 다시 항해할 수 있게 연료도 채우고 다시 떠나면 된다. 떠나기 전 내가 어떤 길로 지나왔는지 문제는 없었는지를 점검해보고 내가 가고자 하는 목적지로 가기 위해 오늘도 즐거운 마음으로 조타실에 있어야 한다. 내가 탄 배를 스스로 버릴 생각을 하지 말자. 지금 생각해보니 내가 힘이 빠지고 아무것도 하기 싫을 때는 나 자신이 걱정되기 때문이었다.

오늘도 내가 듣고 싶었던 말을 다시 말해본다.

"걱정하지 마. 넌 잘하고 있어. 그런데 주저앉아 있기에는 시간이 아깝잖아? 다시 힘을 내어줘. 넌 잘할 거야."

- 2012. 12. 31.

제2장
남자, 그리고 결혼

남자를 만나다

나에게는 남자란 학창시절에는 존재하지 않았다. 초중고 모두 남녀공학을 다녔지만 모두 여자 친구들과 똑같은 친구일 뿐 그 이상의 감정은 없었다. 우리 또래는 다른 학년과는 다르게 유독 남학생, 여학생으로 편이 나뉘었던 것 같다. 학창시절에 좋아하는 감정이란 친언니의 동창 선배 오빠가 멋있어 보여 팬으로서 좋아했던 것 같다. 한참 HOT, 신화, 젝스키스, SES 아이돌 가수가 학생들 사이에 인기가 많았을 때다. 나는 연예인보다 내 눈에 직접 보이는 그 오빠가 더 좋았다. 말 한마디 붙여보고 싶었고 없던 돈으로 산 아이스크림을 전하고 도 망가고 했었다. 나의 학창시절 누군가를 좋아했냐고 묻는다면 그 오빠밖에 생 각이 나지 않는다. 중학교 졸업하면서 볼 수가 없어서 잊어버렸지만 말이다.

고등학교를 졸업하고 대기업으로 취업을 나갔다. 12시간의 노동으로 몸이 고되니 마음도 괴로웠다. 그때 그곳에서 만난 친구들이 나의 버팀목이었다. 일 해야 될 때는 어떻게 해서든 견디어 내고 하루, 이틀 쉬는 휴무 날에는 친구들과 신나게 놀았다. 직장에서 만난 그곳에서의 또래 친구들은 나를 편견 없이 봤다. 학창시절에 딱딱한 교과서 같은 모범생이었던 것을 아무도 몰랐다. 나는 그동안 시골에서 얽매여 있었다가 큰 도시로 와보니 행복했다. 내가 하고 싶은 대로 해도 눈치 주는 사람도, 말리는 사람도 없었다. 신세계였다. 처음 누군가를 만나는 자리가 나에게는 중요했다. 나는 이전의 나를 잊어버렸다. 아주 밝은 사람으로 유쾌하고 재미있는 나로 보이고 싶었다. 타지에서 몰려든 갓 성인이 된 여학생들이 많아서 서로 기 싸움도 있었고 각자가 살아가기 위해, 버티기 위해 노력하고 있었다. 나는 이곳에서 처음으로 말에 욕을 담아 쓰기 시작했다. 다들 그러기에 그래야지 함께 어울릴 수 있다고 생각했다. 지금 생각하면 피식 헛웃음이 난다. 어떻게 보면 그때의 나는 귀여웠다. 친구들 사이에 푼수, 백치미라고 불렸지만 나는 그 말이 너무 좋았다. 나로 인해 누군가가 웃고 분위기가 유쾌해지는 게 마음에 들었다. 20살의 나는 생각도 짧고 어리석었다. 한번은 여름에 회사 언니들과 친구들과 펜션을 잡고 놀러 간 적이 있다. 그때 나는 힘이 들면 주변 사람들에게 늘 표현했다.

"힘들어. 너무 슬퍼. 힘들어 죽겠어."

계속 부정적인 말만 입 밖으로 꺼내고 있었다. 부정적인 말을 해도 그때뿐 해결책은 없었다. 계속된 부정적인 말에 회사 언니가 내게 말을 했다.

"유진아, 여기 너만 힘든 거 아니야. 우리다 힘들어. 힘들다는 말 그만해."

이 말을 듣고는 내심 서운했다. 말이라도 해야 좀 견딜 것 같아서 한 것인데 내 마음을 몰라준다고 생각했다. 속으로는 '다시는 내가 힘들다고 말하나 봐라.' 하면서 거리를 두었다.

그 당시에는 몰랐지만, 시간이 지나면서 회사 언니의 말이 이해가 되었다.

'누구는 안 힘들까. 이곳에 있는 모든 사람이 다 힘들지.' 입 밖으로 부정적인 말이 많이 줄어들었다. 스스로 많이 힘들 때 나는 내게 묻지 않고 주변 사람들에게 힘들다고 말을 하고 그 사람들에게 답을 얻으려고 했다. 쉽고 빠르게 대답을 듣고 해결책을 찾고 싶었다. 모든 게 다 욕심이었다.

그렇게 철이 없던 나, 매력이라곤 찾아볼 수 없던 나에게 남자가 다가왔다. 동글동글하게 생긴 외모에 고양이상도 아니고 강아지상도 아닌 호랑이상이었다. 호감형인 직장 선배였다. 같은 업무가 아니고 일로는 얽힐 수 없는 사이였다. 라인에서 일을 하다가 기계에 에러가 나는 바람에 엔지니어를 불렀다. 부르고 기다리고 있었는데 저 멀리서 엔지니어가 걸어왔다. 당연히 내 설비의 에러를 고치러 와준 엔지니어라고 생각하고 말을 걸었다. 어떻게 해야 될지 몰라 땀을 삘삘 흘리며 말을 했다. 그 모습을 귀엽게 보셨는지 나를 좋게 봐주셨다. 야식을 먹고 잠시 휴식을 취하고 라인 안으로 들어가려는데 문자 한 통이 왔었다.

"밥은 맛있게 먹었어요? 아까 봤어요."

괜히 설레었다. 라인 안에서는 12시간 내내 기계와 함께 혼자 그 시간을 견뎌야 했는데 그 선배가 종종 말을 걸어주었다. 나에게 베풀어주는 호감이 싫지 않았다. 힘든 만큼 누군가에게 기대고 싶었다. 시간이 좀 흐르고 선배에게 고백을 받았다. 나는 이성을 사귄 적이 없어서 어떻게 해야 할지 몰랐다. 하루는 휴무일에 부모님에게 안부 차 전화를 걸었다. 전화를 걸어서 아버지에게 물었던 기억이 난다.

"아빠 회사 선배가 나 좋다고 하는데 만나 봐도 돼?"

경상도 아버지는 무뚝뚝했고, 이런 이성 관계에 관해 이야기하기에 사이가 돈독한 것도 아니었는데 아버지의 허락을 받아야 한다고 생각했다.

"그래, 뭐 만나봐라."

생각지도 못했는데 아버지의 반응은 시원했다. 아마 언니의 남자친구를 소개받았던 이후라 충격이 덜했지 않았나 싶다. 아빠의 허락이 떨어졌고 나는 선배와 연인이라는 사이로 발전했다. 그 선배는 모든 것을 나에게 맞추어주는 사람이었다. 힘든 그 시절 가장 위로를 많이 받았고 기댈 수 있는 한사람이었다. 그 당시 나는 철이 워낙 없어서 사랑을 받는 것밖에 몰랐다. 항상 작은 것에 삐쳤다. 기분이 왔다 갔다 하는 성격을 그 선배는 다 이해해줬고 아낌없이 사랑을 주었다. 휴무일에 집에 자주 갈 수 없던 나를 차로 데려다주고 혼자 찜질방에서 자고 다시 회사로 갈 때 태워서 가준 사람이었다. 내겐 친구도 중요했고 선배도 중요했던 시절이었다. 회사를 퇴사하게 될 때쯤 선배는 나를 지지해주고 응원해줬다. 나는 그 선배와 결혼을 하게 될 줄 알았다. 대학 시절, 한 달간 짧게 어학연수라는 명목으로 필리핀에 다녀왔다. 그때는 로밍에 대해서 잘 몰랐다. 핸드폰을 두고 떠났다. 와이파이가 되는 곳을 찾아 메일로 안부를 전했다. 믿음이 컸기에 전혀 불안하지 않았다. 다녀와서 선배가 결혼 이야기를 꺼냈다. 선배와 나이 차이가 7살이 났기에 선배의 부모님들이 결혼 이야기를 꺼낸 듯 보였다. 나는 머뭇거렸다. 결혼이란 게 무서웠다. 사회생활을 하다 보니 주변에서 '한 사람만 만나보고 결혼하는 것은 아니다.'는 말에 마음이 흔들렸던 점도 있었지만, 가장 큰 걱정은 어린나이에 결혼을 하겠다고 부모님에게 말하는 것이 가장 두려웠다. 나는 선배에게 말했다.

"오빠가 우리 집에 말해."

그 말이 선배는 탐탁지 않았나 보다. 며칠 후 나는 이별 통보를 받았다. 나에겐 이별이란 상상도 못 했던 일이라 하늘이 핑 돌았다. 그때 시험 기간을 앞두고 있었는데 새벽에 기차를 타고 선배에게 갔다.

하늘이 내 마음을 아는 것 마냥, 비가 펑펑 쏟아지는 날이었다. 선배를 회사 앞에서 만났지만, 예전의 선배가 아니었다. 따뜻함은 사라지고 차가웠다. 내지갑에 있던 선배 사진을 찢어 벌릴 수 없어서 편지와 함께 전해주었다. 선배가 장난을 치는 것이라면 좋겠다고 생각했지만, 선배의 마음은 이미 끝난 상태였다. 돌아오는 택시 안에서 하염없이 울었다. 장마철이라 밖에는 비가 펑펑 내렸고 나도 펑펑 울었다. 펑펑 울면서도 앞두고 있던 시험을 망치면 안 될 것 같아 악착같이 버티었다. 한 시간 울고 한 시간 공부하고 또 울고……

이별하고 넉 달 쯤 지났을까? 회사 친구에게 연락이 왔다. 선배의 결혼 소식이었다. 상대 여성은 회사 동료이고 혼전임신을 했다는 것이었다. 양다리였다는 말도 있었다. 끝난 사이였지만 배신감이 몰려왔다.

한동안은 배신감이란 감정 때문에 힘들었지만 나는 선배를 이해하기로 했다. 진심으로 선배가 행복했으면 좋겠다고 말하고 싶었다. 하지만 끝난 사이기에 어떤 연락을 하는 게 실례가 될 것으로 생각하였다. 그 선배의 아내가 될 분은 나의 존재를 모를 수도 있는데 그 둘의 행복을 진심으로 바랐다.

이별의 고통은 쉽게 말할 수가 없다. 사람과 사람이 만나 알게 지내다가 어느 순간 모르는 사람으로 살아간다는 공허함과 허무함을 말로 설명할 수가 없었다. 그 선배와 함께했던 사진을 나는 한동안 지울 수 없었다. 비공개로 전환한 후 몇 년이 흐르도록 그대로 두었다. 첫사랑과의 이별을 한 후 힘들어하는 나에게 친구들이 말했다.

"다른 사람 만나. 사람은 사람으로 잊어야 한다."

대학을 졸업하고 취업도 하고 직장생활에 안정을 좀 찾자 소개팅도 많이 들어왔다. 들어오는 소개팅을 재미 삼아 했다. 소개를 받고 핸드폰으로 연락을 주고받다 일주일이 지나면 감정이 사라져버렸다. 그 이후에도 계속 일주일, 이주일을 넘기지 못했다. 길어봐야 한 달이었다. 한 달 만나더라도 사진을 찍지 않았다. 내 무의식에 이별을 염두에 두고 있었다. 추억을 불태워 버리는 게 너무나 아픈 것을 알기에 나는 그 아픔을 반복할 행동을 하고 싶지 않았다. 누군 가에게 정을 주고 마음을 내어준다는 게 두려웠다.

그 이후 연인인 듯 아닌 듯 일명 '썸' 호감을 가졌던 오빠가 있었다. 지금 생각 해도 무안하다. 나는 그 오빠의 메신저 알림말이 나에게 전하는 메시지라고 여 겼다. 나와 주고받는 대화 속에도 호감이 듬뿍 들어있었다. 주말에 나를 보러 왔길래 식사를 하고 소화를 시키기 위해 노래방으로 향했다.

오빠는 핸드폰을 두고 잠시 화장실을 갔다. 그때 마침 핸드폰에 알림창이 떴 다. 메신저의 사진이 어디서 자주 보던 사진이었다. 그러면 안 되는 행동이었 지만 잠금 되어 있지 않던 핸드폰이라 나의 터치에 그 대화창이 열렸다. 그 여자와 주고받은 내용을 보니 연인 사이었다. 메신저의 사진도 그 오빠와 같은 사진이었고 알림말도 그 오빠와 주고받는 내용이었다. 순간 얼굴이 화끈해서 터지는 줄 알았다. 나는 그동안 나에게 하는 말로 착각하고 있었다. 무안해서 그 자리에 더 있을 수가 없었다. 오빠가 들어오자마자 나는 자리에서 벌떡 일 어나 나와 버렸다. 그 이후론 지금까지 본적이 없다. 나의 사주에는 남자는 없 는 팔자인가보다 생각했다. 한동안 남자를 만나지 않기로 다짐했다.

2015년 겨울이었다. 매년 해가 바뀔 때마다 추위는 깊어졌다. 추위가 바늘 구멍을 뚫고 내 온몸으로 들어와 쿡쿡 쑤시고 내 마음마저 꽁꽁 얼려 버리고도 남을 추위였다. 작은 추위도 내게 접근할 수 없게 목도리부터 시작해 온몸을 따뜻한 옷으로 칭칭 감싸고 집 문을 나섰다. 밤새 내린 눈 속에 나의 자동차가 파묻혀있었다. 운전 시야 확보를 위해 눈을 치우고, 유리에 낀 얼음을 제거하 며 그 겨울은 바쁜 출근 시간에 나를 더욱 바쁘게 만들었다.

"꼬미 잘 잤어? 밤새 눈이 많이 내렸네. 언니가 치워 줄게. 오늘도 힘내서 출 근 하자구! 으, 추워."

나는 혼잣말을 잘했다. 꼬미는 나의 첫 직장생활의 발이 되어준 2004년식 파란색 중고 마티즈였다. 눈을 치우고 자동차에 시동을 걸고 노래한 곡을 틀은 후 출근길에 올랐다. 나는 아침부터 노래를 군가처럼 큰 소리로 부르며 차 안의 차가운 공기를 흥겨운 열정으로 데웠다. 회사 주차장에 도착했고 아무 일도 없던 것처럼 차에서 내려 뚜벅뚜벅 사무실 안으로 들어갔다.

나의 일상은 어제와 똑같이 흘러갔고 퇴근 후 조용한 방에 혼자 있는 것이 너무 외로웠다. 그때 마침 우연히 소개팅이 들어왔다. 내가 거주하는 지역과는 거리가 2시간 떨어져 있는 곳이었다. 나의 연애관은 거리는 상관이 없었다. 늘 이렇게 말했다.

"장거리면 어때? 사람이 중요하지." 거부감 없이 선뜻 소개팅남의 번호를 받았다. 오랜만에 들어온 소개팅이기에 괜히 긴장되었다.

'기대를 많이 하면 실망이 큰 법이야. 기대를 하지 말자. 기대를 하지 말자. 성격만 보자. 성격만.' 외로울 때 편안하게 친구처럼 지내기 위해 연락을 받긴 했지만 내심 그 이상을 생각했다. 우리들은 인사말을 시작으로 어떤 연인들처럼 온갖 매너와 유머를 던지며 핸드폰을 뜨겁게 달구었다. 나는 소개팅남의 프로필 사진을 보고 생각했다.

'사진에 속지 말자. 키가 엄청 작을 수도 있어. 근데 외모이며 겉모습만 보고 사람을 판단하지 말자.' 나는 겉모습 말고 사람에 집중하고 싶었다. 그 사람과의 대화에 집중을 많이 했다. 대화할수록 나와는 다르게 자기주관이 뚜렷하고, 조리 있게 설득을 잘하고 대화를 하고 있으면 난 항상 웃고 있었다. 내 속에 있던 갈증이 해소되었다. 내가 바라던 연인들의 모습, 보고 있으면 흐뭇하고 예뻐 보이던 연애를 나도 할 수 있지 않을까 싶었다. 서로 장난치며 웃고 수다 떨고 진심으로 즐거웠다. 거리 따위는 우리에게 전혀 문제가 되지 않았다.

삶에서 가장 행복한 순간

행복. 나와는 상관없고 저 멀리 있을 것 같은 것. 무엇인가를 큰 것을 이루어야 쟁취할 수 있는 것인줄 알았다. 그런 행복이란 것을 나는 그 남자와 함께할 것으로 생각했다. 왜냐하면 받는 사랑이 아닌 나 스스로 사랑을 베풀어주고 싶은 사람이었다. 그는 사람들에게 받은 상처가 많아 보였다. 어떤 상처인지는 잘 모르겠으나 아픔이 있는 듯 보였다. 그것을 숨기려고 강한 척하는 마음 여린 사람이었다. 나는 그에게 좋은 여자가 되고 싶었다. 그런 생각이 드니 모든 것을 그에게 맞추기 시작했다. 나의 일거수일투족을 그에게 보고했다. 잠깐씩 여유가 생길 때 연락하는 정도이기에 별문제는 없었다. 장거리 커플이라 불안해하는 그에게 믿음을 심어 주고 싶었다. 하루는 회식에 참석했는데 그 사람이 말했다.

"10시 전에는 들어가."

"술 마시지마."

나는 회식 자리가 불편해지기 시작했다. 사람들의 눈초리를 못 느낀 것은 아니지만 내 사랑을 지키고 싶었다. 최대한 그 사람에게 나는 맞추어가는 사람이 되었다. 행동이 반복되니 어느새 익숙해졌다. 불편함은 못 느꼈고 내 삶에 그는 녹아있었다. 그와 대화를 나누고 있으면 항상 나는 실실 웃고 있었다.

내 눈에 그 사람의 모든 것이 귀여워 보였다. 2시간 정도의 장거리 커플이었는데 주변에서의 우려와는 달리 만남이 더해갈수록 함께하는 즐거움이 커졌다. 그는 연애 4개월쯤에 결혼하자고 말했다. 그 말을 들은 나는 놀라면서 물었다.

"뭐? 결혼? 너무 빠르게 말하는 거 아니야?" 라고 물었고 그는 대답했다.

"서로의 믿음이 있고 좋은데 미룰 게 뭐가 있냐. 기간은 필요 없잖아." 라고 대답했다. 처음에는 만난 지 얼마 되었다고 결혼 이야기를 꺼내는 건가 의아했다. 좋아하는 감정으로 만나오던 그였기에 잠깐은 놀랬지만, 크게 거부 반응은 일어나지 않았다.

28살에 결혼이라? 빠른 것도 느린 것도 아니었다. 연애를 몇 년 해도 헤어지는 사람들이 많은 마당에 1년 정도의 연애 기간도 적절하게 다가왔다. 결혼하기 딱 좋은 적절한 나이, 여자들의 로망인 드레스를 입었을 때 가장 예쁠 나이, 나에게 결혼을 요구하는 남자가 있는데 어떤 것도 문제 될 것이 없었다. 오래된 타지 생활에 8평 남짓한 원룸에서 혼자 더 이상 울고 싶지가 않았다. 결혼은 나에게 또 다른 출구로 느껴졌다. 많은 것을 내게 줄 것 같았다. 나는 그와 결혼을 전제로 만나자는 말에 동의했다. 그는 자꾸 우리 집에 소개해 달라 했다.

'내가 얼마나 좋길래 저럴까? 그래, 결혼은 남자가 엄청 좋아할 때 하는 것이라고 했지.' 라는 생각을 하고 있을 때 굳건한 믿음이 생기는 날이 있었다.

하루는 감기몸살로 온몸이 아파서 퇴근 후 혼자 끙끙 앓았던 적이 있다. 그때 그는 퇴근 후 2시간을 기차를 타고 11시쯤 내게 왔다. 죽과 약을 먹여주었고, 밤새 수건으로 이마를 닦아주었다. 밤새 나를 간호해주었다. 그리고 새벽에 다시 출근했다. 추운 새벽공기를 맞으며 불편한 기차에 앉아 새우잠을 자고 올라가 다시 근무할 그 사람을 생각하니 눈물이 흘렀다. 고맙고 미안했다. 내가 사랑이란 것을 받고 있음을 알았다. 부모님에게 "결혼을 하겠다." 말씀 드리기에는 용기가 부족했었지만, 그동안 그가 내게 보여준 한없이 나를 아껴주고 적극적이고 추진력 있는 모습에 나의 약한 마음이 굳건해졌다.

사랑하는 사람과 서로에 대해 믿음이 있고 작은 것부터 이루어가는 가정. 그것에서 오는 편안함은 그 어떤 행복도 부러울 것이 없을 것 같았다. 또 한편으로는 동네 아주머니들이 농담 삼아 하셨던 말처럼 결혼을 가볍게 생각했다. 그러지 않으면 결혼을 할 자신이 없었다.

"결혼은 해도 후회, 안 해도 후회야. 그럴 바에는 한 번 해봐."

무겁게만 다가온 결혼을 가볍게 생각하니 무서울 게 없었다. 그와 나의 결혼에는 문제가 될 것이 없었다. 부모님의 도움 없이 우리의 힘으로 시작하기로 약속했다. 어찌 보면 초라할 수는 있지만, 서로가 직장이 있었고 함께 해나간다면 분명 힘들겠지만, 그 또한 감당하고 싶었다.

그런데 예상하지 못했던 부모님과 가족의 반응이었다. 탐탁지 않아 하셨다. 그는 나와 키가 거의 비슷했고 발 치수와 몸무게도 나와 비슷했다. 그 사람의 진실한 마음만이 중요했던 나에게는 중요하지 않았다. 그 사람의 자신감 넘치는 모습이 가족들에게는 '허세'로 보였다. 말만 번지르르하게 잘하는 것 같고, 덩치도 작고 믿음이 가지 않는다고 하셨다. 나는 겉모습만 보고 사람을 판단한다며 부모님에게 실망했다. 그의 부모님은 나를 처음 보았을 때 아주 예뻐해 주셨는데, 귀염을 받는 나와는 다르게 그는 우리 부모님에게 귀염을 받지 못하자 미안했고, 부모님에게 화가 났다.

부모님이 고지식하다고 생각했다. 결혼준비에 돌입했던 나는 아무것도 보이는 게 없었다. 무서운 것도 없고 제정신이 아니었다. 나는 사랑에 미친 게 틀림없었다. 가족들의 반대에 부모님과 가족들의 가슴에 비수도 서슴없이 꽂았다.

인연을 끊어버리겠다, 내가 좋다는데 무슨 문제가 되냐며 차마 입에 담지 않아야 할 말들을 쏟아부었다. 그동안 부모님에 서운했던 감정들이 하지 말아야 할 말들로 쏟아져 나와 버렸다. 갈등이 쌓였지만, 부모님과 가족은 어쩔 수 없이 나를 위해 허락 해주셨다. 힘들게 결혼승낙이 떨어졌지만, 앞길이 캄캄했다. 그 사람은 경기도 사람이었고, 나는 경상도이기에 지역 문화 차이 갈등도 만만치 않았다. 경기도 쪽은 남자가 거주하는 지역에서 결혼식을 치른다고 하고, 경상도는 여자가 거주하는 지역에서 결혼식을 해야 한다고 했다. 또한, 예단, 예물 등 여러 가지 난항들이 존재했다. 나는 우리 집 식구들과의 대화를 정상적으로 하지 못했다. 말만 하면 감정이 격해져서 일만 크게 만드는 꼴이 되었다. 나 대신 그가 중간역할을 했다. 조금만 참고 이 시기를 잘 헤쳐 나가자고 손을 잡았다. 결혼 준비가 육체적 피로와 정신적 고통이 따른다는 것을 알았다. 정말 관둬버리고 떠나버리고 싶었다. 힘든 상황들이 싫었다. 요즘 유행하는 셀프웨딩은 꿈도 못 꾸고 결혼식장에서 준비된 패키지로 모든 것을 결정했다. 결혼식이 빨리 끝나버렸으면 좋겠다는 생각뿐이었다. 그와 나는 회사 일이 바빠 평일, 주말 가릴 것 없이 야근했고 달력도 금방금방 잘도 넘어갔다. 고통의 끝에는 행복이 기다리고 있을 것이라고 믿어 의심치 않았다.

인천에 산 중턱에 있는 웨딩촬영지에 가서 추위에 벌벌 떨며 드레스를 입고 웨딩사진 촬영도 마쳤다. 직장 생활도 열심히 하고 결혼식 당일만 기다리면 되는 것이 남은 일이었다.

결혼식을 준비하면서 시간에 쫓기다보니 지인들을 서운하게 한 일도 많았다. 그와 나는 장거리 커플이기에 내 고향 친구, 학교 친구, 직장동료들에게 예의를 갖추어서 인사도 시켜드리고 정중히 청첩장을 드렸어야 했는데 그러지 못했다. 급하게 추진한 결혼식이라 몸도 바쁘고 마음도 바빠 실수투성이였다.

결혼식이 하루빨리 끝나버렸으면 좋겠다는 생각밖에 들지 않았다. 그토록 기다리던 결혼식 하루 전날. 오전까지도 나는 사무실에 앉아 있었다. 마음을 놓고 자리를 비운다는 게 쉬운 일이 아니었다. 직장인들이 모두 공감하겠지만 어쩔 수 없이 기일내에 처리해야 할 일이 있기에 최선을 다해 구멍이 나지 않아야 한다는 마음에 쉽사리 자리를 떠나기가 어려웠다. 서둘러 경기도로 향하기 위해 기차에 올랐다. 좌석에 앉고 기차가 출발하자 그때야 숨을 돌릴 수가 있었다.

그때 학창시절 친구에게 전화가 왔다. 친구는 내게 서운함을 토로했다. 결혼식을 준비하면서 나 스스로도 부족한 것을 알았지만 너무 힘들어 차마 하지 않았던 것. 예의를 갖추어 인사를 시키고 음식을 대접하고, 청첩장을 건네고 결혼식 날 먼 길 어떻게 올 것인지 묻지 않았다고 서운하다는 내용이었다. 서운한 마음이 충분히 이해는 되었지만 기차 안에서 울음이 터져 나왔다. 그동안 너무 힘든 나머지 마음에 물집이 잡혀있었는데 그 물집을 짓누르는 것 같았다. 기차 안에서 정신이 혼미했다. 친구는 말을 하고 오해가 있었다면 풀어야 결혼식을 갈 수 있을 것 같아서 전화했다고 했다. 나는 들고 있던 핸드폰을 놓쳐버릴 듯 온몸에 힘이 빠졌다. 계속 눈에는 눈물이 흘렀다.

"네 마음대로 해. 안 와도 돼. 너 서운한 게 있어도 결혼식 끝나고 말해도 되는 거잖아. 정말 힘들다."

기차 안에서 흐느끼는 나를 사람들이 힐끔힐끔 쳐다보았다. 누군가가 나를 쳐다본다는 것이 느껴졌지만 참을 수가 없었다. 눈이 시뻘겋게 된 상태로 기차에 내려 나를 기다리던 어머니를 만났다. 결혼하는 딸과 하룻밤 함께 있기 위해 먼 길을 달려오셨다. 어머니도 기차를 타기 직전까지 집에서 결혼식 당일 버스에 실을 음식들을 준비하느라 쉴 새 없이 있다가 오셨다고 했다. 신경을 너무 쓴 나머지 눈에서 무엇인가 하얀 실핏줄 같은 것이 어른거린다고 하셨다. 시력이 좋지 않으셨지만 내 눈이 충혈된 것을 금세 알아차리면서 걱정하셨다. 결혼 준비를 하면서 못 땔 말을 서슴지 않은 미운 딸인데도 어머니는 계속 나를 걱정하셨다. 그때야 죄송한 마음이 들기 시작했다. 어머니와 함께 호텔에서 샤워도 하고 서로 마사지도 해주고 팩도 하면서 다음날 있을 결혼식의 긴장을 많은 이야기를 나누며 해소하고 있었다. 결혼식 당일 새벽은 일찍 시작되었다. 여자들의 로망인 당일. 주인공이 되기 위한 준비인 메이크업을 받고 본식 드레스를 입었다. 드레스를 입자 심장이 빠르게 뛰었다. 나를 보러 스타렉스를 대여해서 먼 길을 달려 와준 고마운 직장 식구들, 친구들, 지인들. 살면서 고맙습니다. 라는 말을 가슴 뜨겁게 했던 적이 있었을까? 하는 생각이 들었다. 정말 가슴 뜨겁게 감사했다. 휴일인 날 누군가를 위해 시간을 내어준다는 것과 축복을 바라며 공간에서 함께 해준 그 사람들을 잊지 못한다.

예식 시간이 되었고 아버지의 손을 잡고 4월 봄의 신부가 되는 걸음을 걸었다. 최대한 밝게 긴장하지 않기 위해, 울지 않기 위해 계속 해맑게 웃고 있었다. 많은 사람들의 박수를 받으며 약속했고, 화려하진 않았지만 그와 나에겐 뜻깊은 결혼식을 마쳤다. 결혼식장 중간에서 그의 가족들과 내 가족들 중간에서 해맑게 웃고 있던 나와 그의 모습은 우리 삶에서 가장 행복한 모습이 틀림없었다.

네가 가장 행복하길 바라는 사람은 부모님이다.

주말부부

결혼식을 준비하는 과정 내내 모든 것이 실수투성이였다. 우여곡절 끝에 함께 살기 위한 관문인 결혼식이 끝나고 나서야 묵은 체증이 내려갔다. 우리 부부는 장거리 커플에서 장거리 부부가 되었다. 각자의 직장 문제로 인해 결혼하자마자 함께 살 수는 없었다. 신혼집은 나의 직장이 위치한 곳에 마련했다. 신랑은 시댁 어르신들과 함께 살 수 있지만, 타지생활을 하던 나이기에 집이 필요했기 때문이다. 신축 건물이라 깨끗했고 신혼부부가 살기에는 딱 좋은 투룸 빌라를 선택했다. 경기도 보다 부동산 가격이 그나마 낮았기에 대출은 받았지만 우리의 따뜻한 보금자리를 만날 수 있었다. 남편의 생활은 연애 시절과 비슷했다. 여자 친구였던 내가 아내가 된 것뿐이지 평상시 생활과 크게 달라진 게 없었다. 지금껏 생활방식대로 평일에는 시어머니의 보살핌을 받으며 직장 생활을 했다. 나 또한 심리적인 부담과 챙겨야 하는 것이 2배가 되었지만 생활 방식은 그대로였다. 나와 남편은 주말에만 볼 수 있었기에 주말이 항상 그리웠다. 서로가 시간을 맞춰 내가 신랑에게, 신랑이 나에게 오가면서 큰 의견 충돌은 없었다. 연인 시절부터 주말에만 보는 것이 익숙했기에 문제가 될 것이 없었다. 주변에서는 그렇게 보이지 않는지 자주 주말부부에 대해 많은 걱정을 하셨다.

"2세가 태어나면 힘들 텐데 어찌할 생각이야."

"부부는 지지고 볶아도 함께 살아야 하는 건데." 친정도 직장 근처에서는 2시간이 넘는 곳에 있었기에 주변에서는 많은 걱정을 해주셨다. 주변에서 걱정이 넘치는 반면 당사자인 나는 별생각이 없었다. 서로의 사랑과 믿음이 있었고 주말부부를 최대한 이른 시일 내에 접은 후 함께할 수 있을 거란 긍정적인 근거 없는 희망을 품고 있었다.

'시간이 지나면 해결해주겠지.'라고 안일하게 생각했다. 조금만 참으면 합칠 수 있는 문제라고.

매주 금요일은 주말이 기다리고 있어서 좋은 요일이다. 결혼 후 금요일은 남편을 볼 수 있다는 생각에 하루 내내 입꼬리가 내려오지 않았다. 퇴근 후 꽃단장을 하고 남편을 마중 나가는 자체도 즐거웠다. 주말에 먹을 음식들을 손잡고 마트에서 장을 봐와서 요리를 해 먹고, 거실에 앉아 영화도 보고 함께 있으면서 '아, 이런 것이 행복이구나.' 행복에 가까이 다가간 기분이었다. 시간이 지날수록 부부는 닮는다는 말이 있듯이 나도 그랬다. 나는 남편을 스펀지로 빨아드리듯 그대로 흡수하고 맞춰주었다. 마치 어린아이가 된 마냥 즐거웠고 남편은 정신적으로 많은 의지가 되었다. 남편은 오징어를 많이 좋아했다. 오징어와 맥주를 마시면서 영화를 보는 것을 즐겼다. 어릴 적에 턱이 네모가 된다며 먹지 않았던 오징어를 남편을 만난 후부터 계속 달고 살았다. 남편은 말했다.

"오징어는 살 안 쪄."

오징어의 씹는 참맛을 알아서 끊을 수가 없었다. 살이 쪄도 좋고 모든 것이 좋았다. 아가씨였을 때와 유부녀가 되고 난 후의 느낌은 상당히 차이가 났다. 뭐가 많이 달라질까 생각했으나 모든 것이 달라졌다. 유부녀이기에 말이나 행동 하나하나가 조심스러워졌다. 장난치는 것을 좋아하는 성격인데 그러면 안 되는 것 같았다. 밖에서도 항상 남편을 생각하며 스스로 행동에 엄격하게 굴었다. 혼자 생활하던 때의 방식과 결혼 후의 생활방식은 완전히 상반되었다. 혼자 생활했을 때는 즉흥적인 생활이 가능했지만 결혼 후 생활은 일일이 남편과 상의를 해야 했고 허락이 떨어져야 할 수 있었다. 처음에는 마음이 답답했다. 상의해야 되는 만큼 시간도 오래 걸리고, 하고 싶은데 남편이 싫어하면 하고자 했던 욕심을 접을 줄도 알아야 했다. 한 달 정도 결혼 생활에 적응하느라 힘들었다. 마음을 비우고 내려놓고 맞추는 과정들에 들어가는 에너지 소비가 상당했다. 하지만 그런 것 또한 나에게는 문제가 되지 않았다. 누군가와 함께할 수 있고 내 곁에 남편이란 존재가 있다는 자체만으로 위로를 받았다. 마음속의 공허함이 사랑으로 꽉 채워졌다. 직장 선배 중 한 명이 말했다.

"주말부부는 전생에 나라를 구해야 할 수 있는 거야."

선배 중 몇 명은 은근 주말부부를 부러워하는 분들이 있었다. 농담인지 진담인지 모르겠으나 말씀으로는 무척이나 부러워하셨다. 사실 그 부분에 대해 놀랐다. 나는 이토록 합치고 싶은데 왜 주말부부를 부러워하시나 하고 이해가 되지 않았다. 우리 부부에게 주말은 기쁨 반, 슬픔 반이었다. 주말의 시간은 모터라도 단 것처럼 빨리 지나갔다. 월요일에 남편이 무리 없이 출근하기 위해서는 일요일 저녁에 기차를 타고 올라가는 것이 이성적인 판단이었다. 하지만 내가 워낙 외로움을 많이 타다 보니 남편은 나를 위해 희생했다. 피곤한 몸을 이끌고 월요일 새벽 4시 30분에 일어나 새벽 기차로 출근길에 올랐다. 멀고 힘든 길을 남편은 투정 한 번 부리지 않았다. 이런 남자라면 평생 나를 아껴주고 사랑해주고 믿음이 깨지지 않는 행복한 가정을 이룰 수 있을 것만 같았다. 내가 생각하는 이상적인 가정을……

　모든 만물이 새롭게 시작하는 봄. 새로운 시작. 그래서 결혼식이 4월에 가장 많은 것 같다. 나 또한 따뜻한 봄의 신부라는 말이 듣고 싶었다. 결혼 후 1개월이 지날 무렵 혼자 생각했다.

　'결혼식은 4월에 하는 것은 아닌 것 같아.'

　결혼식 후 신혼여행을 다녀오고 양가 부모님 집에 하룻밤씩 묵고 다시 일상에 스며들어 아무 일도 없었다는 듯이 직장생활을 시작해야만 했다. 정신이 없었다. 더구나 4월에 시댁 부모님 생신이 몰려있었다. 처음 며느리로서 맞이하는 시부모님 생신이기에 아무리 식사를 한 끼 한다지만 마음에 부담감이 컸다. 집에서 음식을 만들어 가족들과 함께 나눠 먹었다. 나는 요리를 제대로 하는 것이 없어서 보조역할만 열심히 할 뿐이었다. 죄송했다. 내년에는 번지르르하게 식사를 대접하겠다고 다짐했다. 마음의 큰 부담을 느꼈던 시부모님의 생신이 지나가자 5월 가정의 달이 왔다. 5월 가정의 달이 결혼한 가정에는 큰 부담으로 다가오는 것을 결혼 후 알게 되었다. 미혼이었을 때는 시간이 되면 집에 내려가 부모님을 뵙고 식사와 용돈을 전해드린 것이 다였고 마음에 부담도 없었다. 바쁘면 부모님께 문자와 전화로 대신했었다. 결혼 후에는 직접 찾아뵙고 인사를 드려야만 될 것 같았다. 잘하고 싶었던 나의 욕심이었다. 시댁과 친정의 거리는 시간으로 따지면 7시간이나 떨어져 있는 거리였다. 어버이날이 주말과 맞물려있던 터라 금요일에 근무를 마친 후 시댁에 갔다가 토요일 저녁에 친정으로 내려갔다. 연애 시절에는 사정을 보고 상황에 맞게 하면 되지, 라고 편안하게 받아드렸는데 결혼 후 이상하게 시댁에 했으면 똑같이 친정에도 하고 싶어졌다. 16년 4월, 5월이 많은 기념일을 챙기면서 순식간에 지나 가버렸다.

결혼 전에 프러포즈는 마냥 남자가 여자에게 해주는 것이 보편적이다. 어느 날 인터넷 매체에서 그와는 반대로 여자가 남자에게 프러포즈를 해주는 장면을 본 적이 있다. 그 장면이 뇌리에 박혀서 나 또한 그렇게 해주겠다. 라고 다짐하며 살아왔다. 결혼식 날짜가 잡히고 나 또한 프러포즈를 기다리지 않았던 것은 아니었다. 내심 설렘이 가득했고 기대를 품고 지내다 문득 다짐했던 기억이 떠올랐다.

'그냥 내가 먼저 프러포즈해줄까?

'그깟 프러포즈가 뭐라구. 내가 해 주자!'

나는 이상한 낌새나 눈치가 그런 편에는 빨라서 왠지 남편이 프러포즈하게 되면 미리 눈치를 채서 눈물을 흘리거나 그러지 않을 것 같았다. 그럴 바에야 내가 남편에게 감동을 선사하자고 생각했다. 늘 다짐해왔던 '여자가 먼저 남자에게 하는 프러포즈'를 결심했다.

금요일 저녁 남편이 신혼집에 도착하면 밤 11시가 되었다. 남편이 오기 전에 미리 신혼집 거실에 파티용 풍선으로 장식을 했다. 파티용 풍선으로 장식만 한 것인데 그럴싸해 보였다. 직접 준비한 프러포즈 영상도 USB에 담아 재생 버튼만 누르면 재생되게끔 해두었다.

"나와 결혼해줄래?" 라고 말할 때 주는 반지 대신 나는 부부 도장을 준비했다. 부부 도장에는 의미가 있었다. 혼인신고를 할 때 함께 찍자고 약속하고, 함께 노력해서 얻는 재산에 부부 도장으로 하나씩 계약해나가자는 의미였다.

남편이 현관문을 열고 깜짝 놀랐다. 나의 노력을 담은 프러포즈는 서프라이즈로 성공했다.

감동한 표정이었지만 눈물은 흘리지 않아 살짝 아쉽긴 했지만 좋아하는 모습에 만족했다. 남편이 매우 고마워하고 있음이 느껴졌다. 그 순간 남편이 사랑받는 기분을 마음껏 느꼈으면 하는 생각만 들었다.

주말부부를 하면서 점차 마음이 맞지 않는 것이 하나 둘 생겨나기 시작했다. 그중 하나가 바로 혼인신고 문제였다. 요즘 신혼부부들 사이에도 혼인신고를 1년 뒤에 하는 추세였다. 나 또한 그래도 되겠단 생각이 없지 않았지만 시댁 어르신들의 말씀도 있고 굳이 시간을 끌 필요도 없다고 생각했다. 혼인신고를 하지 않는다고 해서 내가 결혼한 사실은 사라지는 것이 아니고 또 결혼하면 직장에서 배우자 수당이 나오기 때문에 직장 분위기는 결혼 전에 혼인신고 하는 분들도 더러 보았기에 큰 걱정은 없었다.

평일에 각자 직장 스케줄로 인해 바쁘다 보니 혼인신고를 하러 갈 시간을 내기가 어려웠다. 다음에 각자 휴무를 내서라도 함께 동사무소에 가서 혼인신고를 했으면 했다. 혼인신고 후 기념사진을 찍어야 한다고 생각했다. 처음으로 하는 것은 뭐든 의미가 있는 것이니까 말이다. 그런데 시댁에서 혼인신고를 하지 않는 것을 탐탁지 않아 하셨다. 혼인신고를 일부러 미루는 것도 아니고 안 하는 이유가 있는 것이 아니라 단지 같이하고 싶었던 것뿐이었다. 이런 마음을 전하니 남편은 나에게 화를 내었다.

"혼자 하면 뭐 어때서 그래? 그게 뭐가 중요해. 일 때문에 휴무 내기 어려워."

남편의 반응이 내 마음을 몰라주는 것 같아 씁쓸했다. 씁쓸한 반면, 내가 바쁜 사람한테 이런 것을 신경 쓰게 만드는 것인가 싶어졌고 남편 말을 듣고 있으니 남편 말에도 일리가 있었다.

'그래, 혼인신고 혼자 하면 어때. 잘 사는 게 중요하지.' 혼인신고할 때는 지인 두 명의 확인이 필요했다. 나와 룸메이트였던 직장 언니와 직장 동생에게 부탁했다. 다들 부부가 함께 와서 의미 있게 혼인 신고를 했지만 나는 애써 덤덤한 척했다.

여자의 촉

신혼이 주는 달콤한 행복 따위는 스치는 바람이었다.

대형사고가 발생하기 전에 그와 관련된 수많은 경미한 사고와 징후들이 반드시 존재한다고 했다. 하인리히의 법칙처럼 그 날도 그 신호의 일종이었다. 우리 부부의 신혼생활의 유일한 낙은 주말에 거실에 앉아 오징어를 뜯으며 맥주를 마시고 영화를 보는 것이었다. 금요일은 항상 토요일 새벽 늦게까지 이야기 나누고 영화를 보았다. 그때 남편 핸드폰에 메시지가 연속적으로 떴다. 우연히 알림 창에 뜬 메시지를 보게 되었다. 얼핏 본 내용이었지만 신경이 쓰였다. 누구냐고 물으니 남편은 회사 여직원이라고 말했다. 주말이고 늦은 이 시간에 연락하는 여직원은 생각이 있냐고 물으니, 직업 특성상 수시로 연락을 주고받아야 한다고 말했다. 광고업에 종사하는 남편이기에 그럴 수 있나 보다 생각하고 말았다. 내가 광고업계 쪽의 직업이 아니기에 그 문화를 모를 수 있을 것 같아 남편이 하는 말대로 믿었다. 하지만 계속 신경이 쓰이는 것은 어쩔 수가 없었다. 매번 주말마다 함께 있을 때 그 여직원에게 연락이 왔다. 하루는 그 연락을 주고받은 내용을 봤는데 이해가 되지 않는 내용이었다. 그 여직원은 집에 들어갈 때까지의 상황을 남편에게 보고하고 있었다. 이게 무슨 상황이냐고 물으니 여직원이 본인에게 자료를 줄 게 있는데 자꾸 거짓말하는 것 같아서 집에 들어가서 자료 보내기 전까지 보고하라고 했다는 것이었다. 나는 주말에 남편과 다투기 싫어서 그럴 수도 있겠다. 는 마음으로 그것 또한 이해했다. 한번 이해하고 두 번 이해를 해줬더니 주말마다 늦은 시간에 다정한 말투로 대화를 주고받는 것을 보고 화가 났다. 그때 때마침 그 여직원으로부터 전화가 오는 것이었다. 아무리 일이 중요하기는 하지만 이것은 아닌 것 같아 남편의 전화를 내가 받아서 말했다.

"직장 사람이라도 이 늦은 시간에 연락하시는 건 예의가 아니지 않나요? 직장동료 맞아요?"라고 묻자

"동료가 맞고 일 때문에 부득이하게 연락하게 되었습니다. 죄송합니다. 주의하겠습니다."라고 대답했다.

알 수 없는 찝찝함에 한 번 더 그 여자에게 물었다.

"제가 듣기로는 그쪽도 남편이 있으신 거로 아는데 남편 분이 이렇게 늦은 시간에 남자랑 통화하면 뭐라고 안 하시나요?"

"죄송합니다."

계속 여자는 죄송하다는 말만 할 뿐 별다른 말이 없었다. 머쓱해진 나는 앞으로 조심해줬으면 좋겠다고 말을 한 후 전화를 끊었다. 남편은 내게 그 여자도 유부녀이고 남편하고 사이가 좋은데 내가 예민한 반응을 한다며 말했다. 하지만 그 이후부터 나는 예민해져 갔다. 무엇인가가 불안했다. 그렇게 또 몇 주가 흐르고 남편이 잠이 들었고 남편의 핸드폰이 눈에 들어왔다. 하면 안 되는 행동이었지만 궁금해서 참을 수가 없었다. 핸드폰을 들고 있는 손이 미세하게

떨리기 시작했다. 핸드폰의 비밀번호를 미리 알아두었던 터라 잠금 화면을 푸는 것에는 어려움이 없었다. 문자, SNS 등을 살펴보았지만 특별히 이상한 것은 없었다. '다행이다.' 라는 생각이 들면서 핸드폰을 자리에 두려다가 우연히 남편의 메일이 확인하고 싶었다. 메일에 들어갔더니 평일 월요일 13:25에 어떤 여자에게 온 메일이 있었다.

메일의 내용은 이러했다.

무슨 일 있어요?

무슨 일 있는 거 아니죠?

나 생일날인데. 참 슬프네.

오빠 결정인가? 이게? 얘기는 하고 정리해요. 그럼.

오빠 결정이 그럼 안 매달릴게.

메일을 보낸 사람의 이름은 회사 여직원이자 유부녀라고 했던 S양이었다. 핸드폰을 들고 있는 내 손이 벌벌 떨리기 시작했다. 나는 화를 참지 못하고 잠이 든 남편을 흔들어 깨웠다. 핸드폰을 들이밀며 언성 높이며 물었다. 남편은 당황해하며 내게 변명을 풀어놓았다. 메일 내용이 개인적인 내용이 아니라 회사 일 내용이라고 말했다. 그 여직원과 일로 부딪혀서 컨펌을 그 협력 업체에 넣었는데 여직원이 저렇게 메일을 보낸 것이라고 말했다. 사실 이해는 안 되었지만 이해하고 싶었다. 큰일을 만들고 싶지 않았고 남편 말이 사실일 수도 있다고 생각했다. 남편 말이 사실인데 그것을 믿지 못하면 아내 자격이 없는 것 아닌지, 남편이 얼마나 외로울지를 생각하면 그 말을 믿는다는 것은 어려운 일이 아니었다.

또 한 번은 SNS 메신저를 통해 나에게 대화요청이 들어온 적이 있었다. 대화를 나눠보니 남편의 전 여자 친구였다. 남편을 모욕하는 거짓말들을 늘어놓는 내용이었다. 남편과 연애 시절에 받은 상처가 많아 남편이 불행했으면 좋겠다 싶어서 연락한 것이라고 했다. 만약에, 나였다면 하지 못할 행동이었다. 정말 별의별 사람들이 많구나 싶었다. 내 눈에는 그 여자가 딱 해 보였고 긴 이야기를 들어주었고 이별의 아픔을 극복할 수 있게 좋은 말을 건넸다. 참 아이러니한 관계였다. 결국에는 남편의 전 여자 친구로부터 사과를 받았지만, 자꾸만 이상한 일들이 생기니까 일도 집중되지 않았고 짜증이 늘어났다. 남편에게 있었던 일을 전하니

"믿어줘. 그런 일 절대 없었어. 자꾸 왜 이런 일이 생기는지 모르겠어. 우리 사이를 방해해서 떨어뜨려 놓으려는 거야. 요즘 이상한 사람들 많잖아. 유진아, 네가 흔들리면 안 돼. 이겨내야 해."

점점 남편에 대해 의심이 생기기 시작했지만, 남편 말처럼 세상에 별의별 일이 다 있으니 내 가족인 남편 말을 믿어야 한다 생각했다. 이상한 일들을 잘 극복해가며 주말부부를 잘 유지하고 있었지만, 이상한 일들을 겪으면서 나는 두통이 생기기 시작했다. 출근해서도 마음은 불안하고 평일에 퇴근 후 남편의 행선지가 궁금해졌으며 계속 연락 유지에 집착하기 시작했다. 영상통화든 사진으로 인증 사진을 찍는 등 확인해야 마음의 안정을 찾을 수 있었다. 몸은 사무실이었지만 정신은 다른 곳에 가 있었다.

그 당시 남편은 직장을 세 차례 이직하는 일이 발생했다. 매번 조건이 좋은 곳으로 이직한 것이지만 결혼 후 안정을 찾아가는 일만 남았다고 생각했는데, 이런저런 일들이 겹치면서 심리적으로 불안한 나날들의 연속이었다.

16년 7월 중순쯤 일주일 정도 남편이 쉬는 시간이 생겼다. 오랜만에 찾아온

쉬는 날이라 남편은 내게 시내에 나가서 구경도 좀 하고 혼자 쉬고 올 것이라 말했다. 남편의 말에 불안해서 눈치를 보며 물었다.

"인증! 남겨 봐. 하면 화내겠지?"

"무슨 인증?"이라고 남편은 대답했다. 나는 남편에게 불안한 나의 마음을 전하고 싶어서 전화를 걸었지만 20분간 전화 연결이 되지 않았다. 간신히 전화 연결이 된 남편은 오늘 H백화점에서 미술전을 공짜로 한다고 해서 그곳에 도착해있다고 말했다. 분명히 외출 준비를 한다며 씻고 오겠다던 남편이 벌써 백화점에 도착했다니 거리상 계산이 되지 않았다. 그리고 나는 물었다.

"지금 백화점이라고? 오빠 축지법 써?"

"무슨 소리야? 왠 축지법? 크크크."

"전화는 왜 안 받아?"

"택시 타고 왔지."

"5분 전에 집이라며! 내가 거짓말하지 말랬지?"

문자로 주고받다 남편에게 전화가 걸려왔지만, 전화를 받지 않았다. 내가 전화를 할 때는 계속 받지 않더니 이상한 기분이 들었기 때문이다. 내가 전화를 받지 않자 남편에게 메시지가 왔다.

"안 믿네? 그럼 믿지 마. 네가 전화 안 받았다. 진짜 어이없네."

"20분 안에 전화를 왜 못 받는데? 밥 먹고 쉬고 있다며. 내가 전화했을 때면 씻고 있거나 준비 중일 시간인데."

나의 메시지를 읽은 후 남편은 미술관에 전시된 사진을 찍어서 보내주었다.

"믿으세요 좀. 진짜니까 히히 난 화 안 났어."

남편이 보내준 사진을 보면서도 왠지 모르게 믿음이 가지 않았다. 한동안 계속 이상한 일들의 연속이었고 자꾸만 남편의 말이 앞뒤가 다르다는 생각이 들었다. 순간, 이런 생각을 하는 현실이 싫어졌다.

"오빠 때문에 내 하루하루를 망치기 싫다."

"맘대로 생각해. 내 맘대로 쉬지도 못하게 하네."

"누가 쉬지 말래? 집에서 쉬고 있던 사람이 짠하고 H 백화점이라고 말하면 누가 믿어?"

"그래 뭐 그런 생각이 들면 어쩔 수 없지. 아 근데, 생각할수록 억울해."

"오빠, 지금 어딘데?"

"나 혼자고 뭐 맘대로 생각해라. 그런데 진짜 혼자 온건데 왜 그런 의심을 하지? 키키 그래서 더 말하기 싫어진단 생각은 안 해?"

남편에게서 도착하는 메시지를 읽자 가슴을 후벼 파는 듯한 고통이 느껴졌다. 자꾸만 이상한 상상들이 떠오르는 것이었다. 그 유부녀 직원하고 함께 있는 것은 아닌지. 둘이서 나를 바보 취급하며 웃고 있는 것은 아닌지 별의별 생각이 머리를 아프게 했다. 나는 남편에게 마음에도 없는 말을 했다.

"이혼하고 싶다."

이혼이란 말에 남편이 겁을 먹고 행동을 좀 똑바로 해주길 바랐다. 나는 남편이 보내준 2장의 사진을 보고 인터넷으로 시내에 있는 백화점을 다 뒤지기 시작했다. 정말 전시회를 하는 백화점이 있는지 궁금했다. 아무리 뒤져도 전시회 관련된 안내를 하는 백화점이 없자 설마 하고 사진 속에 보이는 작품을 검색했다. 앤서니 브라운의 작품이었다. 나는 현재 앤서니 브라운의 작품이 전시되는 곳을 검색해보니 바로 그 장소는 시댁과는 거리가 아주 먼 예술의 전당이었다. 가슴이 철컹 내려앉았다.

남편에게 전화해서 확실하게 H 백화점이 맞냐고 물으니 한동안 남편은 대답이 없었다. 그 침묵을 깬 것은 화를 참지 못하고 폭발한 나였다.

"나랑 장난쳐? 백화점 아니잖아. 예술의 전당이잖아!"

"네가 그럴 것 같아서 말 안 했다. 왜 자꾸 의심해? 나는 혼자 이런데도 오면 안 되냐? 너 의부증 있냐? 왜 사람을 못 믿어. 왜 이렇게 집착을 해. 왜 못 쉬게 해!"

오히려 거짓말을 한 남편이 적반하장으로 나왔다.

당장 연가를 써서 서울에 올라가고 싶지만 올라가서 도착하면 예술의 전당 문이 닫힐 시간이었다. 나는 도무지 일에 집중할 수가 없었다. 예술의 전당에 전화해서 CCTV를 확인할 수 있겠냐고 물었지만 쉽게 확인할 수가 없다는 답변을 받았다. 나로서는 확인할 길이 없었다. 남편은 나의 의심에 지친다는 듯 오히려 본인이 화났다면서 저녁 늦도록 연락이 오지 않았다. 가슴이 먹먹했지만 확인할 길이 없으니 나는 자꾸만 이상한 여자가 되어갔다. 나는 남편이 예술의 전당이 맞다는 소리를 하는 그 순간 힘들게 붙잡고 있던 모든 끈을 놓고 싶었지만, 그와 동시에 친정 부모님이 떠올랐기에 나는 버티어야만 했다.

결혼 생활에 사소한 거짓말은 독이 되며,
점점 믿음이 깨지고 해독할 수 없게 된다.

무너진 믿음

연인 시절 그 사람과 함께 하는 모든 것이 행복했다. 미래에 관해 이야기 나누었을 때, 서로를 생각하고 쓴 유치한 시를 주고받았을 때, 영화를 보고 나와서 평론가처럼 의견을 주고받았을 때, 일상에 대해 수다를 떨 때, 그와 함께 한 순간, 순간들은 내게 소중했다. 아직 그 감정이 살아 숨 쉬고 있었다. 그 기억들이 나를 미소 짓게 했다. 우리의 행복했던 시간이 더럽혀지는 것은 절대 용납할 수가 없었다. 두려웠다. 행복한 지금을 잃어버린다는 것이, 모든 것이 바뀌게 된다는 것이 두려워 견딜 수가 없었다. 모든 것은 오해일 것이라 믿었다. 남편이 오해라고 말했고 간절히 자신을 믿어달라고 했다. 물증은 없고 심증만 있었다. 남편의 말이 진실이라면 남편은 얼마나 힘들까란 생각을 몇백 번은 했지만 불안한 마음은 사라지지 않았다. 불안한 마음을 갖고 일상을 살아가야 했다. 아무렇지 않은 척 밥을 먹고, 직장에서 웃기도 하고 일도 정신없이 했다. 바쁘다 보면 잡생각이 절반은 줄어들었다. 그러다 보니 어느덧 여름이 성큼 왔다. 남편과 시부모님, 형님네와 함께 갯벌 쪽에 펜션을 잡고 여름휴가를 갔다.

시댁은 가족들 생일이나 여름휴가 때 가족들이 다 함께 보냈다. 친정과는 사뭇 다른 분위기였다. 매우 가족적인 분위기가 마음에 들었다. 남편 또한 둘이 여행 가는 것보다 가족들과 다 함께 가는 것이 시끌벅적하니 재밌다며 좋아했다. 워낙 잘 맞추는 성격인 나로서는 거절할 이유가 티끌도 없었다. 시어머니께서는 그동안 남편과 나에게 일어난 일에 대해서 다 알고 계셨다. 남편이 우리의 갈등과 그 이유에 대해 시댁에 미주알고주알 다 말했기 때문이다. 문제가 있음 가족끼리 뭉쳐야 한다는 생각을 하고 있던 남편이었다. 시댁 어른들이 몰랐으면 하는 이야기까지 알고 있으니 나는 점점 매우 불편해졌다. 남편과의 갈등이 있으면 시어머니께서 나를 미워할 만도 한데 항상 내 편을 들어주셨다. 그런 시어머니께서 내게 말했다.

"유진아, 너희 오빠 그런 사람 아니야. 걱정할 것을 걱정해."

시어머니 눈에는 내가 한없이 콩깍지가 씌어 남편이 멋있어 보이나보다 생각하며 귀엽게 봐주셨다. 남편에게는 행동을 똑바로 하라고 타이르셨다. 자상한 시아버지와 시어머니 그리고 형님네 가족과 함께하니 불안한 마음이 쑥 내려갔다.

'그래. 오빠는 그런 사람이 아니야. 내가 예민했어. 너무 예민하다 못해 지나쳤어.'

혼자 반성하는 시간을 가졌다. 시댁 식구들과 함께 갯벌에서 조개도 캐고, 게임도 하고 맛있는 것도 먹으며 평생 잊지 못할 추억을 그렸다. 친정 식구들 끼리는 여행을 간 기억이 자주 없었기에 시댁 식구들과 함께하는 여행에서 가족끼리 여행을 온다면 느낄 수 있는 기분을 느끼게 되었다.

남편과 손을 잡고 바닷가를 거닐며 내가 말했다.

"내가 예민했어. 미안해. 불안해서 미안해."

모든 것은 나의 불안한 마음만 사라지면 해결되는 문제였다. 쉬운 것 같았지만 마음처럼 쉽게 되지 않았다. 여름휴가를 다녀와서 남편에게 단둘이 여행을 가자고 했다. 추천한 여행지는 내가 가장 좋아하는 곳 경남 남해였다. 겨울에 친구와 함께 대중교통을 이용해서 다녀온 추억이 있었다. 그때 발품을 많이 팔아서 몸이 고되었지만, 다음날 일어나서 창밖을 통해 바라본 경치에 온몸의 피로가 싹 풀리는 것을 경험했다.

'와, 이래서 여행을 하는구나.'

남해는 내게 여행의 묘미를 알게 해준 곳이었다. 그곳에 남편과 함께 가고 싶었다. 좋은 기운을 주는 그곳에 가서 우리나라 3대 관음성지 중 하나인 보리암에 가서 가정의 평안에 관한 기도를 드리고 싶었다. 관음성지는 '관세음보살님이 상주하는 성스러운 곳'이라는 뜻으로 한 가지는 꼭 들어준다고 소문이 자자한 곳이었다. 전국에서 사람들이 방문하기에 항상 사람들이 넘쳐났다.

우리부부는 주말을 이용해 급하게 남해 행을 선택했다.

친구와 왔을 적에도 좋았지만 남편과 함께 오니 친구와는 다른 느낌으로 감동이 밀려왔다. 숙소만 정하고 갑자기 달려온 여행이었지만 남해의 곳곳을 누볐다. 남편이 좋아하는 회, 오징어도 수산물시장에서 직접 떠서 숙소에서 소주와 함께 한잔했다. 그동안 서로의 오해를 푸는 시간이 되었다. 다음날, 보리암에 오르기 위해 일찍 서둘러서 아침 8시에 숙소를 떠났다. 보리암 주차장에 차를 세워둔 후 마을버스를 타고 구불구불한 길을 따라 높은 곳으로 올라갔다. 버스 안에서 나도 모르게 자꾸만 흥얼거렸다. 산은 온통 푸르른 잎들로 가득 메워져 있었고, 시원하고 맑은 공기가 첨가된 풍경은 반짝 빛이 났다.

콧노래를 부르는 나를 쳐다보며 남편이 내게 말했다.

"그렇게 좋아?"

"응, 너무 좋아. 내가 좋아하는 공간에 오빠와 함께 와서 너무 좋아."

잠시 후 버스가 정차했고 버스에서 내려 조금만 더 걸어 올라가 보리암에 도착했다. 나와 남편은 해수관음보살상이 모셔진 곳으로 갔다. 우리 부부는 무교였지만 그날따라 남편은 본인이 기독교이기에 절을 하지 않겠다고 했다. 나는 종교를 가지고 있진 않지만 산에 있는 절이 항상 좋았다. 기분이 좋아지는 절에 가면 항상 108배를 하는 나였다. 보리암에서도 108배를 하고 싶었지만 그럴 수가 없었다. 여름이다 보니 햇볕이 매우 강렬했고 땀이 비 오듯 흘러내렸다. 이런 날씨에 108배를 하는 순간 실신할 것 같았다. 해수관음보살 앞으로 가서 자리를 잡고 기도를 시작했다. 절을 세 번 하고 엎드려서 진심을 다해 기도했다.

'부처님, 제가 의심이 많아서 저로 인해 남편과 시댁 어르신들이 힘들어하고 있습니다. 제 불안한 마음을 없애주세요. 제가 결혼생활에 잘 적응할 수 있도록 인도해주세요. 제 가정이 불안하지 않게 힘을 주세요. 모든 진실을 알게 하시어 제가 현명하게 가정을 이끌 수 있도록 도와주세요. 불안한 마음이 사라질 수 있도록 도움을 주세요.'

평상시 얼굴에 땀을 흘리지 않는 편인데 기도가 끝난 후 나의 얼굴은 홍당무였다. 시뻘겋게 달아올랐고 땀으로 흥건했다. 온몸은 땀으로 범벅되었지만, 기도하고 나니 속이 시원했다. 부처님이 우리 부부를 보살펴주실 것만 같았다. 교회를 가던, 성당을 가던, 절에 가던 본인 마음 편한 곳에 가서 기도를 드리고 가슴속에 희망을 얻는다면 종교적 의미는 충분히 달성한 것이니까.

우리 부부는 올라가야 할 길이 멀었기에 기도 후 서둘렀다. 그래도 빼놓지 않은 것이 기념품 구입. 시부모님 염주 팔찌를 구입한 후 바로 경기도까지 올라갔다. 아침부터 일찍 서두른 탓에 하고 싶은 것을 다 하고 올라가는 거라 비록 장거리 운전이었지만 피곤하지 않았다. 우리 부부에게 잘살아 보는 일만 기다리고 있었다. 남편을 시댁까지 태워주고 곧바로 신혼집으로 내려왔다. 일요일을 고속도로에서 다 보냈지만 기분만큼은 최고였다. 사람의 마음 하나만 즐거워도 모든 것이 긍정적으로 변했다.

늦은 시간이 되어서야 신혼집에 도착했다. 출출한 배를 간단한 음식으로 채운 후 미뤄둔 집안일을 시작했다. 주말 동안 비웠더니 바닥 아래로 깔린 먼지가 가득했다. 집 안 청소와 설거지를 시작했다. 한참을 집안 정리로 바쁠 그때 나의 SNS로 알지 못하는 사람에게 메시지가 왔다. 조금 전까지만 해도 흥얼거리며 노래 부르던 입이 붙어버렸다.

"안녕하세요. C 오빠 관련된 일로 드릴 말씀이 있어서 연락드렸어요. 연락처 주세요."

모르는 사람이 뜬끔 없이 보낸 메시지에 나는 경계하며 말했다.

"누구신데 그러세요? 여기서 말씀하세요."

말이 끝나자마자 사진 한 장이 전송되어왔다. 사진은 대화를 캡처한 것이었다. 그 사진 안에는 낯이 익은 남자가 있었다. 바로 남편이었다. 온몸에 힘이 빠져 그대로 주저앉아버렸다. 그 사진 한 장은 내게 많은 것들을 대답해줬다. 그 순간, 주변의 아무런 소리도 들리지 않았고 목소리도 제대로 나오지 않았다. 내 앞에 놓인 핸드폰 속 사진을 정신이 나간 사람처럼 멍하니 바라보았다. 보리암에서 땡볕에서 두 손 모아 우리 가정의 행복을 빌고 있는 내 뒤에서 남편은 내연녀가 불안해할까 봐 인증 사진을 찍어 내연녀에게 보내놓은 것이었다. 부부 여행이 순식간에 가족여행으로 둔갑하여있었다.

"미쳤어."

나의 들썩이는 어깨를 다독여줄 사람이 없었다. 눈물이 쉴 새 없이 쏟아졌지만 닦을 힘도 없었다. 눈물과 콧물로 얼굴이 엉망이 되었다. 수전증 환자처럼 손이 벌벌 떨리기 시작했다. 이 감정을 분노와 배신감이란 단어로만 표현할 수 없었다. 그건 매우 약한 표현 같았다. 제어할 수 없는 감정이었다. 내연녀는 내게 유부남인 사실을 며칠 전에 알게 되었음을 고백했다. 그동안 내연녀와 남편이 주고받은 대화 자료를 주겠다고 했다. 그 직후 내연녀로부터 수많은 메시지가 쏟아졌다. 남편이 그동안 뻔뻔하고 당당하게 말했던 말들이, 거짓말이었단 사실이 수면위로 떠오르는 순간이었다.

그동안 가슴 답답함을 말할 곳이 없어 혼자 끙끙거렸다. 동료와 가족들에게 표현할 수 없어 혼자 불안해했다. 남편을 믿지 못하는 날 이상한 여자라고, 의심이 많은 여자라 스스로 탓했다. 남편의 말이 진실일 수 있다고 남편을 믿어야 한다고 계속 되뇌었다. 남편을 믿지 못하는 나는 나쁜 아내라고 욕했다.

내연녀의 메시지 속 글자들은 한 글자 글자가 날카로운 화살을 타고 나에게 날아왔다. 내 심장에 쉴 새 없이 꽂혔다. 그리고 내게 말하는 듯했다.

"바보! 멍청이! 병신!"

유치했지만 순수했던 연애의 추억.
시간이 흘러 곱게 빛 바랄 것이라 믿은 추억.
그 추억이 갈기갈기 찢겨버렸다.

마음의 병

   갑작스럽게 맞닥뜨린 진실은 가혹했다. 그동안 남편을 의심하는 마음이 컸지만, 이 마음 또한 흘러갈 것이라 믿었다. 아무 일 없는 듯 나의 상상일 것이라 믿으려고 애써왔다.

   내연녀와 주고받은 메시지에 나라는 존재는 남편의 누나로 소개되어있었다. 내게 해왔던 다정한 말투와 갖가지 귀여운 이모티콘들은 내연녀를 유혹하기 위해 사용되고 있었다. 연애하고 싶다며 징징거리는 내용과 좋아한다는 내용은 가관이었다. 퇴근 후 나와 연락을 하는 와중에도 내연녀와 주고받은 흔적이 있었다. 남편에게는 양심과 죄책감이라고는 찾아볼 수 없었다. 텔레비전 채널을 돌리다 보면 과거에 방송했던 사랑과 전쟁이란 프로그램이 재방송 될 때가 있다. 남편은 항상 그 프로그램을 시청하지 못하게 했다. 나쁜 내용으로 부정적인 생각을 하면 안 된다는 이유였다. 외도에 대해 질색을 하던 사람이었다. 그런 사람이 외도를 아무렇지 않게 하고 있었단 사실이 소름 끼쳤다. 늘 드라마로 여겨왔던 사랑과 전쟁 속에 내가 중심에 서 있었다. 남편에게 자유를 빼앗고 의부증이 걸린 아내로 만들어버린 예술의 전당 사건도 해프닝이 아니었다. 앤서니 브라운의 작품을 내연녀와 함께 볼 것에 기대에 차 신혼집에 혼자 있던 내 생각이 하나도 나지 않았었나 보다.

떨리는 손으로 예전에 사용했던 핸드폰을 꺼냈다. 내연녀가 준 연락처로 발신 번호 제한으로 전화를 걸었다. 나 자신이 흐트러지는 것을 보이기 싫어 최대한 침착한 말투로 말했지만 떨리는 목소리는 어쩔 수가 없었다. 음성녹음 기능을 켜서 대화를 녹음했다.

"다시 한번 물을게요. 제 남편과 성관계를 하셨나요?"

"죄송해요. 조금 전에는 충격받으실 것 같아 아니라고 했어요. 잠자리 가졌어요. 3차례 정도요. 지방에 내려가는 날 기차 타기 전에도 모텔에서 함께 있었어요. 그런데 오빠가 어머니랑 메신저로 이야기한 것을 보여줬는데 이혼 그런 이야기 했던 것 같거든요. 이혼 준비 중이신 거 아닌 것 맞나요?"

내연녀는 정말 무엇이 궁금했던 것일까? 그녀는 어린 대학생으로 보였다. 나에게는 남편과 외도를 한 내연녀였지만 그녀 또한 피해자였다. 내게 연락을 한 그녀가 미웠다. 알지 못하면 마음 편히 살 수 있었을 텐데 왜 내게 다 알려주는 것인가? 란 생각이 들었다. 상간녀 위자료 소송을 해야 하나? 모든 것은 남편의 잘못된 행동으로 시작된 것을 뻔히 잘 알고 있었지만 나는 그녀를 비난하려 했다. 그녀는 신혼이었던 나를 걱정했다. 그녀 또한 내게 알려주는 것이 옳은 것인지 아닌지를 헷갈리는 눈치였다. 내 감정은 먹다 남은 음식물이 버려진 잔반통이 되었다. 악취가 나는 시궁창이었다. 만신창이가 되었다.

정신적 스트레스를 그녀에게 퍼붓고 싶었지만 그럴 수가 없었다. 그녀가 아니었다면 나는 늘 의심 속에 또 다른 고통 속에 살고 있었을 테니까 말이다. 보리암에 가서 알려달라고 빌었던 그 진실을 그녀가 알려주기 위해 용기를 낸 사람이기도 했다. 그녀 또한 나와는 다른 고통 속에 있었음이 분명했다.

음성녹음이 된 파일을 시댁 부모님과 형님에게 즉시 보내버렸다. 내게 남편을 의심하지 말라고, 그럴 사람이 아니라고 말했던 시댁 식구들이었기에 내가 받은 정신적 고통은 헛된 망상이 아니었음을 알렸다.

새벽이 다가오는 시간, 눈에 뵈는 것이 없었다. 모든 것을 끝내기 위해 작정했다. 모두가 잠든 새벽에 홀로 거실에서 울고 있었다. 새벽 3시쯤 시댁 부모님이 남편을 끌고 내려오셨다. 시아버님과 남편은 내게 무릎을 꿇었다. 이 상황이 너무 싫었다. 벗어나고 싶었다. 무릎을 꿇으신 시아버님 모습이 안쓰러워 그 앞에 아무렇지 않게 앉아 있을 수 없어 무릎을 꿇었다. 며느리로서 예의를 갖추어야 했다. 어떻게 보면 시부모님은 내게 잘못한 적이 없었다. 잘 지내지 못하는 우리 부부가 죄송할 따름이었다. 남편의 입에서는 용서해달라는 소리가 나왔지만, 눈빛은 아니었다. '에이, 잘 못 걸려서 이러고 있다.'는 눈빛으로 보였다. 아침이 밝으면 출근을 해야 하는 내게 시아버님은 연가를 쓰라고 하셨다. 담당자가 처리해야 할 일이 많았기에 그럴 수 없다고 했다. 시아버님도 당장 이 상황을 끝내고 싶어 보였다.

"새 아가, 용서해줄 것인지, 끝낼 것인지 지금 당장 선택해."

시아버님의 말씀을 듣고 어이가 없다고 할 뻔했다. 이 상황을 어떻게 간단하게 넘어가려 하시는지 이해가 되지 않았다. 어떻게 바로 아무렇지 않게 용서해주겠다, 하지 않겠다고 생각 정리가 될 수 있단 말인가. 내 인생에 있어 최대의 큰 사건인데 말이다. 시어머니의 모습은 아들 걱정과 안쓰러움이 가득한 눈빛뿐이셨다. 어머니라는 것이 미우나, 고우나 자식 걱정하는 분이니 그렇겠지. 라고 생각은 했지만 같은 여자로서 서운했다.

아침 일찍 시댁 어른들과 남편을 돌려보냈다. 한숨도 자지 못하고 출근을 했지만 피곤함도 느끼지 못하고 슬픈 감정들만 가득했다. 우리 부부가 계속 함께 할 것인지, 끝낼 것인지에 대한 결정을 내리기 위해 이주 일이란 생각할 시간을 갖기로 했다. 이주일 내내 남편의 고해성사는 이어졌다. 자신의 잘못을 뉘우치고 깨달았다고 했다. 그 고통을 알아서 네게 정말 미안하고 죽을 것 같다고 했다.

"그걸 알기까지 많이 걸려서 미안하다."

"내가 죽을 때까지 하늘을 우러러 한 점 부끄럼이 없이 살게."

"제발 마지막으로 한 번만 믿어줘."

"지금 당신까지 나를 놓으면 정말 죽을 것 같아."

"정말 죽을 것 같아서 살려 달라고 말하는 거라고 생각해도 좋아."

"교회를 다니든 절을 다니든 신께 기도하고 뉘우치고 진짜 열심히 살게."

"미안해. 정말 미안해."

"죽을 때까지 이런 잘못 안 하고 살게."

"네가 내 주인이야. 그러니 버리지 마라. 내가 불구덩이도 뛰어들고, 내가 죽어도 너는 살릴게."

"나랑 결혼한 거, 나 선택한 거 후회하는 거의 몇 배로 행복하게 만들어 놓을게."

"한 번만 그냥 한번 죽었다가 다시 살아났다고 생각해주면 안 될까?"

"난 그 더러운 몸과 맘을 죽였고 넌 그 불안함에 괴로웠던 몸과 맘을 죽이고 이제 행복과 화목, 그리고 사랑과 믿음으로 가득한 존재로 다시 태어났다고 생각하면 안 될까?"

"진심이야. 내가 너 없이 못 살겠어."

"복수 하고 싶거든 나에게 평생 사랑받으며 해. 한 번만 용서해줘."

"상처 줘서 정말 미안해."

부모님과 가족의 반대에도 불구하고 내가 선택한 결혼, 5개월 만에 일어난 일이었다.

'사람은 누구나 실수를 할 수 있어. 정말 실수였고 진심으로 깨달았다면 용서 받지 못하는 남편의 마음은 얼마나 지옥일까? 이대로 헤어진다면 남편이 정말 죽으면 어쩌지? 저렇게 용서를 구하는 마음은 거짓이 아닐 거야.' 이혼을 선택 하지 않아야 할 명분이 필요했기에 스스로 합리화했다.

혼자 이주 일이란 생각의 시간이 지나고 시댁으로 향했다. 각서에 기재할 요 구사항을 꼼꼼히 적어 들고 남편에게 자필로 각서를 써달라고 말했다. 각서라 는 것이 마음의 위안이라도 될 수 있게 작성하는 것인데, 시댁 식구들과 남편 은 예민한 반응을 보였다. 각서를 잘 못 썼다가 불이익을 당할 것을 걱정하는 눈치였다. 그 모습들은 반성하는 사람으로 보이지 않았다. 쓰기 싫으면 쓰지 말고 이혼하자고 말을 하자 순순히 작성했다. 각서 내용 중에는 부부 심리치료 에 적극적으로 동참한다는 내용이 있었다. 남편의 심리상태를 알고 싶었고 도 움이 되고 싶었다. 심리치료를 통해 우리 부부에게 더 잘살 수 있는 기회가 올 지도 모를 것 같았다. 더 행복한 방법을 찾게 되던지, 대화하는 방식에 많은 개 선이 될 것이라 여겼다. 꾸준한 상담은 어려웠지만, 주말에 시간을 맞춰서 심 리치료를 받았다. 상담자는 우리 부부에게 개선될 여지가 높다고 말했다. 대화 하는 것을 보니 서로 사랑하는 감정이 많이 남아있다고 말했다. 심리치료를 통 해 남편이 군대에서 좋지 않은 아픈 추억이 있는 것을 들었다. 속 시원하게 터 놓지 못하고 눈물 흘리는 남편 모습에 놀랐다. 대체 무슨 일이 있었던 것일까? 무슨 아픔이 있어서 남편의 가슴에 상처로 남아있을까? 그 상처로 인해 남편이 마음을 잘 잡지 못했던 것인가? 심리치료를 받는 기간 내내 남편을 이해하기 위해 애썼다. 몇 차례의 심리치료를 받았지만 치료과정 끝까지 받지 못했다.

첫 번째 이유는 직장생활로 인해 주말에 시간이 맞지 않는다는 점.

두 번째 이유는 심리치료 비용이 만만치 않다는 점. 몇 차례 받은 심리치료로도 괜찮을 것 같다는 마음이 들어서였다. 심리치료의 효과는 몇 주를 가지 않았다. 입은 상처의 고름이 점점 깊어졌다. 문뜩문뜩 남편의 외도 사실이 떠올랐다. 잠을 자다가도 생각이 나서 눈이 떠졌다. 이불을 발로 걷어차고 증오가 가득 담긴 메시지를 남편에게 보냈다. 잘못을 저지른 사람은 남편이었지만 고통은 나 홀로 고스란히 받고 있었다. 여태 먹지 않았던 두통약을 사야 했다. 시댁 식구들은 우리 부부에게 일어난 사사건건 속속들이 내용을 알고 있었지만 친정은 모른다는 사실이 탐탁지 않았다. 혼자만 이겨내면 모두가 평온하다는 것을 알았다. 이겨내기 위해 할 수 있는 방법을 다 동원했다. 남편이 한 행동은 내게 큰 상처임을 알아주길 위해 지금 내가 힘든 것을 알리고 싶었다. 정신과 상담을 가서 양해를 구한 후 녹음을 해서 남편에게 상담내용을 들려주었다. 정신과에서는 내 증상을 듣고는 당연히 우울증약부터 권해주었다. 약을 먹고 싶지 않았다. 서점에 가서 책을 사서 약 대신 의존하며 지냈다. 마음이 약해졌을 때는 기댈 수 있는 무엇인가가 필요한데 내겐 책이 그 역할을 해주었다. 아무런 일이 일어나지 않은 척 혼자 이겨내기 위해 발버둥 치고 있었다.

혼란도 겪고 슬픔도 겪었지만 잘 이겨냈어. 다 잘했어.

넌 행복해질 자격이 있어.

슬퍼하지도 말고

우울해하지도 말자.

너의 소중한 하루하루

너 스스로가 행복하게 만들어가.

넌 충분히 행복해질 자격이 있어.

어긋나는 퍼즐조각

남편을 증오했다가 이해하려고 했다가 증오했다. 내 눈앞에 보이지 않는 남편의 평일 일상에 더 집착했다. 불안해하고 모든 것을 의심하는 마음은 시간이 지날수록 심해졌다. 남편은 흔쾌히 영상통화를 받아주었다. 정말 전화하기 어려운 상황일 때는 문자로 상황을 설명해줬다. 우리 부부는 깨져버린 신뢰를 다시 맞추어가기 위해 노력했다. 용서했는데도 마음은 지옥 속에서 벗어나지 못했다. 직장생활에서 근무하면서 항상 목까지 울음이 차올라있었다. 누군가가 툭. 건드리면 바로 무너져버릴 것 같이 위태로웠다. 부부의 신뢰를 깨버린 사람과 그것을 알고 있는 시댁은 고요했다. 마치 아무 일이 일어나지 않은 것처럼.

나는 하루하루가 힘이 들었다. 머릿속에는 자꾸만 남편의 외도에 대한 사실과 내용이 떠올랐다. 견딜 수가 없었다. 근무시간에 일하다가 문뜩 떠오르면 두 주먹을 불끈 잡았다. 메모하다가 볼펜으로 종이를 찢어버렸다. 남편의 외도 후에는 오롯이 괴로움은 나의 몫이었다. 그 누구에게도 나의 심정을 터놓을 때가 없었다. 정신과 상담, 심리상담, 사주, 타로 카페 등 나를 모르는 사람을 찾아가 답답함을 호소했다. 이야기를 나누는 잠시 동안은 가슴이 시원해지는 느낌을 받았지만, 문밖을 나오는 동시에 답답함이 또다시 목을 죄어왔다. 변하는 사실은 없었다. 자꾸만 이상해져 갔다. 계속 인터넷 검색 창에 우울증, 번아웃, 결혼 후 우울증, 남편 외도, 외도 극복방법 등 부정적인 단어들만 수시로 검색했다. 사막에서 오아시스를 찾듯 숨 막히는 괴로움에서 벗어나고 싶었다. 아침에 눈을 떴다가 다시 감고 그대로 뜨고 싶지 않았다. 무거운 몸을 이끌고 출근을 해서는 일이 손에 잡히지 않는 날이 많아져 갔다. 결혼이 대체 내게 무슨 짓을 했기에 이렇게 불행할까? 행복하려고 한 것인데? 아무렇지 않은 듯 지내고 싶었지만 마음과는 달리 뜻대로 잘되지 않았다. 못난 모습만 보였다.

혼자 지내면 안 될 상태로 우울해했다. 주말부부를 하루빨리 정리하고 합쳐야 할 문제였다. 해결책은 그것밖에 보이지 않았다. 그동안 정든 직장과 사람들 그리고 근무지를 이동하는 것은 심리적으로도 큰 부담이었다. 하지만 달리 방법이 없었다. 우리 부부의 신뢰를 회복하기 위해서는 그 방법이 마지막이었다. 남편의 직업 특성상 옮길 수 있는 형편이 되지 않았기에 내가 근무지 이동을 신청했다. 신청한다고 해서 바로 갈 수 있는 것은 아니었다. 무작정 기다리는 것뿐이었다. 신청하고 기다리는 것뿐이었지만, 그것조차 위안이 되었다. 신청 후 몇 개월이 지났을까? 인사담당자로부터 연락이 왔다. 하늘이 도왔다. 정말 운이 좋게 전출을 갈 수 있을지도 모른다는 담당자의 연락이었다. 주말부부를 끝내고 함께 생활한다면 처음 마음처럼 함께 행복해질 것을 의심치 않았다. 전출을 갈 준비를 차근 진행했고 별 탈 없이 전출을 가게 되었다. 동료들과 헤어진다는 것은 슬펐지만 어쩔 수가 없었다. 가정을 지키고 싶었다. 내가 선택한 것에 문제가 없었다고 믿고 싶었다.

경기도에 온 지 23일째 되는 날이었다. 조직개편이 된 이후라 사무실은 어수선했다. 담당하게 된 팀도 매우 바빠서 정신이 없었다. 수급자들의 재산을 매번 확인하는 조사를 진행하는 시기였다. 이때 같은 팀 직원의 개인적 사유로 갑작스레 휴직에 들어갔고 팀원이 바뀌는 일이 생겼다. 매일 업무 전화와 찾아오는 민원에 정신이 없었다. 계속되는 야근에 몸도 마음도 지쳐갔다. 더구나 갑작스레 전출을 와서 시댁에서 한동안 생활하게 되었는데 시댁에서 살아가는 것이 마음과는 다르게 어렵게 느껴졌다. 시부모님은 정성껏 챙겨주셨는데 모든 것이 부담으로 다가왔다. 하루는 저녁 10시까지 야근을 한 적이 있다. 시어머니께 야근해야 한다고 문자를 남겨놓았다. 사무실의 시계는 어느덧 10시를 가리키고 있었다. 퇴근할 엄두가 나지 않았다. 처리해야 할 업무가 눈앞에 많았기 때문이다. 팀장님과 동료와 함께 퇴근 시간을 좀 더 미룰 찰나 전화가 왔다. 시아버님께서 밖에서 기다리고 있으니 차를 타고 오라는 말씀이었다. 그 전화를 끊자 가슴이 답답해져 왔다. 시아버님은 내가 걱정되셔서 데리러 오신 모양이었다. 언제 퇴근할지 모르는데 밖에서 계속 기다려달라고 할 수도 없었기에 팀장님께 양해를 구한 후 퇴근을 했다. 공무원이 야근이 많은 것을 시댁에서는 의아해하는 눈치셨다. 아버님은 분명 선의로 베푸신 마음이셨겠지만, 나에게는 불편함으로 다가왔다.

시댁 생활도 적응이 되지 않았다. 시부모님 모두 일을 하셨기에 아침 7시에 일어나 식사를 하셨다. 매일 아침은 출근 준비로 분주했다. 평상시 아침을 먹지 않았던 나는 그 시간이 괴로웠다. 먹는 것보다 잠을 더 자고 싶었다. 며느리이기에 시어머니께서 아침을 준비하시는데 먹지 않는 것은 도리가 아닌 것 같았다. 아침상을 차리라고 시키지 않는 것만으로도 감사했지만 아침잠이 많은 나는 아침 식탁에 앉아 눈만 껌뻑껌뻑한다고 시부모님과 갈등도 생겨났었다. 계속되는 야근에 피곤함이 축적되었다. 잘하고 싶어도 몸이 따라주지 않았다. 남편과 함께 있으면 나아질 것 같은 우울함도 사라지지 않았다.

스스로를 죽이고 있었다. 스트레스가 너무 심해졌다. 건강검진을 받게 되었는데 1년 사이에 건강상태가 너무 안 좋게 나왔다. 갑상선기능항진증이라고 갑상선호르몬 수치가 높게 잡혔고 녹내장이 의심된다는 판정을 받았다. 녹내장은 상세 검진을 받으니 안압 수치가 높게 잡혀서 그런 것이라 했다. 1년에 한 번씩만 정기검진을 받으라고 권유받았다. 결혼 후 건강이 나빠진 것을 많이 느꼈지만 그 사실을 건강검진을 통해서 확인하게 되었다.

시댁에서 생활하면서 작은 마찰들이 빈번하게 생겨났다. 직장에서도 눈치를 보는데 집에서까지 긴장을 놓지 못하는 것이 힘이 들었다. 하루빨리 분가해야만 했다. 결혼 후 마음이 안정된 날이 없었다. 계속 이런저런 사건으로 불안했다. 신혼집 정리가 되는 즉시 경기도에서 나의 직장과 가까운 곳에 집을 얻었다. 경기도의 집값이 워낙 비싸서 기존 신혼집과는 비교가 많이 되었다. 우리 부부가 갖고 있던 전세금으로는 오래된 건물로 신혼집에 있던 물건들이 다 들어갈 수 있는 오피스텔 원룸을 간신히 구했다.

창문도 작아서 답답했다. 집을 구하는 과정에 시어머니와 사소한 오해가 있었는데 남편은 내게 말했다.

"엄마가 우리 집 앞에 나온 빌라 사라는 게 다른 마음은 없었는데 너는 왜 이상하게 받아들여? 엄마가 그러더라. 유진이 너 고생해봐야 한다고. 이 집에 살면서 후회한다고 하지 마."

한숨이 쉬어졌다. 남편의 외도라는 사건이 발생하지 않았다면 시댁과 같은 빌라에서 함께 거주했을 수도 있었을 것이다. 그런데 경기도로 올라오고 직장

생활을 시댁에서 하면서 많은 생각이 달라졌다. 이해가 되지 않았다. 남편은 본인이 잘못한 사실을 까마득하게 잊어버린 사람처럼 보였다. 시댁도 아들이 잘못한 것을 까마득하게 잊어버린 것처럼 보였다. 그 공간은 예전과 달라진 것이 하나도 없었다. 다만 나라는 존재가 들어와서 살고 있었던 것뿐이었다. 모두가 나에게만 요구하는 것 같았다.

"용서를 해줬으면 다신 입 밖으로 꺼내지마. 너는 왜 자꾸 그러니. 용서한 일 가지고."

시댁이란 공간에서는 아들의 잘못은 사라지진 오래였다. 나의 가슴에만 지워지지 않는 흔적이었다. 경기도로 올라온 이유를 계속 되새겼다. 다시 잘해보기 위해서인 것을 잊지 않으려 했다. 부부 문제는 부부가 함께 단둘이서 해결하는 것이 가장 옳은 방법이었다. 그러기 위해서는 시댁과 거리가 떨어져 있는 것도 나쁘지 않았다. 그동안 우리 부부의 생활 환경이 자꾸만 달라져서 힘들었지만, 시간이 어느 정도 지나자 자리가 잡히고 있었다. 직장에서도, 집에서도 안정감이 느껴지기 시작했다. 안정감이 드니 마음에도 여유가 돌기 시작했다. 보이지도 않았던 나의 실수들도 보이기 시작했다. 시부모님과 있었던 갈등도 만회하기 위해 노력했다. 한 3주 정도 시댁에 찾아가지 않았는데 시어머니께서 우시면서 남편에게 보고 싶다고 연락이 왔다고 했다. 시부모님도 친부모님처럼 생각하자는 마인드였기에 주말마다 시부모님이라도 자주 찾아뵙기 위해 노력했다. 함께 사이좋게 등산도 하고 영화도 보면서 갈등도 많이 없어졌다. 점점 나아지고 있는 것 같았다. 매일 출근길에 힘을 내자고 다짐했다. 결혼 후 생각했던 바람대로 가정을 이루기 위해서는 남편과 함께 열심히 돈을 모으는 길만 남아 보였다.

한편, 친정에서는 내게 전화 오면 가슴부터 철컹 내려앉는다고 하셨다. 한번은 어머니에게 밤늦게 울면서 전화한 적이 있는데 그 날 이후부터였다. 결혼하면 친정 부모님께도 할 말과 하지 말아야 할 말을 가려야 된다는 것을 뒤늦게 깨달았다. 많이 걱정하셔서 가뜩이나 불면증 있는 어머니의 불면증을 더 심하게 만들어버렸다. 매번 친정에 내려가면 다들 내게 묻는 말이 있었다.

"뭔 일 있나?"

자꾸만 넋 놓고 앉아있다고, 안색이 좋지 않다고 걱정하셨다. 친정에는 남편의 외도사실을 말할 수가 없었다. 말하는 즉시 끝이니까. 말하지 않고 있다 보니 친정 식구들의 걱정이 많아져서 남편에게 대신 말하라고 전했다.

"나 좀 아프다고 해. 우울증이 있다고."

그 이후 친정 식구들은 오래된 타지생활로 인해 내가 우울증이 있는 환자라고 알게 되었다. 친정 식구들에게 말을 전할 때 남편의 마음은 어떠했을까? 미안한 마음을 갖고 있었을까?

2016년 12월의 마지막 날, 시부모님과 형님네, 우리 부부가 시댁에 모여서 저녁을 함께했다. 외식하고 싶은 마음은 굴뚝이었지만 형님네 아기가 있어서 집이 제일 편했다. 오순도순 명절처럼 음식 장만을 했다. 식구들이 맛있게 저녁을 다 먹고 과일 상과 함께 술을 한 잔씩 나눠마셨다. 아버님의 말씀을 시작으로 식구들이 차례대로 돌아가면서 한 해 소감을 나누는 시간을 가졌다. 모두가 소감을 한마디씩 하고 내 차례가 되었다. 입술이 미세하게 파르르 떨렸다. 입술은 떨어지지 않았고 더욱 단단히 꾹 다물었다. 눈에는 눈물이 한가득 고이다 흘러내렸다.

"아니요. 저는 말 안 할래요. 할 말이 없어요."

나의 2016년의 마지막 밤은 눈물과 함께 저물었다.

자존심 같은 소리 하네

내게 일어나버린 모든 일은 없던 일처럼. 꿈처럼 여기며 하루하루를 묵묵히 지냈다. 평소와 다름없이 각자의 일터에 출근하고, 퇴근 후 소소한 대화를 나눴다. 떨어져 지냈던 주말부부를 생각하면 남편과 함께 매일 붙어 있는 것에 만족했다. 우리 부부의 사이는 아무 일 없던 듯 흘러가고 있었다. 그때 좋은 소식이 하나 생겼다. 남편이 전 직장보다 더 좋은 조건으로 이직을 하게 되었다. 남편이 기뻐하는 모습을 보니 나 또한 기쁨을 감출 수가 없었다. 우연히 계절이 지난 옷을 정리하다 주머니에서 발견하게 된 천 원짜리 지폐를 보고 괜히 설레고 좋았던 기분처럼. 우리 부부에게는 앞으로 잘 살 일만 남아 있었다.

양쪽 부모님 걱정시키지 않고 1년 정도는 신혼생활을 마음껏 즐기며 저축도 열심히 해서 점차 나아질 생활을 기대하며 지냈다. 광고업에 종사한 남편이 새롭게 이직한 회사는 보수적인 단체이지만 광고주로 일할 수 있는 곳이었다. 매일 많은 직무 스트레스에 힘들어하던 남편을 곁에서 봐온 터라 이 소식은 한없이 기뻤다. 광고주로서 업무를 맡으면 역량을 훨씬 많이 발휘할 사람이었다. 남편을 만나 새로운 업종을 알게 되고 항상 바쁘고 역동적으로 돌아가는 곳이 있단 것을 곁에서 듣다 보니 늘 새로웠다. 괜히 나까지 덩달아 열정적인 삶을 함께 살아가는 기분이었다. 늘 개방적인 회사에서 근무하다 보수적인 회사로 들어가는 것이라 잘 적응을 할 수 있을지가 한편으론 걱정되었다. 공무원 사회도 개방적인 것보단 보수적인 면에 가깝기에 그곳을 잘 알고 있기에 아내로서 내조를 잘하고 싶었다.

늘 불안하면 전화해서 확인하던 행동도 줄였다. 간단하게만 메시지를 남겨 놓고 남편이 연락이 올 때까지, 퇴근할 때까지 기다렸다. 남편이 새로운 직장에 잘 적응할 수 있게 마음의 안정을 주고 싶었다. 그러기 위해서는 남편만 바라보며 온 신경이 남편에게 향했던 나 자신부터 바뀌어야 했다.

관심을 돌릴 수 있는 무언가가 필요했고 그때 우연히 알게 된 것이 홈패션이었다. 주말에만 시간이 가능하기에 가능한 학원을 알아보고 등록을 마쳤다. 마음을 먹으면 하는 성격이기에 착착 진행되었다.

각자의 취미 생활을 하면서 건전하게 생활하는 것 같아서 기분이 좋다며 남편도 내심 이러한 변화를 반가워했다. 나는 불안한 마음이 쉽게 사라지지 않지만 할 수 있는 무엇인가라도 잡고 싶었다. 그게 취미 활동이었다. 안정을 찾아가며 생활하다 하루는 다잡고 있던 마음이 무너져버릴 뻔한 일이 있었다.

공무원은 일 년에 한 번 성과금이 지급된다. 급수가 낮기에 약 일백만 원이 조금 넘는 돈이었다. 일시금으로 지급되는 것이 아니라 12개월 나누어져서 나오기에 지급일에 맞추어서 자동이체를 걸어두었다. 모두 적금을 해야 할 것 같았다. 우리 부부의 행복을 위해서 허리띠를 졸라매었다. 같은 팀원이었던 언니가 내게 짠순이라며 농담 삼아 말할 정도였다.

"널 위해서 뭐라도 사지. 그동안 고생했다고 나온 돈인데 그걸 다 적금하니."

예전보다 많이 꾸미지 않고 옷도 사지 않았지만 한 사람의 아내로 변해가는 내 모습이 기특했다. 행복한 우리 부부의 미래를 위해 아낀다는 명분이 있으니 힘들다는 생각도 하지 않았다. 그런데 그 성과금 지급 지침이 변경되면서 성과금이 두 달째에 일시금으로 지급된다는 소식을 받았다. 당연히 적금할 돈이었기에 모두 적금통장으로 입금했다. 저녁에 남편이 퇴근하면 이 소식을 알리고 잘했다는 칭찬을 받을 생각에 뿌듯했다. 퇴근하는 발걸음이 가벼웠다. 퇴근한 남편과 집에서 함께 이야기 나눌 수 있는 시간은 시계를 보니 새벽 1시경이었다. 저녁을 제때 챙겨 먹지 못한 남편을 위해 가까운 횟집에서 회를 배달시켜서 소주 한 잔을 하며 피곤함도 잊은 채 이야기를 나누었다.

"오빠, 오늘 성과금이 일시금으로 나온 거 있지. 그래서 다 적금했어. 잘했지?"

남편은 뚫어지게 나를 쳐다보더니 표정이 일그러졌다.

"너는 왜 그래? 내가 직장 옮긴 지 얼마 되지 않아서 적금 못 넣은 거 몰라? 왜 내 의견을 묻지도 않고 네 마음대로 해? 네 돈, 내 돈 왜 맨날 따져? 가만 보면 넌 항상 나랑 이혼할 걸 생각하며 사는 사람 같아."

순간 먹던 회를 씹지 못하고 입안에 머금고 남편의 눈을 쳐다보았다. 남편의 눈은 정말 나를 증오한다는 듯 쳐다보고 있었다. 그 눈빛을 보는 순간 내 눈에서 뚝뚝 눈물이 소나기 오듯이 흘렀다. 어떤 말을 해야 할지 생각이 나지 않았다. 적금한 것이 그렇게 큰 잘못인지 내가 무엇을 그렇게 잘못했기에 이런 소리를 듣고 있어야 하는지 이해가 되지 않았다. 너무나 당연하게 화를 내는 남편을 보고 있으니 정말 내게 문제가 있는 것인가 하는 착각마저 들었다. 생각하고 행동하는 것이 일반적인 것이 아닌가 하는 생각이 들었다.

그 자리에서 일어나 화장실로 가서 눈물이 멈출 때까지 울었다. 어느 정도 진정이 돼서야 방으로 들어갔다. 남편도 조금은 미안한 마음이 들었는지 나를 앞에 앉혀놓고 어린아이 달래듯 달래주었다. 남편의 입에서는 나를 위한다는 내용의 말들이 흘러나왔지만 한마디도 마음에 들어오지 않았다. 내 귀에, 내 마음을 풀어 줄 말들이 들어오지 않았지만, 부부의 다툼은 어쩔 수 있는 게 없어 그저 지나가기만을 기다렸다.

"우리 부모님은 합리적인 분들이고 나 또한 그래. 아닌 것은 아니라고 말해. 내가 말하면 진짜 아니야. 넌 내가 하라는 대로만 해."라고 결혼 후 늘 남편은 내게 말했다. 나라는 존재는 점점 작아지고 그곳에서 사라지고 있었다.

이직한 직장에 적응하기 바빴던 남편은 술자리도 많아지고 있었다. 거래처 사람들과 인사하는 자리도 빈번히 발생했다. 늘 새벽 늦게 택시를 타고 귀가하는 남편이 안쓰러웠다. 얼마나 많이 지치고 피곤할지 눈에 선명하게 보였다. 직장생활의 연장이기에 잔소리할 수가 없었다. 나와는 다른 직종이기에 내가 알지 못하는 부분이 존재할 것이기에 존중해야 한다고 늘 다짐했다.

그날도 남편에게서는 퇴근이 늦어진다는 메시지가 도착했다. 나 또한 야근이 잦았기에 퇴근 시간이 늦었다. 항상 동사무소 문을 마지막으로 닫는 것은 나와 회사 언니의 몫이었다. 터벅터벅 집으로 걸어가는데 도시의 높은 아파트와 빌딩들이 눈에 보였다. 늦은 시간까지 밤을 밝히는 화려한 조명들은 나를 위한 것이 아니었다. 문득 외로움이 사무쳤다. 신호등 앞에 서서 시계를 보니 저녁 10시가 될 무렵이었다. 남편에게 전화를 조심히 걸었다. 전화를 받지 않았다. 왜 그랬을까? 지금까지 잘 참아왔는데 이상한 기분이 들었다. 또 전화를 걸었는데 연락이 되지 않았다. 귀가한 후 잠잘 준비를 다 마친 후 12시쯤에 다시 전화를 걸자 마침 연결이 되었다.

"오빠 나 너무 외로워."

외롭다고 말하는 순간 또 눈물을 참을 수가 없었다. 전화를 끊고 외롭단 나의 말을 듣고는 금방 들어올 거로 생각하고 이내 잠이 들었다.

잠을 자다 눈을 떠보니 아침 6시였다. 남편이 왔는가 싶어 침대 옆을 보니 보이질 않았다. 그 순간 울컥 화가 치밀어 전화를 걸었지만, 또 연결되지 않았다. 그동안 참아왔던 의심들이 다시 떠오르면서 분노에 가득 찬 메시지를 보냈지만 헛수고였다. 날은 자꾸만 밝아지고 출근 시간은 점점 다가왔기에 대충 출근 준비를 하고 출근길에 올라야 했다. 사무실에 도착했지만 내 표정은 어둠을 한가득 짊어지고 있었다.

오전 9시, 그때 남편에게 전화가 왔다.

"여보세요?"

"네, 여보세요? 여기 경찰서인데요. 남편분이 좀 다리를 다쳐서 이곳에 있네요."

"전화 바꿔주세요."

"전화를 받으실 수 있는 상황은 아니에요."

"거기가 어디라구요?"

"Y파출소예요."

"그곳에 있으라고 하세요. 제가 직접 가서 볼게요."

"부부 문제는 알아서 하시구요. 그만 끊겠습니다."

통화를 끝냈지만, 전화를 건 경찰관의 목소리가 어눌한 것이 이상했다. 남편 핸드폰은 비밀번호 설정이 되어있어서 아무나 전화를 걸 수 있는 것도 아니었다. 전화 내용을 들으신 팀장님께서 다시 Y파출소로 전화를 걸어보라고 하셔서 걸었더니 그런 사람이 없다는 답변을 받았다. 다 큰 성인이 본인 몸 하나 제대로 간수하지 못해서 이렇게 신경을 쓰게 만드는 것인가 하는 생각에 걱정도 되면서 분노가 치밀었다. 전화를 건 남성의 목소리가 어눌했던 점이 마음이 쓰였다. 납치된 것은 아닐지, 이상한 사람들에게 폭행을 당한 것은 아닐지, 여러 가지 상상으로 심장이 벌렁거렸다. 남편에게도 연락했지만 연결이 되지 않자 불안함은 더더욱 커졌다. 그래서 경찰에 이 사실을 신고했다. 시아버님께 전화를 걸어 함께 남편에게 가주기를 부탁드렸지만 시아버님은 내 행동을 언짢아하듯 말씀하셨다.

"점심시간까지 기다리면 연락이 올 텐데. 좀 기다려보지."

시아버님은 나의 불안한 마음을 신경 쓰지 않았다.

"그럼 경찰하고 같이 다녀올게요."

잠시 후 사무실 앞에 시아버님이 도착했고 남편에게 계속 전화 연결을 시도하셨다. 그때 경찰도 도착했고 전후 사정을 설명하는 그때 남편과 시아버님이 전화 연결이 되었다.

"야, 이놈아. 왜 전화가 안 돼. 집에서 기다리면서 걱정하는 사람 생각은 안 해? 어디야? 기다려봐, 새아기 바꿔줄게."

전화기를 나에게 넘겨주시고는 경찰에게 설명하셨다. 전화를 넘겨받은 나는 남편의 목소리를 듣자마자 소리쳤다. 사무실 앞에 있는 도로임에도, 시아버님이 앞에 계셨는데도 참을 수가 없었다.

"뭐 하는 사람이야? 미쳤어?"

"미안해. 술 마시고 지하철에서 잠이 들었어. 나 다리를 좀 다친 것 같아."

남편의 변명이 귀에 들리지 않았다. 이런 상황에 있는 자체가 서글펐다. 자꾸만 힘들게 만드는 남편이 미워졌다. 시아버님과 헤어지고 근처 공원으로 걸어갔다.

벤치에 앉았는데 가슴이 먹먹해서 숨을 쉬기가 어려웠다. 오전 반연가를 내고 나왔던 터라 갈 곳도 없고 남편을 직접 눈으로 보고 싶어서 한 시간 넘게 떨어진 남편 직장으로 향했다.

남편이 내게 거짓말을 하는 것인지의 사실여부를 직접 눈으로 보고 싶었다. 도착해서 사무실 문 앞에 가서 전화하니 병원에 잠시 왔다가 들어가는 중이라고 했다. 회사 1층 벤치에 앉아 있는데 남편이 터벅터벅 걸어왔다. 내 눈에 보이는 남편은 멀쩡했다. 나는 남편에게 말했다.

"오빠, 나 정말 힘들어. 이렇게 살기 싫어. 이혼하고 싶어."

"넌 또 그 소리야? 나 아픈 건 하나도 안 보여? 기침했는데 피가 나왔어. 나 정말 어디 아픈 것 같아. 그런데 너는 날 의심하기 바쁘네."

"전화 한 사람은 누구야?"

"몰라. 기억이 전혀 안 나."

또 다른 막다른 골목에 들어선 기분이었다.

내 눈앞에 보이는 이 사람. 내 남편. 평생 사랑을 주며 행복하게 해주겠다고 다짐했던 나. 나의 자만심 가득했던 섣부른 다짐은 내게 탈출구가 보이지 않는 미로 속에 날 가두었다. 벤치에서 일어나 다시 회사로 돌아가기 위해 지하철역 안으로 들어왔는데 파출소도 있고 사회복무요원이 눈앞에 지나갔다.

'혹시 저 사람이 전화한 것은 아닐까?'

나는 지금껏 늘 그랬듯 남편의 말을 대변할 수 있는 무언가를 또 찾고 있었다. 지푸라기라도 잡듯이.

시들어버린 정원

사무실로 돌아오자 동료들이 걱정 가득 담은 눈빛으로 쳐다보았다.

"남편은 괜찮아?"

"네. 술 마시고 지하철에서 잠들었대요."

"어머, 혼나야겠네. 신랑이 싹싹 빌었겠네. 잘못했네."

"네."

"근데 지하철에서 잠 못 자는데……."

직장 언니가 말을 이어가려다 안색이 좋지 않은 나를 보더니 말을 이어가지 않았다. 모두가 남편이 잘못한 것이라고 한 입 모아 말했다. 분명 남편의 행동은 책임감 없는 행동이었음이 분명했다. 당사자인 남편만 모르는 듯했다. 손은 키보드에 올라가 있고 눈은 모니터에 가 있었지만 정신은 다른 곳에 가 있었다. 쇳덩어리가 덕지덕지 온몸에 붙어있는 마냥 온몸이 무거워서 자꾸만 축 늘어졌다. 다행히 금요일이었음에 감사했다. 이윽고 퇴근 시간이 되었지만, 사무실에 남아 야근을 했다. 확인조사 기간이라 바쁘기도 바빴지만, 남편이 먼저 집에 가서 반성하고 있을 시간을 주고 싶었다. 분명 생각이 있는 사람이라면 퇴근 후 바로 집으로 올 것이 분명했다. 늘 그렇듯 저녁 10시경 야근을 마쳤다. 집으로 걸어가는 동안 수많은 질문이 떠올랐다.

'남편에게 무엇을 물어볼까? 어떤 말을 해야 할까? 대체 왜 이러는 건가?'

수많은 질문을 던졌지만 내게서는 대답이 나오지 못했다. 집 앞 현관문 앞에 도착 후 비밀번호를 누르고 현관문을 열었다.

'어? 불이 꺼져있네?' 방안에는 남편이 보이지 않았다. 퇴근한 흔적도 없었다. 속에서 감정이 부글부글 끓어올랐다.

'이 사람 진짜 정신이 있는 거야, 없는 거야?'

남편에게 전화 걸자 이번에는 다행히 바로 연결되었다.

"어. 왜?"

"어디야?"

"집 앞 근처에서 게임같이 하는 형이랑 맥주 한잔하고 있어."

"어이가 없다……."

"형한테 오늘 있었던 일 이야기하니깐 내가 잘못한 것이라고 하네. 미안해."

"진짜…… 죽고 싶다."

남편이 낯설었다. 내가 알던 사람이 아니었다. 그이가 쓰고 있던 가면이 벗겨진 것일까? 소름이 온몸에 돋았다. 온종일 본인의 잘못에 대해 몰랐다고 당당히 말하는 그 사람을 이해할 수가 없었다. 더구나 제3자가 잘못한 것을 알려주고 난 뒤에야 사과하는 그 사람에게 정이 떨어졌다.

죽고 싶다는 말을 들었는지 전화를 끊은 후 15분 만에 남편은 집에 도착했다. 도착 후 남편은 내게 사과의 한마디도 없이 침대에 바로 누워버렸다.

"뭐 하는 거야? 일어나봐. 할 말 없어?"

"나 정말 피곤해. 아까 사과했잖아. 나 진짜 아픈 거면 어쩌려고 그러냐?"

남편이 집에 오자마자 자신의 행동을 반성하면서 무릎이라도 꿇고 싹싹 빌어도 내 속이 풀릴지 말지 모르는 판에 남편의 당당함에 할 말을 잃었다. 누워 있는 남편의 모습이 처량하기까지 했다.

'그래, 진짜 아픈 거면 어떡해. 정말 힘든 일이 있었으면 어떡해. 내가 힘이 되어야 하는데. 나는 늘 의심만 하기 바쁘지. 그래 잠이나 자라.'

잠시 후 남편은 금세 잠이 들었다. 나는 늦은 새벽까지 잠을 이루지 못했다. TV 프로그램을 시청하고 있는데 그동안 보고 싶지 않았던 남편의 핸드폰이 궁금해졌다. 가방을 뒤져봐도 없고 입었던 옷에도 없었다. 설마 하고 베개 밑에 손을 넣어보니 핸드폰이 있었다. 늘 남편의 버릇 중 하나가 핸드폰을 베개 밑에 두고 자는 것이었다. 건강에 해롭다고 하지 말라고 충고를 몇 번이나 했음에도 고쳐지지 않았다. 베개 밑에 두고 자야 아침에 진동 때문에 잠에서 깰 수 있다는 주장이었다. 처음 외도를 알고 난 후 받은 각서에는 정확히 이렇게 적혀있다. '핸드폰에 암호설정을 하지 않겠다.' 각서를 받은 후 한 번도 약속이 지켜지지 않았다. 잔소리하기 싫어서 그냥 두었더니 계속 암호가 설정되어있었다. 대체 무슨 암호로 설정을 했는지 비밀번호가 쉽게 풀어지지 않았다. 암호를 풀 수 있는 방법이 없었다. 할 수 없이 포기한 채, 핸드폰을 내 옆에 두고 예능프로그램을 보고 있었다. 새벽 2시쯤 갑자기 남편의 핸드폰에 진동 벨이 울렸다. 여자 이름으로 저장된 번호였다. 망설임 없이 전화를 받았다.

"여보세요? 누구세요?"

"네? 누구세요?"

"아내 되는 사람인데요? 그쪽은 누구세요?"

"유부남이에요? 저는 소개팅한 사람인데요?"

"네? 뭐라고요? 소개팅이요? 누가 소개해줬는데요?"

"핸드폰 어플을 통해서 만났어요."

마침 전화통화 소리에 잠에서 깬 남편이 일어나 나를 쳐다보고 있었다. 상황 파악이 되었는지 핸드폰을 뺏어서는 전화를 끊어버렸다. 남편을 째려보았다. 목에서부터 눈물이 차올랐다.

"소개팅이라니? 진짜 미쳤나!"

"아니야. 그런 거. 예전에 회사 다닐 때 알던 사람이야."

남편은 더 이상 말을 잊지 못하고 이번에도 말 같지도 않은 말로 날 설득하려 했다. 모두가 잠든 조용한 새벽에 우리 방에서는 큰소리가 났다.

속이 답답해서 소리를 치지 않으면 미쳐버리고 말 것 같았다. 남편의 뺨을 한 대 내려치고 싶었지만 그럴 수가 없었다. 손에 차고 있던 시계를 풀어 바닥으로 내동댕이쳤다.

"아! 진짜! 왜 그래? 여자에 미쳤어? 돌았어? 제정신이야?"

"네가 생각하는 그런 거 아니야."

"뭐가 아니야. 자꾸만 나 미치게 할래? 진짜 미칠 것 같아. 오빠랑 살기 싫어. 진짜 우리 이혼하자."

외박하고 들어온 남자에게 새벽 2시경 소개팅 한 여자가 전화가 왔지만 정확한 증거가 없지 않느냐며 뻔뻔하고 당당하게 구는 남편의 꼴이 보기 싫었다. 대충 여행용 가방에 짐을 챙겨 집을 나와 버렸다.

"나는 우리 집에 내려갈 거야. 다 말할 거야. 이렇게 못살아."

여행용 가방을 끌고 나오자 남편은 이불을 뒤집어쓰고 누워버렸다. 집을 나온 나는 갈 곳이 없었다. 근처 찜질방을 검색해서 그곳으로 향했다. 새벽이라

찜질방 입구에서 내리는 것조차 무서웠다.

필요한 짐만 챙겨서 후다닥 찜질방으로 뛰어 들어갔다. 여자들만 있는 공간에 따로 취침실이 마련되어 있어 그곳에서 잠을 청했다. 아침에 일어나 제일 먼저 형님에게 이 사실을 담아 메시지를 보냈다. 형님이라고 무슨 해결책이 있을까. 그저 알아보겠다고 대답은 하셨지만 아무런 연락이 없었다.

찜질방을 나오니 해가 중천에 떠 있는 점심시간이었다. 근처 타로 카페가 있어서 그곳으로 향했다. 도착하니 연륜이 좀 느껴지시는 아주머니 한 분이 계셨다. 아주머니에게 나의 고민과 이제껏 있었던 사실을 다 털어놓았다. 친정 부모님에게 말을 할 수 없으니 부모님을 대신해 누군가에게 조언을 구하고 싶었다. 아주머니는 내게 이렇게 말했다.

"그냥 참고 살아. 한 10년이 지나면 잠잠해져. 아가씨 부모님께 말해도 이혼하라는 말씀 안 할 거야. 아직 우리 사회는 색안경을 많이 끼고 보거든. 근데 내가 봤을 때는 아가씨가 못 참을 것 같긴 하네. 한 6개월 참고 나중에 다시 와. 그때 와서 다시 이야기하자."

'참고 그냥 살아가는 것이 맞는 건가?' 타로 아주머니의 말씀을 듣고 집으로 돌아왔지만 또 남편이 보이지 않았다. 어젯밤에 책상 위에 올려둔 이혼서류가 사라진 것을 보니 뻔한 스토리가 그려졌다.

첫째, 이혼서류를 들고 시댁에 가서 회의한다.

둘째, 이혼서류를 들고 어제 새벽에 전화 온 소개팅 여자에게 해명하러 간다.

시어머니에게 전화를 걸었더니 시댁에 오기로 했지만 아직은 도착하지 않았다고 하셨다. 잠시 바람을 쐬고 온다고 했다는 것이다. 그럼 분명 친구를 만나거나, 그 소개팅 여자를 만날 확률이 높았다. 갑자기 그때가 생각이 났다. 예전에 나에게 증거물을 전해준 여자가 계속 물었던 말이 있다.

"진짜 이혼 준비 중인 거 맞으세요? 이혼 준비 중이라고 하던데요?"

남편에게 전화를 걸었더니 시큰둥한 목소리로 전화를 받았다.

"왜 전화했어? 어제 너 그렇게 나갔으면 끝인 거 몰라?"

"어딘데?"

"집에 가고 있는 중이야. 너는 어딘데? 안 내려갔어?"

"내가 어떻게 내려가!"

"내 짐은 내일 챙기러 갈게."

친정에 내려가지 않았다는 것을 알게 된 남편은 목소리에 힘이 들어갔다. 꼭 '너 그럴 줄 알았어. 네가 그렇지. 이번에 제대로 쥐어 잡아야겠어.'라고 하는 것만 같았다.

금요일 저녁부터 한 끼도 챙겨 먹지 못했지만, 배꼽시계가 울지 않았다. 털썩 침대에 누워 천정만 바라보았다. 뜨거운 눈물이 뺨 위로 흘러 베개를 적시고 있었다. 가만히 누워있는데 이대로 사라져버리고 싶다는 나쁜 생각이 계속 들 때쯤 전화벨이 울렸다. 친정어머니였다.

"응, 엄마. 왜?"

"C 서방은 뭐해? 그냥 오늘따라 잘 지내는지 궁금해서 문자 보냈는데 대답이 없네."

"옆에서 자고 있어……."

"아, 그렇나. 근데 목소리 왜 그렇게 힘이 없노?"

"자고 방금 일어났어."

"그래 그래, 주말 푹 쉬어라." 어머니가 전화를 끊었다. 방 안의 공기가 너무나 차가웠다. 가슴이 쥐어짜이는 고통이었다. 계속 흘러나오는 눈물을 멈출 방법이 없었다. 숨이 차오르고 답답해서 견딜 수가 없어서 차 열쇠만 챙겨서 집을 나왔다. 지하철역, 공원, 지나다니는 사람들 속에 가만히 서 있었다. 공원의 하늘은 벚꽃이 흩날리고 있었다. 몇 주 전만해도 결혼 1주년 기념이라고 함께 도자기를 구우러갔었는데……. 모든 것이 깨져버렸다. 가족들 목소리가 듣고 싶었다. 차가 있는 지하 공영주차장으로 가면서 남동생과 언니에게 전화 걸었다.

아무 일 없는 듯 "그냥, 전화했어." 를 반복했다. 가족들의 목소리를 들은 후 차 안에 앉아 핸들에 머리를 박고 하염없이 흐느꼈다. 절망적이었다. 아무런 생각을 할 수가 없었다. 그곳에는 나만 홀로 있었다. 그 누구도 곁에 없었다. 오로지 내가 직면해야 할 문제였다. 그때 전화가 왔다. 남편이었다.

"어디야? 내일 짐 좀 옮기게 차 좀 빌려줘."

친정에 말하는 것을 두려워한다는 것을 너무나도 잘 알고 있는 남편은 나를 시험대에 올려놓은 후 저울질하고 있었다. 그 전화가 나의 마음에 결단을 내리게 했다.

"나 지금 집에 내려가. 내일 다녀와서 빌려줄게."

자동차에 시동을 켠 후 한 번도 쉬지 않고 미친 듯이 언니와 형부가 있는 대구로 직행했다.

제3장
내 삶을 선택하다

이혼

진짜 벗어나고 싶다……:

무사히 대구에 도착했다는 사실이 다행이었다. 4시간의 장거리 운전을 정말 미친 듯이 달렸다. 대구에 도착하니 저녁 7시쯤이었다. 내려오는 내내 남편에게 메시지가 왔다. 본인의 짐을 빼야 해서 자동차를 언제 빌려줄 수 있는지를 묻는 내용이었다. 남편에게 메시지를 보냈다.

"지금은 대구에 도착했어. 언니네 만나고, 엄마, 아빠한테 말하러 가게……. 내려오는 내내 착잡하네. 심정이, 왜 이렇게 되어버렸는지 모르겠다."는 말에 남편은 대답했다.

"이혼해도 되겠어? 딱 말해봐."

"이젠 내가 모르겠어. 나도 내 가족들하고 상의해야겠어. 내 판단을 모르겠어."

"그럼 그냥 끝내는 게 맞지. 알겠어."

내가 생각했던 것이 맞을까? 우리 가족들이 알게 되면 그동안 뻔뻔하게 말해왔던 내용이 모두 거짓으로 들통 나버리니 더 이상 수습이 안 될 것으로 생각했을까? 우리 집에 이야기한다는 말에 대한 남편의 대답은 역시나 한결같았다. 나는 언니와 형부에게 전화를 걸었다. 한참 야구응원에 빠져 지냈던 때라 주말에도 언니네 식구들은 야구장에 있었다. 최대한 슬픈 감정이 티가 나지 않게 말을 꺼냈다.

"언니야……. 나 대구 왔는데, 나 좀 만나줘."

"혼자 왔어?"

"응."

"알겠다. 우리도 이제 가려고 하던 참이야. 차에서 좀 기다리고 있어."

언니는 더는 어떤 말도 묻지 않았다. 가슴이 답답해서 바깥 공기를 마시기 위해 차에서 내려 아파트 입구 계단에 쪼그리고 앉아있었다. 한 30분이 조금 넘었을 때 형부 차가 보였다. 언니와 형부 그리고 조카가 사이좋게 내게로 걸어왔다.

"처제 왔나."

늘 그렇듯 형부가 살갑게 인사해주었다. 나는 고개만 끄덕거렸다. 내 입에서 어떤 말이 나오는 순간 울어버릴 것 같았다. 함께 엘리베이터를 타고 언니네 집으로 향했다. 언니는 조카를 우선 씻기고 재웠다. 형부는 저녁을 못 먹었다는 나를 위해 직접 요리를 해주셨다. 볶음면이었는데 정말 맛있었다.

금요일부터 제대로 먹지 못해 위가 작아졌는지 다 먹을 수가 없었다. 조카가 잠이 들고 언니와 형부가 거실에 앉았다. 언니가 말했다.

"그래, 말해봐라."

그동안 있었던 별의별 이야기들이 많은데 어떤 말부터 꺼내야 하는지 깜깜

했다.

"음……."

역시나 입을 떼는 순간 또 눈물이 났다. 눈물은 타들어 가는 내 가슴을 식혀주었다.

"사실 언니하고 형부한테 말을 못 했어. 그동안. 말하면 우리 집은 끝이니까. 근데 이제는 더 이상 혼자 생각을 못 하겠어. 오빠는 항상 가족들하고 의논하는데, 나는 이야기 못하게 하고……."

그동안 있었던 남편의 여자문제와 외도사건 등을 하나도 남김없이 이야기했다. 이야기를 다 들은 형부가 말했다.

"이제야 처제 행동이 이해가 되네. 뜬금없이 전화 와서 자꾸만 불안하다고 그러고. 다 이유가 있었네."

형부의 말을 듣다가 갑자기 남편이 말했던 것이 떠올랐다.

'유진아 너희 가족들도 다 널 이상하게 보더라. 형님도 처제 감당할 수 있겠냐고 하더라.'

울면서 형부에게 물었다.

"형부, 형부도 제가 이상해요?"

"뭔 소리고?"

"형부도 설날 때 그 사람한테 그랬다면서요. 처제 감당할 수 있겠냐고."

"금마 웃기네. 그런 뜻으로 말한 게 아니고. 처제가 워낙 소녀 감성에다가 마음도 여리고 눈물도 많아서 감당할 수 있겠냐고 했지. 더 처제한테 잘하란 소리로 말한 건데, 이상하게 전달했노."

순간 생각이 나서 형부에게 서운하다고 말했지만, 형부는 그럴 사람이 아니었다. 정말 나와 내 동생을 친동생처럼 생각해주는 자상한 분이었다. 언니가 무서워서 형부에게 고민을 털어놓은 적도 많았다. 형부의 말에 그대로 수긍했다. 그동안 친정 식구들에게는 나는 우울증 환자, 남편은 그런 나를 잘 돌봐주고 있는 착한 남편이었다. 그것 또한 내가 그렇게 만든 것이다. 남편과 이혼할 것이 아니니 남편이 친정에 예쁘게 보이길 원했다. 내가 챙겨온 용돈이지만 남편이 드리는 것처럼 보이게 늘 그랬으니까. 딸은 밉보여도 금방 풀리니까 내가 이상한 사람이 한 번 되면 더 이상 큰소리나 분란이 없을 거로 생각했다.

우리의 이야기를 잠자코 듣던 언니가 말을 꺼냈다.

"잘 왔다. 그동안 말 안 하고 있다가 내려온 거는 큰 결심하고 온 거잖아. 맞지? 너는 아빠, 엄마 무섭다고 말 못 하겠다고 하지만 내일 가서 말해봐라. 네 편을 들지 누구 편 들겠노. 참고 살라는 말도 안 하신다. 요즘 시대에. 걱정하지 마라. 이렇게 내려온 것 자체가 기특하다. 저번에 니 머리끄댕이 잡힌 것도 엄마, 아빠가 알았는데 왜 티를 안 냈겠노? 두 분 다 니 마음먹을 때까지 기다리신 거야."

하염없이 눈물이 쏟아졌다. 언니와 형부가 내가 대구에 혼자 도착했다는 말을 듣자마자 짐작을 하고 있었던 모양이었다. 경기도로 올라가 시댁에서 함께 살 때의 일이다.

시부모님과 함께 살고 있었으니 큰소리로 다툴 수도 없었다. 남편은 총각 시절처럼 행동하며 지내는 거로 보였다. 그날도 회식하고 자정이 넘은 시간에 귀가했다. 시아버님은 장례식장에 가서서 집에 안 계셨다. 남편의 늦은 귀가에 화도 났지만 사회생활에 지쳐 보여 나의 감정도 뒤숭숭했다. 넥타이도 벗지 않고 침대에 누웠기에 편히 잘 수 있게 넥타이도 벗겨주고 양말도 벗겨준 후 이불을 덮어주었다. 그때 여자에게 메시지가 왔다. 남편에게 늦은 시간에 연락 오는 여자의 메시지에 진절머리가 나 있던 터라 화가 났다. 남편을 흔들어 깨웠다.

"내가 늦은 시간에 여자들한테 연락 오게 하지 말라 그랬지! 한 번만 더 그럼 이혼한다고 누구이 말했지? 진짜 안 살아. 안 살아. 지긋지긋해."

나 또한 분노를 제어할 수가 없었다. 겉옷만 입고 밖으로 나가고 싶었다. 집에 있기가 싫었다. 작은 방에서 우리들의 다툼으로 소란이 일자 어머니가 방으로 들어오셨다.

옷을 들고 방문을 나서려는 나를 막기 위해 방문 앞에 앉으셨다.

"어머니, 비켜주세요. 저 진짜 못 살겠어요."

어머니는 남편에게 말했다.

"너 또 뭐 잘못했어? 유진이가 싫어하는 거 하지 말랬지?"

남편은 묵묵부답이었다. 방문을 열기 위해 문고리를 잡고 살짝살짝 열었다. 앞에 어머니가 앉아계셔서 온 힘을 다할 수가 없었다. 어머니의 어깨가 방문의 움직임에 살짝살짝 앞으로 흔들거렸다. 그걸 본 남편이 갑자기 내 머리끄덩이를 휘어잡았다. 순간 공포가 밀려들었다. 머리끄덩이를 잡고 침대 쪽으로 내동댕이쳤다. 놀라신 시어머니가 온몸으로 남편을 막고 있었다. 남편은 나를 향해 발길질도 했다. 어머니가 소스라치듯 놀라서 그 상황이 종료되었다. 다음 날 남편은 나에게 사과했고 시어머니는 내게 술 취한 사람은 건드리는 게 아니다. 남편이 어머니를 안쓰러워하고 아끼는 마음에 나의 행동에 화가 났을 거라고 했다. 무슨 마음인지는 알겠지만 도통 이해가 되지 않았다. 시어머니에게 싸가지 없게 소리치면서 다치시게 문을 쾅쾅 열려고 억지를 부린 것도 아니었다. 그 날의 기억은 무릎에 든 멍처럼 일주일간 맴돌았다. 매 맞고 사는 사람들에 대한 뉴스를 본 적이 있는데 사소한 일이 커지면서 폭력가정이 된 것이 아닐까?하는 생각이 들었다. 이 사건이 개인적으로 큰 충격으로 다가와 언니에게 저녁에 있었던 일을 말해주었다.

"언니만 알고 있어 줘. 혹시나 내가 잘못되면 우리 집에서 한 명은 알고 있어야지."라고 했던 말이 친정 식구들 모두에게 공유되어 있었다. 친정에서는 내가 남편에게 얻어맞은 줄 알고 걱정 가득한 목소리로 친정어머니가 전화했었다. 나는 절대 아니라고 부인했었다.

"내가 시어머니에게 싸가지 없게 굴어서 남편이 화가 나서 좀 다툰 거야. 언니가 좀 오버해서 말했네." 라고 또 거짓말을 했었다. 그 당시에 비밀을 지키지 않은 언니에게 화가 났다. 또한 친정으로부터 연락이 오는 타이밍이 마음에 들지 않았다. 우리 부부는 화해하고 잘 지내는데 뒤늦게 분란이 커지는 것 같아 싫었다.

언니의 말이 끝나고 서둘러 씻고 잘 준비를 했다. 사실 녹초가 되어 있어서 버틸 기운이 없었다. 다음 날 일찍 친정으로 가야 된다는 큰 부담감도 피곤으로 다가왔지만, 가족과 대화를 하니 복잡했던 머릿속이 정리되었다. 마음을 굳건히 먹고 잠이 들었다. 일요일 아침 8시에 일어나자마자 세수만 하고 친정으로 향했다. 약 40분 거리에 있는 곳이라 금방 친정에 도착했다. 현관문을 열고 들어가자 거실 소파에 앉아 텔레비전을 보시던 어머니가 나를 쳐다봤다. 귀신이라도 본 것처럼 기겁하면서 놀랐다.

"어머야! 뒷집 사람이 들어오는지 알았는데 유진이 네가 오늘 어떻게 왔노? 무슨 일 있나? 혼자 왔나? 유진이 아빠 에~ 유진이 왔네."

엄마의 말에 아빠도 놀란 듯이 큰방으로 들어오는 나를 쳐다보셨다.

"어, 오늘 왜 왔노?"

나는 아버지 앞에 무릎을 꿇었다. 무릎을 꿇자 자동으로 눈물이 흘렀다.

"죄송해요. 아빠, 엄마."

더 이상 말을 이어가지 못했다. 내가 흐느끼자 방문 옆에 서 계시던 어머니도 눈물을 훔치셨다.

"엄마, 아빠를 봐서라도 잘 살아야 하는데 도저히 못 살겠어요. 결혼하고 4개월쯤에 오빠가 바람이 났는데 그때는 시부모님이 새벽에 내려오셔서 무릎 꿇으시고 빌고, 본인도 반성하고 해서 각서 받고 넘어갔는데……."

부모님에게도 그동안 말씀드리지 못하고 혼자 끙끙 앓았던 이야기를 다 꺼내놓았다. 내 이야기를 다 들으신 아버지가 말씀하셨다.

"너는 어떻게 하고 싶은데?"

"더 이상은 같이 못 살겠어요. 진짜 정신병 올 것 같아요. 이혼하고 싶어요."

"네가 결정하고 내려왔겠지. 너 하고 싶은 대로 해라. 이혼해도 괜찮다. 참고 살 필요도 없다."

아버지는 더 많은 말씀은 하시지 않았다. 혼자 올라가면 이도 저도 안 될 것 같아서 어머니를 모시고 올라가겠다고 말씀드리니 흔쾌히 허락하셨다. 어머니와 함께 올라가서 법원에 서류 넣고 한동안 불안할 나와 함께 있다가 내려오라고 하셨다. 경기도로 올라갈 일이 바빠 서둘러 움직였다. 올라가는 내내 어머니는 분통해 했다.

"이 바보야. 진즉에 말하지. 뭐 한다고 1년 동안 말 안 하고 참았노. 어떻게 버텼노. 용하네 용해."

내려오는 길과는 다르게 올라가는 길은 외롭지 않았다. 결혼 후 오랜만에 느끼는 감정이었다.

외롭지 않다는 것을.

가장자리로 밀려나다

"사랑하고……. 나도 억울한데, 너 새벽에 그러고 나가고 나니 아, 나도 이제는 못 버티겠다 싶더라. 내 잘못이지. 사실 내가 너 없이 살 수 있을까 싶다. 겁난다. 근데 나보다 네가 더 걱정이다. 나마저 없으면 가뜩이나 외로움도 많고, 힘들어하는 네가 행복하게 살까 싶어서……. 근데 네가 그랬잖아. 내가 없어야 행복하다고……. 그래서 내가 사라져주려고……. 그리고 난 아무도 날 믿어 주지 않아서 이번에 이혼하고 혼자 연락 다 끊고 살 거야. 이제 누구랑 엮어서 살 수도 없을 것 같다. 조심히 올라오고 천천히 와도 돼. 그냥 아침 먹고 좀 쉬다가 조심히 와."

대구 언니네 집에 갓 도착해 있을 때 남편에게 메시지가 왔다. 남편은 나를 흔들어놓으려고 했다. 이 메시지를 보내면서 어떤 표정을 짓고 있었을까? 예전의 나였다면 남편의 의도가 통했을 것이다. 분명히 이 메시지를 보고 눈물을 흘렸을 것이고 언니와 형부 앞에서 입을 닫았을 것이다. 분명 그러했을 것이다. 운전대를 잡고 고속도로를 타는 순간 마음의 결단을 내렸다. 내려오는 내내 눈에 씌었던 콩깍지를 벗겨내었다. 즐겁고 달달하기만 할 줄 알았던 결혼과 신혼생활이 그 누구보다 고달팠고 두통에 시달리며 보냈다. 남편이 나와 결혼을 왜 선택했을까? 하는 의문만 증폭되었다. 시간이 지날수록 남편을 믿지 못하는 내 모습을 보고 있는 것도 곤혹이었다. 혼자 눈물을 흘리는 것도 그만하고 싶었다. 가슴이 시커멓게 타들어 간다는 게 어떤 것인지를 절실히 알게 되었다. 내게 결혼이란 남편이 만들어 놓은 지뢰가 가득한 꼭두각시 인형 무대였다. 고속도로를 타고 내려오는 길은 내가 그 인형 무대에서 내려오는 것과 같았다.

무대에서 내려와 보니 지뢰가 가득한 그 무대에 다시는 올라가고 싶지 않았다. 직장생활은 한 참 바쁜 시기에 가정에 이런 문제가 생겨서 난감했지만 더 이상 피할 수가 없었다. 신혼집이 좁다 보니 여름옷이며, 내 물건 또한 시댁에 있었기에 한시라도 바삐 움직일 수밖에 없었다. 올라가는 내내 어머니에게 부탁을 드렸다.

"엄마, 욕도 할 필요 없어."

한 성격 하는 어머니는 그런 놈들은 망신을 당해봐야 한다며 불같이 화냈지만, 신신당부를 드렸다. 얼마든지 망신을 주고 난리를 칠 수도 있었지만 그러지 않기로 했다. 그 상황에 놓여있던 나는 조용히 그리고 빠르게 정리하고 싶다는 생각뿐이었다. 큰소리가 오가고 하면 금방이라도 무너져 버릴 것 같았다. 모든 것을 나의 의심으로 인해 일어난 일이라고 뻔뻔하게 말할 남편을 보고 싶지 않았다. 지금까지도 충분히 남편의 밑바닥을 보았으니 말이다.

2017년 04월 23일 일요일 오후 3시에 신혼집에 도착했다. 때마침 남편에게도 연락이 왔고, 도착했으니 짐을 챙기러 오라고 했다. 한 20분이 흘렀을까? 남편이 신혼집 도어락 비밀번호를 풀고 문을 열었다.

소파에 앉아 있던 장모님을 보더니 남편의 표정이 굳어졌다.

"오셨어요. 장모님……"

집안은 침묵이 흘렀다. 남편은 어디론가 메시지를 보내고 있었다. 아마 시어머니였을 것이다. 침묵을 깬 것은 나였다.

"오빠, 이혼서류 가지고 있지? 작성해서 나 줘. 그리고 짐 챙겨."

"오늘 다 못 가져 가니깐 대충 챙겨줘."

짐을 다 소각장에 버려도 속이 시원하지 않을 마당에 나는 조용히 짐을 챙겼다. 자동차에 이것저것 넣고 보니 한 짐이었다. 셋이서 자동차에서 아무 말도 하지 않고 시댁으로 향했다. 시댁에 도착해서 남편의 짐을 옮겼다. 내 짐 또한 시어머니께서 대충 포장해두었다. 남편의 방에 들어갔더니 침대 위에 놓여있던 웨딩촬영 때 찍었던 큰 액자가 침대에 엎어져 있었다. 순간 또 눈물이 흐를 뻔했지만, 꾹 참았다. 덤덤히 내 짐을 챙겨서 자동차에 실었다. 마지막 짐을 차에 실었고 현관에 서 계시던 시어머니 쪽으로 걸어갔다. 시어머니는 내게 말했다.

"미안하다."

시어머니의 사과에 나는 아무 말도 할 수가 없었다. 잘 지내시라는 말도, 잘 살지 못해서 죄송하다는 말도 이제는 의미가 없었다. 친정어머니가 시어머니에게 말했다.

"좋은 일로 방문했으면 좋았을 텐데 이런 일로 뵙게 돼서 마음이 안 좋네요."

"그러게요. 인연이 여기까지인가 봐요."

그렇게 남편과 시어머니의 눈도 쳐다보지 않고 친정어머니와 둘만 신혼집으로 돌아왔다. 신혼집에 들어오니 갑자기 감정이 북받쳐 올랐다. 어깨를 들썩이며 울어버렸다.

"엄마, 걱정하지마. 나 괜찮아. 그냥 눈물이 나네. 나 괜찮아. 근데 좀 울게."

울고 있는 내 뒤에 와서 어머니가 등을 어루만지시며 토닥거려주었다. 어머니의 목소리에도 슬픔이 많았지만 애써 참아주었다. 협의이혼 서류를 가정법원에 접수하려면 부부가 함께 방문해야 했다. 직장생활은 또 직장 생활대로 해야 했기에 법원에 바로 갈 수는 없었다. 월요일을 지나 화요일로 약속을 잡았다. 내 가족들은 법원에 남편이 나타나지 않을까봐 초조해하며 걱정했다. 그와는 달리 나는 전혀 걱정스럽지 않았다. 남편과 시댁은 소송이혼을 원하지 않고 있다는 것을 잘 알고 있었다. 협조적으로 협의이혼을 해주지 않았다면 시간이 오래 걸려도 소송이혼을 했을 나였다. 누구 말처럼 소송이혼을 진행해서 그동안 내가 겪었던 정신적 고통에 대한 위자료를 충분히 받을 수도 있었다. 그러나 그러고 싶지 않았다. 나의 명의로 대출을 받아 얻은 전세자금만 되돌려 받기로 했다. 왜 그랬냐고 주먹으로 때리고 싶었고, 욕을 퍼 붇고 싶었지만, 남편을 택한 나의 잘못도 없지 않아 있었다. 또 이런 생각도 했다. 이혼 후 시간이 조금 더 흘러 남편이 정신을 차리고 자신을 돌아보게 되면 어떡하나 하는 가정을 해봤다. 그때 새로운 인연과 함께 시작할 시점에 과거의 잘못으로 인해 판결문에 적혀지는 가정파탄의 이혼 사유가 남편의 외도라고 명시된다면, 얼마나 과거에 대한 후회와 고통이 따를까? 하고 말이다. 남편에게 받은 상처로 지금 이렇게 아팠지만, 현재 아픈 나보다 미래의 남편이 걱정되었다. 나는 멍청함을 넘어서 병신이 맞다. 우리들의 사랑의 끝은 비록 좋지 않지만, 남편을 진심으로 아끼고 사랑이라 말했던 나의 마지막 배려였다.

이혼 접수를 앞둔 와중에도 남편이 본인의 잘못을 진심으로 뉘우치길 바랐다. 유부남으로서의 잘못된 일탈과 행동으로 인해 일파만파 걷잡을 수 없는 불길처럼 모든 것이 다 무너져버린 현실을 직시하길 바랐다. 우리의 부부란 인연은 여기서 끝이지만, 다시는 같은 실수로 불행해지지 않길 진심으로 바랐다. 그런 의미로 법원에서 만날 약속 후 이런저런 내 마음을 담아 메시지를 보냈다.

"참 슬프다……. 우리가 이렇게 되어버린 것이……. 오빠. 난 오빠 하나 보고 여기 올라온 죄밖에 없다. 오빠는 그게 뭐 대수냐 할지 몰라도 난 포기하고 잃은 게 많아. 잘 정리하고 잘 헤어지자."

"그런 말 나한테 하지 마. 관심 없어. 너 혼자 의심해서 나한테 이혼하자고 한 거잖아. 넌 늘 이혼을 얘기하고 난 늘 붙잡고 그게 몇 번이야? 대체 다신 안 그러겠다며? 처가에 다 말하고 장모님까지 모셔오고, 난 어제 너랑 다시 한번 이야기했으면 했다. 이게 뭐냐. 넌 너무 무책임하다. 난 어떻게든 나를 바꿔서라도 너에게 좋은 남편이 되려고 했어. 그냥 난 빨리 끝내고 싶어."

"내가 그동안 오빠 용돈 주고, 오빠 통장으로 적금한다고 붙인 게 얼마인 줄 알아? 난 생활비 한 푼 받은 적 없어. 말하고 싶은 게 있으면 내가 더 많아. 근데 나도 좋게 끝내고 싶어서 참는 거야. 내가 택한 사람이었고 그래도 정이 있어서 좋게 끝내는 거야. 우리 집에서도 왜 가만히 있는데, 내가 더럽게 끝나기 싫어서 부탁해서 가만히 있는 거야. 난 이곳에 올라와서 일 열심히 한 죄, 시댁에 잘한 죄, 외도를 눈감아 준 죄, 돈 열심히 모으기 위해 아꼈던 것밖에 없는 죄, 한눈팔지 않은 죄밖에 없어."

"나한테 메시지 그만 보내. 그만. 나 너랑 연락하기 싫어. 유진아."

남편과 부부라는 관계 정리를 앞두고 있는 시점에서야 남편의 모습이 선명하게 보이기 시작했다. 이렇게 일이 크게 될 줄 몰랐을 것이다. 늘 그래왔듯 조금만 난리 치고, 조금만 달래주면 금방 풀렸던 나니까. 이번에도 그럴 줄 알았을 것이다. 이 상황 속에 있는 남편은 불안하고 당황스러워 보였다. 그것을 감추기 위해 애쓰는 것 같이 느껴졌다.

화요일 아침이 밝았다. 가정법원에 직원들이 출근하기도 전에 도착했다. 협의이혼서류를 접수하고 나니 협의이혼 의사 확인기일 날짜를 배정해주었다. 한 달 정도가 지난 후 법원에 부부가 함께 방문해 판사 앞에서 이혼 의사를 분명히 밝히면 이혼이 성립되는 것이었다. 법원에서 만난 우리는 아무런 대화를 일절 하지 않았다. 심리적으로 힘들어하는 나를 위해 친정어머니가 함께 갔는데 그것을 보고 남편이 말했다.

"너도 대단하다. 장모님 여기까지 오게 하냐? 생각 좀 해라." 면서 혀를 찼다. 남편의 말에 전혀 기분이 상하지도 상처로 다가오지도 않았다. 그저 남편 또한 합리화하며 나에게 정을 떼고 있는 중이라는 생각밖에 들지 않았다. 접수증을 들고 법원 밖을 나온 후부터 남편이 어디에서 무엇을 하는지 알 필요가 없어지니 두통이 사라졌다. 한 일주일이 지났을까? 예전에 남편이 친구에게 아이디를 빌려주기 위해 가입했던 온라인 커뮤니티 공간이 생각나서, 들어가 보았다. 그때도 별 의심 없이 지나갔지만……. 가입하지 않아도 인사말 정도는 볼 수 있었다. 정신이 있는 사람이라면 숙려기간에 자숙하고 있겠지 싶었다. 그냥 문득 생각이 나서 설마하는 마음으로 그 사람이라면 이 공간, 이 연령대에 왠지 글을 써놓지 않았을까 하고 검색을 했다. 옛날 말이 옳았다. 설마 하다가 사람 잡는다고.

낯이 익은 사진 속 남자가 글을 올려둔 것을 확인했다.

"좋은 인연 만들고 싶어요."

"좋은 여자 있을까요?"

"나도 데이트하고 싶어요."

남편이 남긴 글이었다. 어이가 없었다. 그것을 캡처해 남편에게 메시지를 보냈다.

"아직 숙려기간이야. 행동 조심해."

"너나 잘해. 이미 끝난 마당에 간섭하게? 내가 알아서 해. 진짜 어이없네. 뒷조사나 하고 다니고 참 너도 대단해. 키키키."

남편은 비아냥거렸다. 법원에 서류를 접수하고 온 지 일주일 지났을 무렵이었다. 참 양심도 없는 사람……. 서로에게 그냥 인연이 아니었음을 말하고, 그 사람의 행복과 건강을 염려하고 서로의 가족들을 위해서라도 정신 차리고 잘 살자고 6월에 법원에서 보자고 인사를 건넸던 나는 천하의 바보 머저리였다.

"내가 정말 사랑한다. 유진아. 정말로 의심하게 만들어서 미안하다.

죽고 싶을 만큼 마음이 아프다. 너랑 왜 결혼했냐면 결혼하고 싶을 만큼 사랑해서야. 근데 내가 너를 실망하게 했어. 너에게 사랑을 못 받고 있다고 느끼게끔 했고 난 많이 부족하단 소리지 이 부족함을 어찌해야 할지, 하지만 몇 배로 노력해서 좋은 남편을 4개월간 못했으니 40년 동안 좋은 아빠 역할도, 좋은 남편도 더 할게. 미안하다. 사랑하고."

남편의 반성은 내게 거짓으로 남았다. 그 사람을 신뢰했고, 그 사람 말을 무조건 믿었다. 내가 그토록 믿었던 모습은 모두 내게 거짓으로 남았고, 내가 알던 남편은 사라졌다. 내게 남은 건 슬픔뿐이었다.

불행을 겸허히 받아들이다

한 달이란 시간은 너무 느리게 지나갔기도, 너무 빨리 지나갔기도 하다. 농사일이 바빠 법원에 이혼 신청서를 접수한 것을 확인하고 어머니는 바로 내려가셨다. 오로지 혼자 감당해야 하는 시간이었다. 아무 일 없듯 아침이면 직장으로 향했고 저녁이면 집으로 퇴근했다. 워낙 겁이 많아서 별의별 생각을 다 하기에 퇴근 후 혼자 집으로 가는 것이 유난히 더 두렵게 느껴졌다. 늦은 시간에 전화할 곳도 없었다. 지금 당장 내게 문제가 생겨도 바로 뛰어와 줄 사람, 기댈 수 있는 사람이 없었다. 사방을 경계하며 발걸음을 바삐 움직여 늘 집으로 갔다. 올라온 지 얼마 되지 않은 도시가 낯설었다. 오피스텔에 집이 있었는데 1층에 상가와 공용화장실이 있었다. 늦은 밤 맥주 한 잔을 하신 분들을 그곳에서 종종 마주쳤다. 그때마다 항상 엘리베이터 앞에 서면 긴장되었다. 현관문을 열고 들어가기 전까지 긴장을 늦출 수가 없었다. 현관문을 열고 신발장에 서서 한눈에 보이는 방안을 바라보았다. 한참을 그렇게 서 있었다. 신발장 센서 등이 꺼졌지만 불을 밝히고 싶지 않았다. 우두커니 서서 몇 분이 흐르고서야 신발을 벗고 방으로 들어왔다. 몸도 마음도 머릿속도 복잡했다.

'왜 이렇게 되었을까……. 이제 어떻게 살아야하지? 한순간에 낙동강 오리알 신세나 다름없었다. 한 사람만 믿고 이곳까지 오게 되었는데 더는 의지할 곳이 존재하지 않았다. 적막한 방 안 공기가 싫어 텔레비전을 켜고 노래를 들었다. 인터넷 검색창에 검색하는 키워드는 한결같았다.

'힘이 들 때 듣는 노래, 힘 나는 노래, 이혼 후 노래, 마음이 잔잔해지는 노래.'

이렇게 검색한 노래 목록을 들으면 날 마치 아는 듯이 노래는 나를 위로해주었다.

'슬퍼하지 말자. 내가 선택을 잘 못 했지만 알았으면 돌아가야지. 그게 용기가 있는 거지.'라고 스스로 나에게 용기를 주었다. 하지만 그때뿐 금방 눈물이 떨어졌다. 가슴 쪽에서 느껴지는 통증과 공허한 마음을 어떻게 할 수가 없었다. 미칠 것 같았다. 이 감정을 스스로 다스리기가 힘들었다. 어딘가에 의지하고 기대고 싶었다. 그때 찾은 노래가 김광석 가수의 '혼자 남은 밤'이란 곡이었다. 그 노래를 듣고 있으면 가사 하나하나가 리듬 위에 얹혀 흘러나오는 동안 미칠 것 같은 마음이 안정되었다. 지금의 나를, 이렇게 되어 버린 나를 스스로 받아들일 수 있게 도와주었다. 그 노래를 만나 혼자 남게 된 지독히 괴롭고 슬펐던 밤들을 이겨낼 수 있었다. 그 한 곡만 계속 반복하여 들었다. 나의 일상과 항상 함께했다. 일어날 때, 잠잘 때, 출퇴근길에, 점심시간에.

특히 아침에 눈을 떴을 때가 가장 고통스러웠다. 눈을 뜨면서 모든 것이 꿈이었으면 하곤 바랐다. 눈물이 주르륵 흘러 베개를 적셨다. 숨 쉬는 방법을 잊어버린 마냥, 숨을 제대로 쉴 수가 없었다. 숨이 막힐 것 같았다. 가슴이 아파서 일어날 수가 없었다. 그대로 눈을 감고 일어나고 싶지 않았다. 그때 김광석 가수의 노래는 진통제 역할이 되어주었다. 신기하게도 듣고 있으면 덜 고통스러웠고 덜 아팠다. 그렇게 묵묵히 생활을 이어갔다.

같은 지역에 남편 그리고 시부모님 또한 묵묵히 생활하고 있을 것이라 생각이 드니 감정이 묘했다. 몇 주 전까지만 해도 가족이란 이름으로 함께했었는데 순식간에 깨져버렸다. 내게 미안한 감정이 있을까? 되레 나를 욕하고 있진 않을까? 시부모님 입장에서는 내가 미울 것 같았다. 참지 못했다고.

결혼하고 난 뒤에 알았다. 기혼인 사람들이 장난삼아 하는 말이 진심이었다는 것을.

"결혼은 안 해도 된다. 하면 고생 시작이다."

직접 겪어본 후 알게 되었다. 그 시댁의 문화에 적응하기 위해 나 또한 내가 할 수 있는 만큼 부단히 노력했다. 남편이 내게 주는 고통이 믿음을 저버린 외도 문제가 아니었다면 아직도 부단히 노력하고 있었을 것이다. 배신에 대한 상처의 골은 메워지긴 커녕 더더욱 깊어졌고 날카로워졌다. 남편을 이해하고 싶지 않았다. 좋지 않은 점만 보이기 시작했고 거슬렸다. 그럴 때마다 이혼이란 말이 입 밖으로 나와 버렸다. 시댁 부모님과도 자꾸만 갈등이 생기고 골이 깊어졌다.

"유진아, 두 번 다시 네 입에서 이혼 이야기 나오면 그땐 다신 안 볼 거야. 진심을 몰라주니 우울해져. 네가 오빠를 용서해 줬으니 큰 결심 한 만큼 앞으로 행복하게 살아야 하지 않아?"

시어머니의 말씀은 다 맞는 말씀이었다. 그렇게 따끔한 충고를 들을 때마다 반성했다.

'그래, 내가 용서해줬으면 티 내지 말아야지. 그래, 잘해야지. 앞으로 나만 말을 줄이고 내려놓고 살면 돼. 조용히 살면 누가 보기에는 잘살고 있구나 하겠지…….' 라고 생각은 매번 했지만 감정이 따라오질 않았다. 예민해져 버렸다. 작은 일에도 스트레스를 받았고 경계의 날을 세웠다. 내게 성격이 삐뚤어졌다고 했다. 예민해지고 삐뚤어질 수밖에 없었다. 그렇게 하지 않으면 우습게 볼 것 같았다. 생각해오던 결혼이라는 것의 상상과 이상이 무너져버린 그 생활은 지옥이었다. 시댁 식구들과 함께하면서 웃고 있어도 웃는 것이 아니었다. 다들 우리 부부에게 아무 일이 일어나지 않은 것처럼 잘 지냈다. 잘 하고 싶다는 생각도 의욕도 없어져 버렸기에 자꾸만 지쳐갔다. 내가 선택한 결과가 이런 참담한 현실이라는 것을 받아들이기가 쉽지 않았다. 이 현실에서 벗어나고 싶었다.

한 보름이 지났을까? 남편에게 연락이 왔다. 여전히 반성의 기미는 보이지 않았다. 이미 나는 남편에게 남인 존재였다. 신혼집에 데스크톱 컴퓨터가 있었는데 본인의 것이라고 컴퓨터는 가져가겠다고 했다. 본인의 컴퓨터라고 말하지만……. 사실 그 컴퓨터는 돌아가신 친할머니께서 내게 주신 것이나 다름없었다. 2016년 2월경 친할머니가 세상을 떠나셨고 그때 내게 들어온 부의금이 있었다. 그 돈으로 샀던 컴퓨터였다. 이 사실을 남편은 잊어버린 것 같았다. 내게 컴퓨터를 챙기러 올 것이니, 망가뜨리지 말라고 했다. 참 철딱서니 없는 남편이었다. 말다툼도 하고 싶지 않았다. 그냥 가져가라고 말했다. 컴퓨터와 몇 가지 짐을 챙기러 온 남편을 피해 건물 옆에 있던 카페에 들어가 있었다. 창밖을 보니 남편이 친구와 짐을 옮기는 것이 보였다. 이별을 향해서 하나둘 정리하고 있었다. 남편의 뒷모습은 슬픈 기색이 전혀 보이지 않았다. 뻔뻔한 모습을 볼 때마다 남아있던 정마저 식고 있었다. 그토록 궁금했던 그 사람의 진심도 알고 싶지 않았다. 나를 사랑했는지 아닌지도 상관없었다. 빚으로 마련한 신혼집에 이자 빚을 갚으며 혼자 남아 있을 필요가 없어졌다. 그 한 사람만 바라보고 믿고 올라온 나에게 경기도에 남아 있을 이유도 사라졌다. 더구나 그 어떤 연고도 없었다. 남편과 같은 지역에서 생활하는 것도 싫었다. 우연히라도 마주치고 싶지 않았다. 떠나고 싶었다. 하지만 방법이 보이지 않았다. 경기도로 올라오는 과정도 힘들었는데, 또다시 떠나려니 엄두가 나지 않았다. 하지만 가족들과 너무 멀리 떨어져 버린 이곳에서 이혼 후 혼자 살아갈 것을 생각하니 자신이 없었다. 용기를 한 번 더 내기로 했다. 인사과 담당자에게 내가 경기도로 올라오게 된 이유와 내게 일어나버린 지난 일들, 경기도를 떠나 고향으로 내려가고 싶다고 장문의 편지를 작성해서 보냈다. 인사교류라는 것이 쉽게 되는 것이 아닐뿐더러 몇 년이 소요될 것을 알고 있었다. 그 모든 걸 감당하고 말씀을 드렸다. 진심이 통했을까? 인사 담당자가 현재 나의 건강과 심리상태에 대해 신경을 많이 써주셨다. 또한, 예상치 못한 답변을 받았다. 고향에서 받아주겠다고 하면 시기를 맞추어서 보내줄 수 있겠다는 대답이었다. 무조건 이 기회를 잡아야 내가 살 수 있을 것 같았다. 고향에 있는 인사담당자에게 연락을 취했고 답변이 오기만을 간절히 바랐다.

내게 이런 일이 일어났고 또 어떤 일이 발생할지도 모르기에 팀장님과 팀원에게 미리 말을 해야 할 것 같았다. 담담히 나의 이야기를 건넸고 다 들은 팀장님과 팀원 언니는 나의 결정에 응원해주었다.

팀장님은 남편의 외도 상대가 계속 바뀌었냐고 물으셨고, 매번 바뀌었다고 말씀드리니 그럼 당장 끝내는 것이 현명하다고 해주셨다. 팀원 언니는 믿음과 신뢰가 깨진 부부는 의미가 없다고 나의 결정에 스스로 불안해하는 나를 위로해주었다. 다만 고향으로 내려갈지도 모른다는 말에는 고향 말고 근처에 있는 다른 지역을 가는 것이 좋지 않겠냐고 걱정하셨다. 고향이 경상도라고 말하면 모두가 보수적인 곳이네. 라고 하셨다. 좋지 않은 일을 겪고 내려가 심리치료를 받아도 부족한데 혹시나 사람들의 시선과 왜곡된 편견으로 오히려 상처를 더 받진 않을까 염려하셨다. 내게는 가족이 필요했기에 그런 염려는 겸허히 받아들이자고 다짐했다. 내 잘못으로 이혼을 한 것이 아니기에 당당할 자신이 있었다. 누군가가 내게 물어본다면 "남편이 결혼 후 총각 때처럼 화려하게 놀아서 이혼했습니다."라고 이혼한 사실을 당당하게 말하면 그만이다고 생각했다. 흔히 말하는 요즘 시대에 이혼이 뭐 대수라고.

고향의 인사담당자에게 연락이 오기만을 간절히 바랐다. 며칠이 흐르고 드디어 답변을 받았다. 답변은 받아 줄 있다는 긍정적인 답변이었다. 그동안 꼬이고 복잡하고 풀리지 않은 것만 같았던 것들이 이제서야 조금씩 풀리는 것 같았다. 이 소식을 접한 후 곧이어 전출 날짜가 확정되었다. 믿어지지 않았다. 너무 쉽게 원하던 대로 풀려버리는 것 같아 왠지 긴장감이 돌 지경이었다. 전출날짜에 맞춰 신혼집을 정리하려니 막막했다. 전세계약도 많이 남았고 누군가가 들어올 사람이 있을까 싶었다. 그래도 어찌할 수 없었다. 하나씩 해결해 나가는 방법밖에 없었다. 방안을 가득 메운 신혼살림들을 처리하는 것이 가장 막막한 문제였다. 포장 이사를 부르려니 거리가 너무 멀어 비용도 만만치 않았다. 결국은 혼자 처리하기로 마음먹었다. 걱정만 해봐야 해결될 것도 아니기에 생각이 나는 대로 해보기로 했다. 어떻게든 해결이 되겠지. 하고 말이다. 우선은 중고나라 사이트에 가입했다. 이렇게 된 김에 사용하지 않는 물건, 없어도 괜찮겠다는 물건, 부피를 많이 차지하는 물건 순으로 싼 가격으로 판매를 걸어두었다. 물건 상태가 좋아서인지 올리는 족족 판매가 완료되었다. 즉시 계약이 성사되자 나름대로 재미도 있었다.

중고 물품을 팔고 텔레비전, 세탁기, 냉장고, 침대, 가스레인지 등이 남아있었다. 크게 중고매장을 운영하는 분에게 한꺼번에 팔아버렸다. 물건을 다시 쓰고 싶지도 않았고 빨리 처리하고 싶어 적자인 걸 알았지만 처리했다. 큰 물건을 다 치우자 방이 썰렁하니 한기가 돌았다. 굵직한 물건들을 처분하고 남은 자잘한 물건들 또한 자동차에 채우니 양이 어마어마했다. 자동차로 한두 번이면 충분히 옮길 것 같았다. 막상 옮기려고 보니 세 번 만에 가까스로 다 옮겼다.

첫 번째는 집에 내려가는 주말에 짐을 한번 옮겼고, 두 번째는 짐을 차에 다 실었는데 남아있는 짐을 보고 다 옮길 수 없을 것이란 판단이 서자 장거리 5시간 운전 후 짐만 내린 후 다시 바로 올라왔다.

세 번째는 경기도에서의 모든 생활을 접고 고향으로 내려가는 그 날 짐을 다 싣고 내려왔다. 혼자 남아도 늘 그랬듯이 또 혼자 이사도 잘하고 시간이 걸렸지만 다 해결되어갔다.

되돌아오던 날

어제는 경기도에 있던 내가 오늘은 경상도에 있었다. 하루 만에 내 주변의 모든 것이 또 변해있었다. 1년이란 시간 동안 대체 무슨 일이 벌어진 것인지, 대체 내가 무슨 짓을 한 것인지 지나온 모든 것이 꿈같았다. 고향에 내려왔지만 쉴 틈이 없었다. 바로 바뀐 직장에 적응해야 했다.

경기도를 떠나던 그 날.

남아있던 모든 짐을 자동차에 집어넣고 혹시나 빠진 물건은 없는지 확인하러 신혼집으로 올라갔다. 처음 신혼집에 들어올 때 온기가 가득했던 방안은 냉기만 흘렀다. 텅 비어버린 방 한가운데에 앉았다. 남편과 소소한 것으로 웃고 좋아했던 기억과 남편의 배신에 좌절하고 고통스럽던 기억들이 주마등처럼 지나갔다. 일어나 현관문을 나서면 다시는 이곳을 올 수 없다는 것을 알았기에 금방 일어나기까지가 힘들었다.

"유진아, 너의 선택은 지금 당장은 힘들지만, 세월이 지나서는 잘했다고 스스로 말할 거야. 여기서 계속 참고 살 이유가 없어졌잖아. 그동안 너무 힘들었잖아. 괜찮아. 괜찮아. 다시 돌아가는 거야. 고향에 내려가면 그래도 가족들이 있잖아. 이곳은 아무도 없잖아. 그리고 내려가서 혹시라도 사람들의 반응에 상처받지 말자. 네가 잘못한 거 없잖아. 당당해도 돼. 참고 사는 게 바보인 거야. 1년 동안 너무 고통스러웠잖아. 참고 사는 것은 널 스스로 죽이는 거라고. 겸허히 받아드리자. 모든 시선을 겸허히 받아들이자."

스스로 다짐하듯 말하고 나서야 그 자리를 떠날 수 있었다. 그동안 무거웠던 마음은 훨씬 가벼워져 있었다.

고향에 내려와 바뀐 사무실, 사람들, 업무에 적응하다 보니 어느새 법원에 가야 하는 날이 다가왔다. 법원 가기 전날 마음은 시원하기도 했고 착잡하기도 했다. 근무시간을 마치고 어머니와 함께 경기도로 향했다. 다시는 가고 싶지 않은 경기도였지만 이번만 다녀오면 끝이란 생각에 힘을 내기로 했다. 서로 마지막까지 감정마찰 일으키지 말자고 했기에 조용히 지내고 있던 와중에 며칠 전 남편에게 메시지가 왔다. 대체 나를 어떻게 주변에 말했기에 남편의 주변 사람들이 다들 남편을 불쌍하게 본다는 것이었다. 분명 시댁과 남편 쪽 친지들 및 지인들에게 나는 의부증 걸린 미친 여자가 되었을 것으로 생각했다. 그런데 그것 또한 상관없었다.

"깜빡했는데 내 것 술잔들 다 돌려줘. 톡 끝."

남편의 메시지를 받고 내 눈을 의심했다. 어처구니가 없었다. 경기도를 내려오기 전 집 문제로 인해 관리사무실에서 남편에게 연락이 간 적이 있었다. 남편은 관리실이건 뭐건 연락 안 오게 해줬으면 좋겠다고 부탁했었다. 또한 오븐이랑 고기 굽는 불판을 달라고 했다. 그때도 그냥 별 말하지 않았고 달라고 한 것을 법원에서 주겠다는 답변을 했다. 그런 작은 일까지 신경 쓰고 싶지 않았다. 별 반응을 하지 않고 말을 하지 않아서일까? 대체 나라는 사람이 얼마나 그 사람에게 멍청한 인간으로 보였기에 이 사람이 이러나 싶어서 발끈했다. 남편의 메시지에는 아직도 반성과 미안함이란 찾아볼 수 없었다. 내게 미안한 마음과 반성을 1%라도 했었다면 과연 저런 메시지를 보낼 수 있었을까? 나는 발끈하며 답장했다.

"내 돈 돌려줘. 내가 부쳐준 돈, 내 돈으로 오빠한테 적금 들어간 거, 내가 계좌이체 해준 거."

날짜별로 이체했던 거래내역을 엑셀로 정리해서 계좌번호와 함께 보냈다. 그러자 전화가 왔다.

"술잔 돌려달라고 한 게 그렇게 화낼 일이야?"

"아니, 누가 술잔 때문에 그래? 오빠는 예의라는 것이 없어? 술잔 다 돌려줄 테니까 내 돈 돌려줘."

"왜 갑자기 돈타령이야. 협의서에 전세금만 받기로 했잖아. 어차피 너 술잔 쓸 일 없으니까 돌려달라고 한 거야. 그 술잔 다 우리 엄마가 준 거잖아. 불쾌하게 생각하지마."

"정말 내가 그동안 사랑했던 사람이 이렇게 찌질한 인간인지 몰랐다. 고맙다 정이라곤 찾아볼 수 없게 떨어지게 해줘서. 법원에서 보자."

전화를 끊고 눈시울이 붉어졌던 그 날이 경기도로 향하는 차 안에서 계속 생각이 났다.

법원 근처에서 어머니와 함께 잠을 잤다. 아침이 밝았고 서둘러 법원으로 향했다. 동사무소에 근무하던 시절 어떤 특정한 요일에 이혼서류를 접수하러 오는 사람들이 가득했던 날이 있었다. 법원에서 이혼 선고를 하는 그날이면 어김없이 접수하러 오는 사람으로 사무실은 붐비었다. 말로만 듣던 가정법원에 찾아올 것이란 상상은 전혀 하지 않았던 내가 그 자리에 있었다. 약속된 10시 10분이 다가오는데 남편이 도착하지 않았다. 오고 있다는 메시지가 왔지만, 어머니가 불안해하자 나까지 초조해졌다. 한 5분을 남겨둔 채 남편은 도착했다. 이혼 확인을 받기 위해 지정된 장소로 향하자 너무나 많은 사람이 대기하고 있었다. 뉴스에 나오던 이혼율 1위가 우리나라인 것을 새삼 실감했다. 나이도 천차만별 다양한 커플들이 그곳에 있었다. 그곳에 모여있던 사람들이 순서대로 판사 앞에서 확인을 받고 나왔다. 그 시간은 정말 짧았다. 금세 나와 그 사람의 순서가 되었다.

'괜찮아. 담담해져야 해. 괜찮아.'

판사가 우리 둘에게 물었다.

"이혼하시길 원하십니까?"

"네."

"네."

의자에 앉자마자 질문을 받고 대답을 하고 나니 끝이었다. 결혼하기까지 우여곡절이 많았는데 끝은 너무 간결했고 허무했다. 그렇다. 남녀 간의 끝은 말이 필요 없었다.

법원에서는 이혼 의사확인이 된 서류를 한 장 주었고 이것을 시청에 제출해야 이혼이 완전히 성립된다고 했다. 부부 중의 한 명만이라도 제출하면 되는 것이었다. 바빠 보이던 남편에게 서류는 내가 제출하겠다고 했다. 남편은 내가 서류를 제출하지 않을 것이 염려되었는지 시청에 함께 가서 서류를 접수하겠다고 했다. 법원에서 나와 바로 시청으로 향했다. 1층 민원실에 도착했고 법원에서 마주쳤던 몇 명의 커플들이 눈에 보였다. 몇 명과 눈이 마주쳤는데 감정이 정말 이상했다. 그들의 눈빛에는 희로애락이 담겨있었다. 시청에 도착했을 때 이혼서류를 먼저 작성하고 싶어 마음이 바빴다. 남편이 먼저 이혼서류를 작성하는 선택권을 주고 싶지 않았다. 이혼은 나의 선택이었기에 때문이다. 내 의지로 하는 것이란 것을 잊고 싶지 않았다. 아니, 반성이라곤 찾아보지 못했던 남편이 먼저 이혼서류를 작성했다면 기분이 더러웠을 것이다. 그 기분을 느끼고 싶지 않았다는 것이 더 솔직한 내 심정이었다.

이혼서류에 마지막으로 확인하는 도장 란에 우리 둘 다 내가 선물했던 부부 도장으로 찍었다. 이 도장으로 찍은 혼인신고서 잉크가 다 마르기 전에 이혼서류에 도장을 찍는 꼴이 그 어떤 코미디 보다 웃겼고 그 어떤 영화보다 슬펐다.

남편이 돌려달라던 토스트기, 고기 굽는 불판, 술잔 등을 돌려주기 위해 지하주차장에서 남편의 차가 주차된 곳까지 갔다. 차에서 내려 트렁크에 실린 물건들을 전해주었다. 술잔도 깨질까 봐 신문지로 돌돌 말아서 고이 전해줬다. 마지막 물건이 내 손을 떠났고 남편이 그 짐을 실을 때 나는 차로 돌아왔다. 마지막 인사도 전하지 않은 채 뒤도 돌아보지 않고 주차장을 빠져나왔다. 아무런 말을 하고 싶지 않았다.

이제 각자의 길은 각자의 선택으로 살아가면 그만이었다. 나에게 남편이었던 사람, 그에게 아내였던 나. 우리의 사이는 그곳에서 끝이 났다. 막상 생각했던 것보단 침착하게 행동을 했다. 옆에 어머니가 지켜보고 있었기 때문이었다. 더 이상 어머니와 가족들을 걱정시키는 딸이 되고 싶지 않았다. 당당한 모습을 보이고 싶었다. 어머니와 나는 고속도로 휴게소에 도착할 때까지 한참 동안 말을 하지 않았다. 휴게소에 도착하고 커피 한 잔을 사서 어머니와 산책을 했다. 어머니에게 말했다.

"엄마, 미안해. 내가 그동안 바보 같았어. 1년간 사이비종교에 빠져 있다가 나온 기분이야."

나의 인생이란 미래에 이혼이란 것은 절대 없었다. 그런 것은 내가 아니라 다른 사람들에게 일어나는 해프닝이라고 생각하며 살아왔다. 다른 사람들이 평범하게 생활하는 것처럼 나 또한 평범한 가정생활을 할 것이었고 우리를 닮은 아기가 태어나고 주변 지인들처럼 육아 생활을 견디고 시간에 의지한 채 삶이란 것을 견디고 살아가다 보면 잘 살아가는 것의 정답이 있을 것으로 생각했다. 결혼과 동시에 나는 블랙홀에 빠져버려 길을 잃어버렸고 되돌아오니 예전의 나와는 다른 내가 존재했다.

남편의 외도는 자신을 포기하고 싶을 만큼 깊은 상처로 멍들게 하고
나락으로 빠져버리게 만든다.

나는 왜 점점 작아지는가

알람 소리에 눈이 떠졌다. 씻고 거울 앞에 앉아 화장했다. 화장을 하다말고 가슴을 움켜잡았다. 갑자기 쿵 하고 내려앉는 기분을 느꼈다. 휑한 찬바람이 가슴을 관통하고 지나갔다. 잠시 움직일 수 없었다. 거실에서 아침 드라마를 보고 계시던 부모님의 소리가 들렸다. 그제야 시린 마음이 지나갔다. 더 이상 나를 희생하면서까지 그 가정을 지킬 이유가 사라졌기에 이혼을 선택한 것은 옳은 판단이라 생각했다. 더구나 나는 그다지 모난 사람이 아니라 스스로 믿었다. 다시 당당하게 살아갈 수 있다고 확신했다.

이제는 지나가버린 모든 일을 잊고 새 환경에 적응하는 일만 남아있었다. 직장에서는 어느 정도 나에 관한 소문이 돌고 있다고 들었다. 그것도 그럴 것이 부모님의 친구분들도 많이 계셨고 고향으로 내려오는 과정에서 소문이 난 것 같았다.

"어릴 적에 결혼했다가 이혼했대."

"아기가 있다고 하던데?"

내가 전해 들은 나에 관한 내용은 전부 헛소문이었다. 분명 누군가는 사실과 가깝게 이야기를 전했겠지만 옮겨지는 과정에 살이 붙고 붙다 보니 그런 것 같았다. 내려올 때 모든 것을 내려놓고 모든 것을 겸허히 받아들이자고 다짐하고 또 다짐하고 왔기에 담담해지려고 애썼다. 또한, 다행히 직장동료들은 나를 배려해주는 분들이 많았다. 그와 관해 직접적인 언급은 물론 내게 물어보는 사람이 없었다. 참 고마운 일이었다. 사람의 심리라는 것이 참으로 간사하고 웃겼다. 누군가가 나의 사생활을 묻는다면 이혼을 당당히 말할 수 있다고 자신했던 나였는데 변해있었다.

'그냥 조용히 지내자. 말 안 하면 아무도 몰라.' 라고 마음의 문을 하나, 둘 닫았다. 조용히 있는 듯 없는 듯 직장생활을 하면 될 것 같았다. 퇴근 후 나를 기다리는 가족들이 가까이 있으니 그 생각만으로도 가슴이 덜 아팠고 큰 위로가 되었다. 사무실에서의 나는 이상했다. 가만히 있는데 식은땀이 났다. 시간이 지날수록 자꾸만 위축이 됐다. 해맑게 잘 웃고 말도 잘하던 내가 말을 하지 않고 있었다. 내가 낯설었다. 타인과 대화를 할 때도 문제가 생겼다. 나라는 사람을 솔직하게 말을 하지 못하자 스스로 나를 자꾸만 숨기게 되었다. 쉽게 동료들에게 말도 붙일 자신이 없었다. 다가가는 것도 어려웠다. 피하게 되고 맥박이 빨리 뛰고 동료들과 같이 있는 공간에서 뛰쳐나가고 싶은 날들이 많아졌다. 괜한 걱정도 늘어났다.

'결혼했냐고 물으면 무어라 대답을 해야 할까?'

'원래 해오던 그대로 행동을 하지만 선입견을 품고 바라보면 어쩌지?'

'이혼했다는 이유만으로 나를 가볍게 대하면 어쩌지?'

나의 머릿속은 꽉 막혀 가슴이 답답했다. 사계절의 절기를 잃은 마냥 수시

때때로 내 마음이 변하고 있었다. 타인과 친해지는 것이 그다지 어렵지 않았던 나였지만, 나는 그 누구에게도 먼저 다가갈 수 없었다.

7월 장맛비가 내렸다. 비가 내리는 것을 좋아했지만 그날따라 기분이 우울했다. 직장동료들과 이야기도 많이 나누지 못하고 바깥으로만 나도는 기분이었다. 점심을 먹은 후 여직원들끼리 커피 한 잔씩 하며 이야기꽃을 피웠다. 나는 그 속에 낄 수가 없었다. 다가갈 수가 없었다. 나라는 사람에 관해 이야기를 하지 못하는데 누구와 친해질 수 있을까? 하는 생각이 들었다. 그날따라 감정은 더 축 늘어졌다. 퇴근 시간이 되고 집으로 가기 위해 자동차에 올라탔다. 시동을 켜는 순간 눈물이 쏟아졌다. 아주 펑펑 울었다. 운전하면서 집으로 가는 내내 눈물이 멈추지 않았다. 집 근처에 도착할 때 하필 다리 앞에서 음주단속을 하는 경찰들이 보였다. 눈물을 멈추기 위해 손으로 눈물을 닦았지만 금세 흘러내렸다. 감정을 추스를 수가 없었다. 자동차를 세우고 창문을 열자 경찰관이 당황한 듯 보였다. 나에게 음주측정기를 갖다 대었고 나는 최대한 눈물을 머금고 "후~" 음주측정기를 불었다. 아마 술 취한 것으로 생각했을 것 같다. 아무런 티를 내지 않고 직장 생활해야 하는 것이 힘들었다. 사람들이 모두 색안경을 끼고 나를 바라보는 것 같았다. 아무런 의미 없고 농담 삼아 건넨 말이지만 나는 그렇게 받아드리지 않았다.

'대체 무슨 의미로 나에게 저런 말을 하는 것이지?

'왜 저 사람은 나한테 무슨 자격으로 저런 말을 하는 거지? 그 어느 때보다 예민해졌다. 내 삶에 재미가 없어졌다. 마음속에 큰 흉터가 생겨 계속 고름이 생기는 기분이었다. 고름을 짜주고 또 짜주어도 아물 것 같지 않았다. 집에 들어오자 어머니가 금방 눈치챘다.

"직장에서 무슨 일 있었나?"

"아니, 별일 없었어. 다들 잘해주셔. 그런데 예전의 내가 아니야. 사람들한테 못 다가가겠어."

어머니는 괜찮다고 생각을 비우라고 말씀하셨다. 다음 날 사무실 아침도 어제와 같이 분주하게 시작되었다. 사무실에 고향 친구의 친구가 있었다. 친구의 SNS를 통해 보던 얼굴이라 낯이 많이 익어 다가가고 싶었다. 그 친구에게 근무 시간 시작 전에 차 한 잔을 하자고 했다. 선뜻 따라 나서주었다. 커피 한 잔을 종이컵에 태워 사무실 밖으로 나왔다. 사무실 근처를 잠시 걸었다. 마음속에서는 할 말들이 쌓였지만, 입 밖으로 내뱉기가 무척 어려웠다. 계속 심호흡을 하다 천천히 말을 꺼내었다.

"나, 하고 싶은 말이 있어."

"응, 뭔데? 말해봐."

"사실은 하고 싶은 말이 있는데 막상 말하려니까 너무 힘들다."

"힘들면 굳이 말하지 않아도 돼."

"사실은 나 결혼했었어."

"아, 그래?"

친구의 말투는 어느 정도 짐작하고 있던 목소리였다. 나는 담담히 그 친구에게 내려오게 된 사정을 말했다.

"너한테라도 말하고 싶었어. 나에 대해 꺼내질 못하니깐 그 누구에게도 못 다가가겠더라고."

그 친구에게 어렵게 말을 꺼냈다. 말을 함으로써 가슴이 체한 듯 답답했던 것이 그나마 시원해졌다. 그리고 그 친구에게 예전의 나처럼 허물없이 다가갈 수 있었다. 친구 또한 선입견 없이 나를 있는 그대로 바라봐주고 받아주는 것을 느꼈다. 친구에게 말을 꺼내고 나니 매일 많은 시간을 붙어있는 팀원 언니에게도 말을 하고 싶었다. 함께 출장 가는 차 안에서 말을 꺼내려다 말하지 못한 적이 두 차례나 되었다. 언니가 저녁을 근사한 곳에서 사준 적이 있는데 그때 자연스럽게 이야기를 전했다. 나에 관해 이야기할 수 있다는 것이 감사했다. 죄를 지은 죄인도 아닌데, 자꾸만 쪼그라들고 위축되던 내가 싫었는데 말을 함으로써 힘이 났다. 조금씩 나를 지금의 날 그대로 인정하고 있었다. 현실을 받아들이고 있었다.

하루는 밖에서 점심을 먹는 날이었다. 근처 식당에서 점심을 맛있게 먹고 사무실로 돌아오고 있었는데 한 명이 말했다. 어떤 이야기를 하다가 그런 말이 나왔는지는 기억이 나질 않는다. 내가 기억하기로는 이러했다.

"요즘 애인 없는 사람이 어디 있어? 없는 게 이상하지."

그 말을 듣고 나는 생각했다.

'그럼 나는 뭐가 돼? 그래서 이혼했는데? 설마 나한테 하는 말인가?'

그 말을 듣고 예민해져서 혼자 또 깊이 사색에 잠겼다. 분명 농담 삼아 말을 꺼냈겠지만, 그 말을 들은 이혼한 나로서는 나에게 그런 일로 이혼한 게 이상한 것이라고 말하는 것만 같았다. 외도 등 그런 이야기들을 우리는 여러 매체를 통해 접하게 된다. 분명 몇 명에 한해 드러나는 소재이겠지만 그런 것을 보는 일부 평범한 사람들은 간통죄가 폐지되면서 외도를 아무렇지 않게 생각하는 것 같았다. 분명 외도는 배우자에 대한 정신적 살인에 가까운 행동이다. 돌이킬 수 없는 상처를 깊게 남기는 것이다. 이런 행위에 대해 사람들이 장난삼아 말을 꺼내는 것이 사실 이해가 되지 않는다. 장난삼아 말할수록 외도라는 행위가 가볍게 느낄 수 있을까봐 걱정이 된다. 만약 그 행위가 가볍다면 결혼이란 의미는 사라져야 한다.

주말에 일직을 하게 되었다. 다른 동료분께서 텔레비전에 나온 어떤 여자배

우를 가리키며 말했다.

"저 여자도 이혼했다고 하네? 요즘 너도나도 이혼하네. 참을성이 없어서 그렇지. 참고 살면 시간 지나면 별 것도 아닌데."

이 말을 듣고 "오늘도 당당히! 너답게! 아자, 아자! 잘하고 오자!" 아침마다 세수하며 거울을 보고 했던 다짐이 와장창 무너져버렸다.

나 또한 참을성이 없어서 이혼한 것이란 말처럼 들렸다. 참을성? 타인의 시선이 무서워서 참고 살아야 할까? 연예인들은 본인의 지극히 사생활인데 텔레비전에 나와서 거리낌 없이 이야기를 꺼낸다. 법원에 가서 직접 보았듯이 우리나라의 이혼율이 높았다. 이혼한 사람들 개개인의 사정이 있을 것이다. 하지만 나 또한 이혼 후 사회에 나왔을 때 느꼈다. 사람들은 무엇 때문에 이혼했는지는 궁금해하지 않았다. 그냥 저 사람은 "이혼한 여자."였다. 주홍글씨가 새겨진 기분이었다. 이혼은 개인의 사정으로 개인이 한 선택일 뿐 욕먹을 짓이 아니다. 나도 겪어보니 알 수 있었다. 많은 사람이 상처를 받았지만 사회에 나와 더 상처를 받고 있었다. 연예인들이 용기를 내서 말을 꺼낸다는 것은 많은 사람에게 다시 잘살아보라고 응원하는 것이라 생각한다. 부끄러운 것이 아니라 당당하게 살아도 된다는 응원 메시지 같은 것 말이다. 아무 의미 없이 누군가는 말을 했겠지만 듣는 사람의 입장에서는 비수처럼 꽂히기도 한다. 요즘 그것을 내가 많이 느끼고 있다. 매일 감정이 요동친다. 타인의 작은 말에도 상처를 받는 나를 보곤 스스로 좌절하기도 하지만 나는 노력하고 있다. 나부터 당당해질 수 있도록 피하지 않기 위해 하루하루 노력하고 있다. 나의 삶을 타인의 시선 때문에 포기하지 않을 것이다. 내가 할 수 있는 최선을 다하고 선택해서 앞으로 즐겁게 살아갈 것이다.

나는 그럴 자격이 충분하다.

빛바랜 추억 속에 건진 사랑

　이른 나이에 사회생활을 했었고 그 이후로 계속 타지에서 생활했다. 나에게 가족은 아버지, 어머니, 언니, 남동생이 있다. 지금은 형부도 있고 조카도 있다. 또한, 친척들까지 합치면 나에겐 가족이 많다. 사실 지금껏 살면서 가족의 정에 대해 생각해본 적이 없다. 느껴본 적도 내가 생각하기에는 없었다. 철없던 나였다. 가부장적인 집안이었고 어릴 적 아버지는 무서운 존재였다. 우리 집에 과수원이 있었는데 어릴 적 사과나무에 농약을 뿌리면 경운기에 연결된 고무호스가 중간에 꼬이지 않게 부리나케 달리고 확인했었다. 눈 깜짝할 사이에 고무호스가 꼬이면 아버지는 버럭 소리를 지르셨다. 어릴 땐 아버지의 고함을 들으면 어깨가 공중에 떴다. 아버지의 기분을 늘 살폈다. 어머니 말로는 경상도 아저씨들은 다 그렇다고 했다. 아저씨들끼리 모여 이야기를 하고 있는데 어머니에게 왜 다투고 계시냐고 물을 정도였다. 그 당시 동네 아저씨들도 아버지와 별반 다르지 않은 경상도 남자들이셨다. 부드러움의 차이는 다들 달랐겠지만 말이다. 도시는 상냥함과 부드러움이 있었기에 좋았다. 경상도를 벗어나 타지 생활에 적응하기가 쉬웠다. 나는 늘 스스로 모든 것을 해왔다고 말했다. 부모님을 실망하게 해드리지 않기 위해 살았고 부담을 드리지 않았다. 흔히 말하는 생떼도 부린 적이 없다. 그런데 내게 부모님은 무엇인가를 항상 바라기만 하는 분들 같았다.

'대체 나한테 뭘 해주셨는데?' 라고 어느 날은 싸가지 없는 생각을 혼자하고 있었다. 모든 것은 나의 선택이었지만 환경 탓, 부모님 탓을 했었다. 또한 결혼을 준비하면서 반대하셨던 부모님에게 심하게 화가 났던 이유 중에 하나도 이런 생각을 했기 때문이다.

'지금까지 혼자 다 잘해왔고 부모님께 손 안 벌리고 내가 결혼하고 싶다는데 왜 반대해?'

사춘기가 뒤늦게 왔는지 무척이나 예민했고 성격이 삐뚤어져 있었다. 부모님이 없으셨다면 이 세상에 태어나지도 못했을 것을 알기에 태어나게 해주신 이유와 키워주신 은혜만으로도 부모님은 존경받으셔야 하는 분들이다. 그런데 나는 몰랐다. 크면서 자꾸만 부모님을 외면하고 벗어나고자만 했다. 그랬던 내가 조금씩 달라지고 있었다. 바로 결혼 전과 결혼 후 부모님을 생각하는 것이 180도로 달라졌다. 결혼이란 것은 사람을 철들게 만드는 입문과정 같았다.

주말이면 시댁 부모님, 남편과 함께 영화를 종종 봤다. 나는 시아버지의 손을 잡고 남편은 시어머니와 함께 영화관으로 들어갔다. 처음에는 사랑받는 며느리가 되고 싶어 의욕이 앞섰고 그 이후는 남편이 그렇게 하길 원했다. 시간이 지날수록, 남편의 배신이 있고 난 뒤부터 거부감이 생겼다. 그렇게 하고 싶지가 않았다.

'우리 엄마, 아빠도 영화 한 편 제대로 본 적이 없는데……. 난 지금 여기서 뭐

하고 있나?

  평생 영화라는 문화생활을 느껴보지 못했을 부모님이 안쓰러웠고 내가 모시고 가지 않았기에 죄송한 마음이 들었다. 나의 부모님은 챙기지 못하고 지금껏 무엇을 했을까? 반성되었다. 명절을 맞이해서 집에 내려가면 저번보다 더 깊게 패인 부모님의 주름을 보니 슬펐다. 언제 이렇게 우리 부모님의 나이가 이렇게 되었나 싶었다. 자식들에게 부모님이란 존재는 그 어떤 것보다 강경했다. 변하지 않고 흔들리지 않고 튼튼한 큰 버팀목 같은 존재였다. 나는 알고 있었지만, 그 사실을 부정하며 살아왔던 것 같다. 부모님은 나이를 드시지 않고 영원히 내 곁에 있을 분들이라 생각하고 살아왔다.

  이혼을 결심하고 주말에 무작정 집으로 내려왔을 때 부모님과 가족들은 내게 아무런 탓도 하지 않았다. 나를 비하하지도 않았고 그저 내 이야기를 들어주고 괜찮다고 다독여주었다. 모두 나의 건강과 행복을 바라는 분들이었다. 그때 알았다. 가족이란 것이 이런 것임을 말이다. 가끔은 티격태격해도 결국은 옆에 항상 있어 주는 사람들이다. 예전에도 가족들은 내 곁에 항상 있어 주었고 나는 의지를 하고 살았다. 세월이 흐르면서 그 사실을 기만했다. 혼자 다 큰 마냥 철없고 싸가지 없는 생각을 했다. 결혼승낙을 받을 당시 부모님의 마음에 비수를 꽂는 말을 많이 쏟아냈는데 매우 죄송스럽다. 어떻게 주워 담을 수 없는 말들을 했다. 부모님의 가슴에 상처를 줬다는 사실만 생각하면 눈물이 난다.

  하루는 퇴근하고 거실에 앉아 텔레비전 프로그램을 시청하고 있었다. 문득 그날따라 옛 사진이 보고 싶었다. 어머니에게 앨범이 어디 있는지 물어서 앨범을 들고 나와 하나씩 넘겨보았다.

  앨범 속 아버지와 어머니는 주름 하나 없는 고운 앳된 얼굴이었다. 그 누구보다 고우셨다. 아버지와 어머니의 젊은 시절은 그 어떤 연예인보다 개성이 넘쳤고 멋있었다. 그 속에 꼬꼬마였던 언니와 나, 그리고 동생은 항상 해맑게 웃고 있었다.

나의 어린 시절은 좋았던 기억이 없다고 생각했었는데, 사진 속 나는 항상 즐거워 보였다. 내 기억에는 아버지, 어머니 손을 잡고 놀이동산에 갔던 적이 없었다. 하지만 사진 속 어릴 적 나는 놀이동산에 있었다. 풍선을 들고 어머니 손을 잡고 씨익 웃고 있었다. 어릴 적 내 기억에 오류가 있었나 보다.

집안에서도, 과수원에서도, 길거리에서도, 학교 운동회에서도 무엇이 그리 즐거운지 잇몸이 다보이게 웃고 있는 사진들이었다. 억지 미소가 아닌 진짜 즐거워서 웃는 사진들이 가득했다. 그 어려운 시절이었을 텐데 부모님은 가족을 위해 추억을 만들어주시느라 분주하셨다. 한 장 한 장 앨범을 넘기면서 웃고 있는 가족사진을 보고 있는데 눈물이 흘렀다.

부모님은 젊은 시절을 다 받쳐 우리들을 키워주신 사실을 마주했다. 아버지와 어머니는 최선을 다해 언니와 나와 동생 삼남매를 잘 키워주셨다. 비록 실수도 있었을 것이다. 부모님도 삼남매를 키울 때 모든 것이 처음이었으니 말이다. 한 번도 생각해보지 않았던 사실이었다. 진심으로 이 사실을 깨달은 게 얼마 되지 않았다. 과거의 나는 왜 이런 생각에 이르지 못했는지 한심스러웠다. 철이 없었다. 부모님의 울타리라는 것이 내게 그 무엇보다도 큰 보호막이 되어주었다는 것을 이제야 깨닫게 되었다. 우리 삼남매를 보며 힘들어도 힘을 내셨을 것이고, 늘 노력하셨고 그 힘든 농사일을 사계절 내내 해오셨다. 나는 이 사실을 외면했었고 잊어버렸다. 부모님의 그 정도 희생은 당연하다고 생각하면서 말이다.

누군가를 위해 희생한다는 것이 쉽지 않은 것을 이제는 알게 되었다. 결심하고 용기를 내어도 힘든 것이었다. 나는 돌이킬 수 없는 이혼이라는 선택을 했다. 아무도 주변에 없었다. 힘들어하던 나에게 제일 먼저 손을 내밀고 위로해 준 것은 가족이었다. 가족들에게 많은 상처를 주는 말들을 했지만 가족들은 아무런 탓도 하지 않고 옆에 있어 주었다. 타지에서 생활할 때 외로움에 사무쳐 많이 울고 힘들어하고 주변 사람들이 지칠 정도로 의지했던 내가 부모님과 생활하면서 안정을 되찾고 있었다.

그동안은 주말에 잠시 내려왔다가 올라가기 바빠 부모님에게 무신경했었다. 집으로 내려온 이후로는 부모님과 함께 생활하면서 아버지, 어머니의 모습을 가까이에서 유심히 지켜볼 수 있었다. 함께하면서 아버지와 어머니 두 분을 이해할 수 있었다. 가부장적이고 무덤덤한 아버지의 성격은 아버지의 탓이 아니었다. 환경에 의해 자연스레 몸에 익숙해진 것뿐이었다. 늘 혼자 고민이 많아 보이는 아버지의 모습이 보였다. 아버지의 모습이 외로워 보였다. 어머니는 항상 분주하셨다. 아침, 점심, 저녁 식구들 끼니를 챙기시느라, 집안일을 하시느라 늘 분주하셨다. 어머니의 챙김이 편안하다 보니 나 또한 자연스럽게 어머니에게 기대고 의지하고 있었다. 아차! 싶었다. 어머니의 모습에도 외로움이 묻어있었다.

하루는 어머니에게 식탁에 마주 앉아 말했다.

"엄마는 어떻게 다 했어?"

"뭐가?"

"매일, 매시간 식사 준비하고 치우고, 애들 세 명을 어떻게 키웠어, 거기다가 농사일까지?"

나의 말을 듣던 어머니의 눈시울이 붉혀졌다.

"와 갑자기 그러노? 뭔 일 있었나?"

"아니, 그냥……. 갑자기 생각이 났어. 우리 엄마 대단해."

"그래, 알아주니까 고맙네."

"응……. 지금 생각해보니 나는 못 했을 것 같아. 이렇게 된 게 잘된 것 같기도 해. 내가 희생이란 각오를 하지 않았던 것 같아. 엄마하고 아빠하고 진짜 대단해."

말을 건네고 나 또한 눈물이 흘러내렸다. 부쩍 눈물이 많아져서 걱정이다. 울던 나에게 어머니는 또 내 걱정만 하고 계셨다.

"왜 울어? 괜찮다. 결혼 같은 거 하지 말고 너 하고 싶은 거 다하고 살아라. 내 딸이 울면서 만날 참고 사는 거 나는 안 바란다."

눈물이 많으신 어머니는 내가 울고 있으니 애써 눈물을 흘리지 않으셨다. 어머니란 이런 것일까? 살아오던 가정 분위기가 순식간에 바뀔 순 없지만 그게 나쁜 것이 아니었다는 것을 알 것 같다.

표현의 방식은 다르지만, 우리 집에도 사랑이 넘쳐났다는 것을 이제야 알 것 같다. 그동안 늘 사랑만 주셨던 부모님이셨는데, 부모님에게 사랑을 준 사람은 누가 있었을까? 보이지 않았던 부모님들의 외로움이 이제야 하나 둘 보이고 있다. 티격태격해도 가족은 가족이고 제일 따듯한 휴식처이다. 다 커서 고생시키고 상처 드려서 부모님에게 죄송하다. 사랑을 많이 받고 자랐는데 그걸 몰라 드려서 죄송하다. 부모님의 외로움도 조금이나마 떨칠 수 있게 나 또한 곁에서 사랑을 전하고 싶다.

제4장
잃어버린 나를 찾아

인정하고 받아들이는 자세

한동안 계속 같은 꿈을 꿨다. 아침에 눈을 떠보니 베개가 촉촉하게 적셔져 있었다. 어떤 꿈이냐면, 나는 경기도 시댁에 있는 남편의 방에 있었다. 침대 위에 사랑스럽게 생긴 아기가 있었다. 한 세 살 정도로 보였다. 처음 보는 아기였다. 꿈속에서는 그 아이가 매우 친근했다. 나는 그 아이가 안쓰러웠다. 아이를 바라보고 있으니 눈물이 났다. 자리에서 일어나 아기를 두고 방문을 나서면서 내가 말했다.

"엄마가 이젠 이곳에 못 와."

꿈속에 나는 한 아이의 엄마가 되어있었다.

아침에 이 꿈을 꾸고 일어나면 가슴 한쪽이 아려왔다. 무슨 이런 꿈이 있나 싶었다. 출근길에도 그 꿈이 생각이 났다. 왜 이런 꿈을 꾸는 것인지를 곰곰이 생각해보니 이런 것 같다. 결혼하고 남편과 열심히 모은 돈으로 좀 더 쾌적한

주거지로 옮긴 후 엄마와 아빠가 될 그런 목표가 있었다. 나 혼자 아이의 성에 따라 예쁜 이름도 지어두었다. 남편과 더 이상 함께 할 수 없다는 판단이 서고 내가 선택한 이혼이었지만 내게는 큰 상처가 되었나 보다. 괜찮은 척, 덤덤한 척 지내고 있었지만 사실은 그렇지 않았나보다. 결혼 후 꿈꾸고 이루고자 했던 것이 있었는데, 무너져버린 것에 대한 아쉬움이 한가득 무의식에 남아 있었나 보다. 특히 아기가 그랬다. 하루는 어머니에게 꿈을 꾼 것에 관해 이야기를 했다.

"엄마, 나 요즘 이런 생각을 해. 후회는 안 하는데, 아기가 있었으면 어땠을까? 그럼 그 아기 보면서, 의지하면서 살지 않았을까?' 라는 말이 끝나자마자 어머니가 손바닥으로 나의 등을 세게 때렸다.

"아기 있었으면 네가 퍽도 이혼했겠다. 아기 때문에 참고 사는 사람들도 많구만. 그런 꿈 신경 쓰지 마라. 네가 내려온 지 얼마 안 됐고 다 뒤숭숭해서 개꿈 꾼 거야. 뭐, 세상이 무너졌나. 앞으로 더 잘살 수 있다. 다신 그런 말 같지도 않은 말 하지 마라. 이 철딱서니야."

그렇다. 어머니의 말씀처럼 한동안 심리상태가 불안했다. 다시 심리 상담을 받아야 할 것 같아 병원을 알아봐 뒀지만 쉽사리 발걸음이 떨어지지 않았다. 그동안 다녔던 몇 군데의 심리상담소가 나와 맞지 않았기 때문이다. 많은 돈을 내고 성격검사와 상담을 받았지만 기대 이하였다. 차라리 친구와 수다 떠는 것이 나의 심리안정에 많은 도움이 되었다.

'모든 것을 겸허히 받아들이자.' 이 말을 계속 속으로 반복하면, 불안했던 마음이 잔잔해졌다. 계속 속으로 스스로에게 말을 했다. 그런데 지금껏 휴식 없이 달려왔던 내가 바뀐 직장환경에 적응하기가 쉽지 않았다. '겸허히'를 계속 중얼거렸지만 그뿐이었다. 마음이 피곤해지니 온몸에 피로감이 쌓였다. 온종일 잔뜩 긴장되어 어깨에 항상 힘이 들어가 있었고, 주먹을 불끈 쥐고 있었다.

나 자신에게 내가 의지하고 있었다. 그런데 문제는 내가 너무 까칠하고 예민해진 상태였다. 예민해지고 까칠해진 성격은 오래된 타지생활도 영향이 있었다. 고향으로 내려올 때 모든 것을 비우고, 모든 것은 내 선택이니 이제 책임을 지고 겸허히 받아드리자고 했지만, 막상 현실과 마주하니 온몸이 얼어버렸다.

하루는 어떤 남자 동료가 내게 무슨 말을 건네고 싶어 하는 눈치였다. 이상하게도 마음이 불편했다. 자리를 피하고 싶었다. 동료는 나의 앞으로 다가왔고 나를 불렀다. 나를 부르는 호칭을 듣는 순간 온몸이 고드름처럼 얼어버렸다. 얼굴이 붉어지는 것 같아 속으로 계속 심호흡을 이어갔다. 결혼한 여자를 부르는 호칭 중에 예를 들어 서울에서 시집온 여자라면 "서울댁~"이라고 부르듯, 동료가 나를 그렇게 불렀다. 순간 오만가지 생각을 했다.

'어떻게 반응하는 것이 나을까?'

'분명히 내가 이혼한 사실을 알면서 왜 날 저렇게 부르는 거지?'

'웃으면서 넘어가되 그렇게 부르지 말라고 해?'

'정색하면서 그렇게 부르지 말라고 해?'

'내가 왜 저 사람한테 이렇게 불리어야 해? 여긴 직장인데.'

'뭐야 이 사람, 매너도 없고……'

그 짧은 순간에 심리적 갈등이 생겼다. 오만가지 생각 중에 어떤 대답이 현명한 것인지 구분되지 않았다. 정색해도 웃긴 상황이 될 것 같았다. 괜히 나만 이상한 사람이 되는 것은 아닐지 걱정되었다. 나는 짧고 굵게 대답만 하는 것으로 정했다.

"네?"

나의 표정은 어느새 굳어있었다. 그 뒤로 그 동료를 대하기가 어려웠다. 대체 무슨 생각으로 나를 그렇게 부른 것인지 의미를 알 수 없었다. 한동안 쳐다보지도 눈도 마주치지 않았다. 작은 것 하나하나가 예민하게 다가왔다. 직장에서 동료들을 대하는 것에 어려움이 컸다. 모두가 나를 챙겨주기 위한 것인데 나는 고슴도치처럼 가시를 세우고 있었다.

'저 여자 이혼했다더라.'

'뭐 서로가 똑같은 사람이니 결혼하고 이혼했겠지.'

'어휴, 딱하네.'

'둘 입장을 들어보지 않고서는 왜 이혼했는지 그것도 믿을 게 못 돼.'

지나가면 사람들이 나를 보고 수군거리는 것만 같았다. 점점 미쳐가는 것 같았다. 사람들 시선과 편견 그리고 뒷말들까지 모든 것을 받아내겠다. 감당하겠다고 생각했던 나였지만 막상 마주치고 보니 감당도 되지 않았고 버겁기만 했다. 그 누구에게도 말을 못하다 보니 점점 혼자 스트레스가 쌓여갔다.

그럴 때마다 찾았던 영상이 있다. 홀로 남편의 외도에 마음이 죽어 가고 있었을 때도 찾았던 것이다. 바로 법륜스님 "즉문즉설"이란 영상이다. "법륜스님, 남편, 외도, 이혼" 이렇게 검색을 하면 남편의 외도로 인해 이혼을 고민하는 사람들이 법륜스님에게 질문을 한 것이 수두룩 나온다. 나는 이 영상을 한 개도 빠뜨리지 않고 다 봤다. 이것 외에도 고민이 있으면 어떤 고민과 법륜스님을 검색한 후 영상을 찾아보았다. 내가 살 방법을 스스로 찾고 있었다. 그러지 않으면 정말 죽을 것 같았다. 법륜스님의 말씀을 듣고 있으면 세상이 참 쉽게 느껴졌다. 때론 그게 쉽나? 라는 반박이 들기도 했지만, 법륜스님의 말씀은 틀린게 없었다. 쉽게 생각하면 쉽고 어렵게 느끼면 어려운 것이 인생인 것 같았다. 이런 영상들로 마음 수련을 조금 한 후 출근한 날은 그나마 마음이 가볍고 덜 예민해졌다. 영상을 보고 듣고 생각하다 보니 나를 조금 들여다보는 계기도 되었다.

여전히 내게 일어난 일을 회피하려 하고, 받아들이지 않고, 최대한 외면하려 하고 있다는 사실을 알게 되었다. 내 인생에 일어나 버린 사건인 이혼을 인정하고 싶지 않았다. 그런데 모든 상처를 치유하기 위해서는 인정하는 것에서 시작되었다. 곰곰이 생각하다 보니 이런 생각에 다다랐다. 우리의 인생에 말 못할 스토리가 뭐가 있을까? 생이란 누구에게나 한 번 있는 것인데 살면서 이런 일, 저런 일 겪을 수도 있는 것인데 그게 부끄러운 일이 될 수 있는가? 그냥 일어난 사건일 뿐이었다. 부끄러워할 이유도 상처받아 늘 회피할 필요도 숨을 이유도 없이 인정하고 바라보면 아무것도 아니었다.

내게 일어나는 일을 포장할 필요도 없이 담담하게 사실 그대로 말하면 된다. 사실인데 무엇을 어찌 바꿀 수 있을까? 시간을 돌릴 수 있을까? 나이가 들수록 배워야 할 것이 있다면, 지금을 살면서 과거는 담담하게 이야기하는 것을 배워야 하는 것 같다. 그동안 잘못된 생각으로 자신을 힘들게 하던 사람은 타인이 아닌 바로 나였다. 타인들의 생각까지 내가 간섭하면서 나를 사랑하지 않고 있었다. 타인들의 생각은 그들의 생각으로 남겨두고 건드릴 필요가 없다. 오로지 반성과 깨달음으로 자신을 들여다보고 나를 인정하고 그대로 받아들이는 것이 자신을 사랑하는 방법이란 것을 이제야 알았다. 그동안은 타인에게만 의지하려 했던 나였고, 사랑받기만을 원했던 나였다. 앞으로는 내가 먼저 가족들을 사랑하고, 지인들을 사랑하고, 동료들을 사랑하고, 그들 곁에 따뜻한 사람이 되고 싶다. 그러기 위해서는 첫 번째가 자신을 들여다보고 인정하고 사랑하는 것이 우선이다.

나의 선택에 최선을 다하다

　선택. 이 두 글자가 왜 이렇게 무겁게 느껴지는 것일까? 그동안 내가 살아온 지난날들의 선택은 나로서는 최선의 선택이었다. 내가 가지고 있는 사고방식과 환경에 의해 선택이란 것을 하게 되는 것이니까. 아무리 지나온 과거에 실행 착오가 있어 후회한다고 해도 누굴 탓할 수 있을까? 아무도 잘못한 게 없기에 탓할 대상을 찾을 수 없다. 아무리 지나온 선택 중에 부끄럽고, 수치스러워 돌이키고 싶은 것도 있다. 고개를 도리도리 휘저어도 어쩔 수 없는 나의 이야기이다. 나의 선택이었고 결과가 이런 것일 뿐이었다. 객관적으로 나의 지난날을 돌이켜보면 실수투성이 인생이다. 아직도 실수하면서 산다. 실수도 많이 하고 반성도 많이 하면서 하루하루 살아가고 있다. 예전의 나는 타인의 시선과 말에 많은 영향을 받았다. 그랬던 내가 이혼을 한다는 것은 말도 안 되는 소리였다. 스트레스로 인해 나의 건강에 이상 신호가 오기 시작했고, 불행해졌다는 생각이 많이 들자 타인의 시선 따위는 문제가 되지 않았다. 정말 숨이 막혀죽을 것 같아 앞뒤 보지 않고 이혼을 과감히 선택했다. 선택의 이유는 지금 이혼을 하지 않으면 나중에 더 큰 후회를 하고 있을 것 같다는 판단이 들었다. 남편의 배신 이후 정신적 고통을 혼자 감당하면서 점점 미쳐가는 것이 이런 것임을 많이 느꼈다. 살면서 '이 사람은 그럴 사람이 아니야.'라고 하는 믿음이 얼마나 중요한 것인지를 알게 되었다. 나중에 일어나는 일을 내가 다 알 수 없기에 판단을 한다는 것에 어려움도 있었지만 나는 나 자신을 알았다. 나를 알았기에 판단할 수 있었다. 자신을 가장 잘 아는 사람은 타인이 아닌 바로 나였다. 남편의 외도라는 사건은 내게 정신적인 충격이 매우 컸기에 회피하고 싶었다. 시댁 식구와 남편과 내가 말을 하지 않으면 그 누구도 알지 못할 일이었다. 아무 일도 일어나지 않은 척 그렇게 살면 괜찮아질 것이라고 생각했다. 그러나 결혼 생활을 지속하면서 내 생각과는 반대였다. 힘들다고 겉으로 표현을 하면 나만 더 이상한 사람으로 몰렸다. 혼자 더 미쳐가고 있었다. 분명 가족이 두 배는 늘었는데 그 가족과 함께 살고 있는데 체온을 느끼기는커녕 추웠다. 남편의 모든 행동에 예민하게 반응하게 되었고 의심하게 되었고 늘 불안했다.

　매일 나의 감정은 소용돌이치고 있었다. 믿음이 깨져버린 이 혼인 생활을 유지할 이유가 보이지 않았다. 나는 그 찾을 수 없는 이유를 쫓고 있었다. 어쩌면 남편이 말했던 정확한 증거가 없기에 남편의 말이 맞을 수도 있었을 것이다. 드라마처럼 정말 말도 안 되는 시나리오가 남편의 삶에서 진행되었을 수도 있었을 것이다. 그런데 그건 남편의 선택으로 시나리오를 바꿀 수 있는 것이었다. 부부 사이에 믿음이 가득한 생활을 원했다면 남편의 이야기에 그런 일이 발생하지 않았을 것이다. 나는 남편이 써 내려가는 시나리오에 계속 비련의 주인공으로 남아 있을 이유가 없었다. 이런 상태로 계속 혼인 관계를 유지한다고 해서 과연 내 삶이 나아질까? 시간에 떠밀려 아기라도 출산을 한다면 내가 이런 정신으로 과연 감당할 수 있을까? 행복한 가정이란 것을 만들 수는 있을까? 계속 상처받은 것에 대한 생각을 지울 수 없는데 나는 멈출 수가 있을까? 아무리 찾아보아도 나에게 긍정적인 답을 찾을 수 없었다. 더 이상 나의 혼인 생활은 뿌리 없는 나무와 같았다.

"너, 나중에 결혼해서 남편이 바람을 피우면 어떡할 거야?"

학창시절에 친구들과 농담 삼아 이런 질문을 했다.

"나는 바로 이혼이야. 한 번 바람 핀 사람은 계속 펴."

"나는 맞바람 필 거야. 이에는 이 눈에는 눈."

"그냥 참고 살고 있을 것 같아. 이혼이 쉬운 것도 아니고."

"바람 핀 년, 놈 다 죽여 버릴 거야."

이 질문에 친구들의 대답은 모두 달랐다. 사랑과 전쟁이라는 이혼과정을 담은 프로그램이 한창 했을 때 우스갯소리로 이야기를 했었다. 그때는 웃고 넘긴 이야기였는데 나의 인생에 마주할지 꿈에도 몰랐다.

정말 당해보지 않고서는 그 누구도 고통을 상상할 수 없는 것이다. 나는 친구들이 대답한 유형에 속하지 않았다. 알게 된 즉시 이혼이라. 말이 쉽지 정말 어렵다. 가족과 친지, 지인분들이 귀한 시간을 내어 온 공간에서 행복하게 잘 살겠노라. 다짐했던 것을 쉽게 깰 수가 없었다. 사람은 한 번쯤은 실수를 하니깐 실수라고 믿고 넘어가고 싶었다. 내 성격에 맞바람을 필 수도 없었다. 죄책감에 시달려서 하루하루 시들어갔을 것이다. 죽여 버린다? 이건 말도 안 되는 소리고. 쭉 참고 사는 것이 그나마 나와 비슷했다. 막상 상황 속의 주인공이 되어보니 참고 사는 것도 못 할 짓이었다. 가슴이 터져 내가 죽을 것 같았다. 멀리멀리 도망가고 싶었다. 뒤늦게 나의 선택이 틀렸음을 깨닫게 되면서 마주하게 되는 고통이 너무나 컸다. 아무것도 보이지 않았다. 그저 숨통이 트이는 곳으로 도망가고 싶었다. 마음의 괴로움이 심해 지다 보니 삶에 무기력도 함께 왔다.

'왜 이 사람과 결혼을 했을까?'

이 생각을 하루에 수십 번 넘게 했다. 나를 지옥에 내몰았던 것이 내 자신이었다는 것을 인정 하고 싶지 않았다. 그런데 더는 지옥에 살고 싶지도 않았다. 그것을 벗어나기 위해서는 나의 실수를 천천히 인정해야만 했다. 이혼 후 괴로움과 두통은 거짓말같이 절반으로 사라졌다. 단지 막막함이 남아있었지만 말이다.

'앞으로 나는 어떻게 살아가지? 결혼이란 나의 선택으로 인해 인생에 있어 큰 상처를 스스로 냈다. 이런 내가 앞으로 펼쳐질 수많은 선택을 제대로 할 수 있을까? 하는 걱정이 많아졌다. 다시 상처를 받게 되는 선택을 하게 될까봐 겁이 났다. 앞으로 어떤 마음으로 어떤 방향으로 살아가야 하는지 보이지 않았다.

'앞으로는 절대 상처받지 않을 거야. 내가 상처받기 전에 상처를 주는 사람이 되어버릴까? 흥청망청 살아볼까? 문란하게 살아볼까? 아무렇게나 살아볼까? 부정적인 생각에 사로잡히기도 했다. 부정적인 생각은 금방 정리가 되었다. 그런 선택을 나는 할 수 없는 사람이었다. 그런 선택을 한다면 그것은 내가 아닐 것이다. 나의 성향으로는 할 수 없는 선택이었다. 그 선택은 독이 될게 뻔히 보였다. 정신을 차려야 될 것 같았다. 이혼은 실패한 것이라고 말하는 사람도 있었다. 사람마다 생각하는 것이 틀리니 반박하고 싶지는 않다. 실패라는 말로 표현할 수도 있으니까 말이다. 맞다. 나도 인생에 있어 결혼이란 것에 실패하게 된 사람이다. 그렇다고 인생의 실패는 아니다. 그래서 나는 실패라는 말을 쓰고 싶지 않다. 그냥 이혼이든 무엇이든 인생에 일어나는 일들은 모두 개인의 선택이다. 누군가 내게 이혼을 어떤 말로 표현하고 싶냐고 묻는다면 이렇게 대답하고 싶다.

"걸어갈 수 있는 길."

예쁜 길을 따라 계속 걷다 보니 점점 이상하고 스산한 기운이 돌아 '이건 아니다.' 하고 가던 길을 멈추고 걸어왔던 길을 되돌아 나와 보니 또 다른 길이 있었다. 그 길을 따라 걸어가니 두 배를 걸어야 해서 다리는 아파졌지만 조금 전에 걸었던 길에서 느꼈던 이상하고 무서운 감정은 온데 간데, 없어지고 주변을 돌아보며 걸을 수 있는 마음이 평온해지는 길이었다. 나 또한 지금 주변을 돌아보며 걷고 있는 중이다. 지금도 우울함이 조금 남아있어 가끔씩 기분이 가라앉기도 하지만 마음은 한없이 평온하다. 지금이 좋다. 이혼을 선택한 것을 앞으로도 후회하지 않을 수 있겠냐고 묻는다면 당당히 후회하지 않는다고 말할 것 같다. 어쩌면 나의 용기로 남편 또한 행복을 찾을 수 있게 되지 않았을까 싶다. 우리 부부의 모든 것이 서툴렀다. 결혼 기간은 짧았지만, 결혼 생활의 불행은 길었다. 믿음이 깨져버린 부부가 계속 생활을 유지할 수 있는 것은 아마도 한 사람의 희생이 클 것이다. 그 상처는 절대 지울 수 없는 흔적이 된다. 나는 이혼이란 선택을 했기에 마음에 상처는 남았지만 나를 돌아볼 수 있는 시간을 가지게 되었다. 또한, 잘못된 생각들을 가진 나를 바라볼 수 있었고 반성할 수 있었다. 나의 행복을 위해 살아갈 용기를 얻었다. 예전에 나는 자신을 믿지 못하고 잘 알지도 못했다. 그것이 가장 큰 문제였다. 요즘은 나를 있는 그대로 가만히 들여다보며 나라는 사람을 알아가고 있다. 좌절할 이유가 없다는 것을 알게 되었다. 나로부터 일어나는 일을 가장 잘 아는 사람은 나 자신이었다. 나만 정신을 잘 차리고 좀 더 성숙한 사람이 될 수 있도록 성찰과 노력을 하며 살아간다면 그다지 내 인생도 슬프지 않을 것 같다.

수신처가 없는 메시지

당신의 꿈이 시인이었지. 아마 그 점에 많은 매력을 느꼈던 것 같아.

나의 시보단 당신의 시가 더 인간적이고 멋있었고 훌륭하다고 생각했어.

참 멋진 사람이라고 생각했어. 당신과 함께했던 연예시절 일분일초가 즐거웠어. 그랬으니 결혼이란 것을 선택했겠지…….

지금쯤 당신은 후회하고 있을까? 아직도 그대로일까?

2017년은 정말 못 잊을 것 같아. 결혼 1주년 기념으로 도자기 빚으러 갔었는데, 마르기도 전에 우리는 이별을 하게 되었어. 상반기에는 정말 미친 사람이 되어 나의 일상 모든 것을 접은 채 사라지고 싶었어. 당신은 알고 있었을까? 미칠 듯이 괴로웠고 울기도 많이 울었어. 당신이 없으면 안 될 것 같았던 마음은 흔적도 없이 사라진 것을 발견하고 많이 힘들었어. 당신과 계속 함께하면 내가 살 수 없을 것 같았어. 우리에게 그런 일이 없었다면 지금도 함께 하고 있겠지?

많은 기념일을 맞이하면서 참 많은 생각들이 스친다. 작년에 크리스마스의 분위기가 좋다며 연신 즐거워하던 당신이었는데 2017년 크리스마스인 오늘도 행복하게 보내고 있었으면 좋겠다. 우리의 이혼의 큰 이유는 당신의 실수로 인한 것이기도 하지만 당신을 증오하고 싶은 마음이 없어. 증오하는 마음이 생긴다면 이혼한 보람 없이 괴로움에 여전히 머물 것 같거든. 나의 개인적 바람은 당신이 내게 진심으로 미안해하길 바래. 그리고 잘못된 당신의 행동을 스스로 깨닫고 앞으로는 그런 실수를 하지 않고 당신의 인생을 또다시 시작했으면 좋겠어. 그것은 당신의 몫이니까. 우리가 서로 부족했고 결혼이란 것을 가볍게 생각했었고 서로에게 필요하지 않았던 사람이었어. 이 사실을 나라도 조금 일찍 깨닫고 헤어짐을 말했더라면, 당신의 가족들에게도 나의 가족들에게도 상처를 주는 당신과 내가 되지 않았겠지.

우리의 지나온 선택과 일어나버린 일들을 후회하며 살지 말자. 반성하고 실수를 반복하지 않으면 돼. 각자의 선택에 최선을 다하면서 살자. 당신에게 나에게 서로가 없었던 일상으로 돌아가자. 안녕.

인생에서 잠시 스친 벗으로부터

부모님과의 데이트

나에 대해 알려면 빠져선 안 되는 분들이 계신다. 바로 부모님이다. 누구나 그렇듯 나 또한 부모님의 영향을 받으며 자랐다. 지금은 흔히 듣게 되는 가족 여행이란 것을 나는 어린 시절 경험해보지 못했다. 가족끼리 오붓하게 여행 한 번 간 적이 없다. 아마 지금 가족여행이라는 것을 가라고 해도 매우 낯설 것 같다. 연말이면 사람들은 연말 분위기에 취한다. 연말 중에 가장 설레는 크리스마스에도 나는 별 감흥을 느끼지 못한다. 나에게 크리스마스는 오전에 교회에 가서 찬송가를 부르고 과자를 얻어오거나 스케치북 같은 선물 하나 얻어오는 날이었다. 집에서는 늘 크리스마스가 되면 방송해주는 영화 '나 홀로 집에'를 시청하고 쉬는 날이었다. 이번에도 어김없이 크리스마스가 다가왔다. 2017년 크리스마스는 왠지 기분이 묘했다. 그저 쉬는 날로 생각이 되어왔던 크리스마스에 하고 싶은 것이 있었다. 부모님과 무엇인가를 함께 하고 싶었다. 타지에서 생활할 때 문화생활을 즐기면서 부모님 생각을 많이 했다. 이 좋은 세상에, 이런 문화생활을 몰라서 못 누리고 계신 부모님이 늘 마음에 걸렸다. 주변 친구분들이 부모님을 꼬드겨도 선뜻 나서질 않으실 부모님인 걸 잘 알고 있었다. 나의 기억에 내가 주도해서 부모님과 함께했던 여행은 두 번 있었다. 한 번은 기차여행으로 부산에 도착한 후 태종대에 들렀다가 해운대로 향한 후 이모를 만나 횟집에서 맛있는 점심을 먹고 돌아왔던 적이다. 그 당시에 기차역에서 찍었던 사진을 종종 보면 뭉클하다. 언니가 임신한 상태여서 함께 하지 못했던 점이 아쉬워서 아버지와 어머니가 언니에게 전화를 걸어 통화하던 모습을 찍은 사진이었다. 그 여행은 나름 성공적으로 마무리를 한 것 같다. 두 번째는 부모님을 모시고 영덕에 가서 좋은 바다도 보여드리고 꽃게도 사드린 후 돌아오는 당일 코스 여행을 하고 싶었다. 그 당시에 나의 자동차는 중고 2005년식 마티즈였다. 소형차이기에 걱정이 되었다. 영덕에 가는 길이 초행길이라 더욱 걱정되었다. 또한 부모님을 모시고 가는 것인데 그나마 안전한 자동차가 필요했다. 그래서 중형 자동차를 렌트했다. 부모님에게 자동차를 빌려서 가겠다고 말을 한 후 다음 날 금요일 저녁에 근처에서 대학 생활을 하던 동생과 함께 내려갔다. 오랜만에 내려가는 길이라 언니네도 보고 싶어서 잠시 대구에 들렀다. 하룻밤을 대구에서 보내고 다음 날 당일치기 여행을 위해 일찍 집으로 향했다. 마당에 렌터카를 주차하고 집 안으로 들어가니 아버지가 준비하지 않고 안방에 앉아계셨다. 분위기가 이상한 것을 감지했다.

"아빠, 준비 다 한 거야?"

"말라꼬 차를 렌트해서 왔노!"

아버지는 버럭 나에게 고함을 치셨다. 분명 어제까지만 해도 함께 여행길에 오르시겠다고 했던 아버지였는데 역정을 내시는 그 마음이 이해가 되지 않았다.

'렌트해서 내려온 것이 위험해서 화를 내시는 건가?'

내가 무엇을 잘못했는지 도통 감이 잡히지 않았다. 울컥거리면서 매번 화를 안 내도 되는 일에 역정을 내시는 아버지 모습에 나도 화가 났다.

"안 갈 거야? 그럼 갈 사람만 가자."

나는 그대로 밖으로 나가 자동차에 시동을 켰다. 어머니와 남동생이 나오지 않으면 혼자서라도 드라이브를 한 후 그대로 올라갈 작정이었다. 시간이 조금 지난 후 어머니와 남동생이 나왔다.

"아빠, 진짜 안간데?"

"응."

"진짜 이해가 안 된다."

곧장 대문 밖으로 자동차를 빼고 영덕으로 향했다. 좋은 경치와 맛있는 꽃게가 있었지만, 마음이 불편했던 여행으로 기억에 남아있다. 그때가 4년 전이었다. 그 이후로는 없었다.

그래서 다시 한번 부모님과 무엇인가를 함께 하고 싶었다. 무엇을 할까 고민하다 크리스마스에 가족들이 저녁을 먹고 분위기가 조금 괜찮다 싶을 때 운을 띄었다.

"엄마, 아빠 내일 영화 보러 갈래?"

아버지의 표정은 읽을 수가 없었고 어머니가 대답했다.

"영화 뭐?"

어머니는 내심 가고 싶어 하시는 눈치였다.

"철강비라고 진짜 재밌대. 남북관계 이야기라 엄마, 아빠가 봐도 재밌을 것 같아."

때마침 부모님이 지루해하지 않고 보실만한 영화도 개봉했고 날도 크리스마스라서 핑계 대기 좋았다.

　아버지의 표정을 살폈는데 나의 말에 어두워지시길래 순간 마음이 쪼그라들었다. 또 역정을 내시는 것인가 하는 마음이 들었다. 다행히 별말씀이 없으시길래 서둘러 예매를 하고 아침을 먹고 영화관으로 가야 된다고 말을 했다. 언니네는 저녁에 집으로 갔고, 동생 또한 크리스마스에 서둘러 올라가야 한다고 했기에 어머니, 아버지와 나 이렇게 단 셋이 데이트를 할 기회가 생긴 날이었다. 늘 생각은 했지만, 실천은 하지 못했던 것을 한다는 생각에 내심 설레기도 했다. 크리스마스 당일 아침이 밝았고 평소 같았으면 늦잠잘 시간인데 벌떡 일어나 씻고 늦지 않게 영화관으로 향할 준비를 했다. 어머니는 내게 몇 시에 출발하냐고 물으신 후 씻으시고 치장하는 소리가 들렸지만, 아버지는 아침을 드신 후 거실에 앉아 계속 텔레비전을 시청하는 소리밖에 들려오지 않았다. 점점 마음이 또 불편해지기 시작했다. 준비를 마친 후 거실로 나와 소파에 앉았다. 그리고 아버지에게 말했다.

　"아빠, 준비 안 해? 머리라도 감지, 9시 20분에 출발할 건데……."

　시계는 9시가 다 되어가고 있었다. 커피를 마시던 아버지가 텔레비전을 보시며 말씀하셨다.

　"너네끼리 다녀와."

　"벌써 예매 다 했어."

　또 변덕을 부리는 아버지를 보고 기분이 상해버렸다. 아무 말도 하지 않고 가만히 있자 아버지가 천천히 일어나서 욕실로 들어가 씻는 소리가 들렸다. 아버지가 몇십 년 만에 가는 영화관이라 설레시는데 표현하기가 부끄러우신 것이라고 혼자 생각했다. 다행히 예상한 시간에 집에서 출발할 수 있었다. 안전하게 영화관에 도착했다. 어머니와 아버지의 팔짱을 끼고 영화관으로 들어갔다. 부모님의 모습에서 설렘이 느껴졌다. 그래서인지 나도 설레었다. 예매한 티켓을 발권 한 후 팝콘을 주문하기 위해 줄 서 있는데 실수했다. 번호표를 뽑고 기다리고 있었는데 팝콘을 사는데 왜 번호표인가 생각을 하긴 했었지만 역시나 영화표를 발권하는 곳 번호표였다. 순간 아차 싶었다. 얼굴이 화끈거렸다. 부모님을 모시고 와서 긴장을 한 모양이었다. 팝콘과 음료, 그리고 커피까지 사 들고 극장 안으로 입장했다. 입장하는 곳에 서서 부모님 두 분 모습을 핸드폰으로 사진찍었다.

"찰칵."

사진 속의 아버지는 수줍으신 듯 고개를 숙인 채 웃고 계셨고, 어머니는 활짝 나를 보며 웃고 계셨다.

배정된 좌석에 앉아 광고영상을 보며 어머니와 수다를 떨었다. 어머니가 내게 말했다.

"요즘에는 필름 돌리고 그런 거 안 하네?"

"엥? 엄마 대체 몇십 년 전에 온 거야?"

"결혼하기 전에 네 아빠하고 와보고 안 왔지."

어머니의 말씀을 듣는 순간 마음이 아려왔다. 부모님 두 분의 영화관의 추억은 그때 그 시절의 영화관에 머물러있었다. 부모님은 영화관이 신기한지 두리번, 두리번 이곳저곳을 살펴보셨다.

부모님은 해보지 않았던 것이라 어색해하셨다. 이제야 부모님을 모시고 영화관에 온 것이 죄송스러웠다. 다행히 영화의 내용이 재밌어서 사람들과 웃고 편안하게 관람을 했다. 영화가 끝나고 근처에 푸드코트에 가서 바지락 칼국수를 먹었다. 어머니는 재미있었다고 피드백을 주셨지만 아버지는 아무 말도 하지 않으셨다. 무엇을 기대한 것은 아니었지만 서운한 감정이 들었다. 표현하기를 어려워하는 아버지이시기에 이해하려고 했다. 점심을 먹고 홈플러스가 있기에 필요한 것을 몇 가지 산 후 집으로 돌아왔다. 어머니에게는 화장품, 아버지에게는 수면 바지 잠옷을 선물로 드렸다. 내가 맞이했던 크리스마스 중에서 제일 뿌듯한 크리스마스였다. 그런데 집으로 돌아오는 자동차 안에서부터 점점 기분이 가라앉았다. 집에 도착하고 짐을 풀고 거실에 앉았는데 기분이 우울했다. 알 수 없었다. 아니, 알고 있었다.

기분이 우울해진 이유는 아버지가 한마디도 하지 않았다는 것이다. 표현을 워낙 안 하시는 아버지인 것을 알고 있었지만 변하지 않는 아버지 모습에 늘 나의 혼자 생각으로 아버지를 이해해야만 한다는 것이 슬펐다. 내 생각은 나의 생각일 뿐이니까 아버지의 마음을 알 수가 없었다. 어렸을 적 아버지에게 느꼈던 감정이 되살아나면서 기분이 우울해졌다. 운전하면서 집으로 오는 내내 생각을 했다.

'유진아 서운해하지마, 네가 뿌듯했다면 된 거지. 아버지는 원래 표현을 잘 못 하시는 분이시잖아. 부모님의 성격을 어떻게 바꿀 수가 있겠어. 내가 이해를 하면 되는 거야. 부모님들도 내가 어릴 적 나의 성격을 바꾸려고 했겠어? 그냥 있는 그대로 받아주시면서 키워 주신 거지. 나도 부모님처럼 있는 그대로 부모님을 받아주면 되는 거야. 괜찮아.'

생각은 이렇게 했지만 우울한 기분을 떨칠 수가 없었다. 저녁을 함께 식탁에 앉아 먹고 있는데, 어머니께서 계속 말씀하셨다.

"반찬을 골고루 먹어라. 밥을 100번 정도는 씹어먹어야 된다고 하는데."

조용히 저녁을 먹고 싶었던 나는 어머니의 말이 끝나기도 전에 말을 했다.

"엄마, 지금 나한테 말 한 거야?"

순간 화가 나서 욱 거리며 어머니에게 말했다. 어머니는 혼잣말인데 왜 이렇게 예민하게 반응 하냐고 하셨다. 맞다. 내가 엄청 예민해진 상태였다. 항상 잔잔한 감정을 유지 하고 싶지만 그것이 부모님과 함께할 때는 쉽지 않았다. 이런 감정을 느끼는 나를 순식간에 바꿀 수는 없다. 이제는 알 것 같았다. 변하고 싶거든, 무엇인가를 변화하고 싶거든 우선은 수긍하고 인정하고 받아드리는 것이 우선이다. 그 후 나부터 삐뚤어진 마음으로 바라보지 않고 긍정적인 마음으로 바라보아야 후회하지 않고 살 수 있는 것임을 알 것 같다.

나의 부모님은 겉으로 표현하는 것을 못 하시는 분이시지만, 속은 엄청 따뜻하고 순수한 분들이신 것을 그 누가 알 수 있을까? 알려고 하는 사람은 자식들뿐일 것이다. 어린 아기시절의 울고 징징거리던 내 속을 알아차리려고 달래고 안아주고 베풀어준 사랑처럼 자식인 나 또한 부모님에게 조건 없는 사랑을 드려야 하는 사람임을 알고 있다. 나에겐 이번 부모님과의 크리스마스가 제일 따뜻했다.

"부모님과의 추억은 내게 가장 강력한 에너지가 되어준다."

내 삶의 주인공

그동안 내 삶에 나는 없었다. 부모님의 시선으로 나를 바라보았고, 친구들을 따라가기에 바빴다. 무엇인가 내면의 갈등이 있었지만, 유심히 나를 들여다보지 않았다. 부모님의 입에서 칭찬이 나오면 그나마 내가 잘하고 있구나 싶어 안도의 한숨을 쉬었다. 나는 내게 만족하지 않았다. 무엇인가가 늘 부족한 인간이라고 생각했다. 그래서인지 타인의 말에 잘 흔들렸으며 상처도 잘 받았다.

나에게는 나만의 개성과 중심이 없었다. 모든 것을 나에게서 찾지 않고 외부 밖에서 찾으려고 했다. 나는 나 자신을 좋아하지 않았다. 나를 채찍질하기에도 시간이 부족했다. 다른 사람과 비교해 나의 모든 것들이 부족하게 느껴졌고 모든 것을 바꾸고 싶었다. 심지어 친구들의 말투나 성격, 유머 감각까지 탐났다. 나와 다른 모든 것을 가진 타인을 부러워했다. 그게 나였다. 남을 따라가기 바빴고 허덕이고 나를 존중하지 않고 사랑하지 않았다. 내 눈에 좀 더 괜찮은 삶을 사는 타인을 닮기 위해 살아왔다. 부족 한 나를 바꾸고 채우기 위해서는 많은 조언이 필요했다. 그 조언을 구하기 위해 서점에서 베스트셀러로 나오는 자기계발서를 읽었다. 책을 구입해 결재하는 순간 내 인생이 바뀔 거란 착각이 들었다. 책 속에 인생의 정답이 있을 것만 같았다. 정독하며 책을 읽었다. 책 속의 내용을 모두 내 것으로 만들고 싶었다. 읽는 내내 저자가 걸어온 길로 당장이라도 내일부터 실천할 수 있을 것 같았다. 날이 밝고 나의 생활은 어제와 똑같은 일상이 시작되었다. 여러 가지 자기계발서만 책꽂이에 하나둘 늘어났다. 계발서의 내용은 휘황찬란하게 나의 가슴을 설레게 했다. 이상한 것이, 아무리 읽어도 내 일상은 변하지 않았고 내 삶에 접목해 지지가 않았다.

　내 인생에는 없을 것이라 확신했던 이혼이란 선택으로 나는 수면 아래로 떨어졌다. 슬퍼할 필요도 없다고 괜찮다고 스스로 다짐했지만 계속 나는 나락으로 떨어졌다. 아래로, 아래로 떨어지고 나니 더 이상 떨어질 때가 없었다. 아무런 감정도 느껴지지 않았다. 그 순간 나 자신을 볼 수 있었다. 지나온 나의 하루, 하루들을 거슬러 올라가 보니 나는 진정한 행복을 모르는 사람이었다. 내가 무엇을 진정 좋아하는지, 어떨 때 마음이 가장 편한지, 어떻게 살고 싶은지, 왜 이렇게 외로움을 느끼는지를 단 한 번도 나 자신에게 스스로 묻지 않았다. 나는 나를 사랑하고 있지 않았다. 나 자신을 사랑하는 방법조차 모르고 있었고 나 자신을 몰랐다. 더 심한 것은 궁금해하지도 않았다. 타인의 것이 더 빛이 났고 탐났다. 타인이 가진 것을 갖기 위해 부단히 애써오며 살아온 나를 발견했다. 내 속에 내가 없는데 어떤 책을 읽어도 발전할 수 없는 것은 당연하였다. 스스로 자신이 없고 무엇을 원하는지도 모르는데 책을 읽어도 의욕이 생기지 않았던 것이었다. 그저 책을 읽고 있는 시간에 안도하는 것일 뿐이었다. 허세에 가득 찬 내 모습이었다. 더 늦기 전에 천천히 나를 알아가고 싶었다. 나 자신을 있는 그대로 인정 하고 싶었다.

　"괜찮아. 그동안 잘해왔어. 내게 많은 일이 일어났지만 어쩌겠어. 모든 것은 내 인생의 한 부분인걸. 감당하고 받아들이고 인정하자. 앞으로는 내가 행복하게 지낼 수 있는 것을 찾아보자."

나를 가만히 들여다보니 항상 웃고 있어도 늘 공허하고 외로워했다. 이 마음이 지속해서 유지되었던 것 같다. 그럴 때마다 나는 사람들과의 관계 속으로 들어가 공허하고 외로운 마음을 채우려고 했었다. 구멍 뚫린 풍선에 바람을 불어 넣는 꼴이었다. 아직도 공허하고 외로운 마음이 많이 느껴진다. 하루는 직장에서 일하다가 공허하고 외로운 마음에 휩싸여버렸다. 기분이 곤두박질치며 내려갔다. 붙잡을 속도가 아니었다. 일을 못 할 정도로 기운이 사라졌다. 예전 같았으면 그런 기분이 싫어서 누군가를 무조건 만나서 풀어야 했던, 숨어야 했던 나였지만 내가 다른 생각을 했다.

'누군가를 만나도 없어지질 않을 외로움이야. 또 외로움과 공허함이 나를 찾아왔네…….'

요즘은 내게 일어나는 일과 사건들 그리고 감정들까지 심호흡 후 고스란히 느껴보고 있다. 은근 재미있다. 하루하루 다 똑같지 않은 내 모습에 당황스럽기도 하지만 모든 것은 나 자신이었다. 그 속에는 마음에 드는 나도 있었고, 보고 싶지 않은 나도 있었고, 한없이 사랑해주고 싶은 나 자신도 있었다.

나는 항상 마음이 불안하고 급했다. 항상 타인을 쫓아가느라 바쁘고 피곤했다. 내게 가장 필요한 것은 나 자신을 사랑하는 일이었다. 자신을 사랑하지 않으면 가슴 속 작은 불씨가 큰 불로 번져 열등감으로 활활 타올랐다. 그 감정 또한 나를 지치게 만들고 나 스스로 나를 싫어하게 만들었다.

나를 사랑하기 위해서는 나 자신에서 편안한 환경을 만들어주는 것이 우선이었다. 그것은 무엇을 하든 간에 타인의 생각에 맞추기보단 내가 생각하는 것에 따라 의견을 제시하고 내키지 않으면 거절을 하는 것이었다. 지금까지는 내가 상처받는 것보다 타인이 상처받을까 봐 전전긍긍했었다. 이제는 나도 나를 아끼고 상처받지 않게 보호하고 싶어졌다. 신기하게도 처음에는 어려웠는데, 하나씩 내 생각과 나만의 중심을 만들고 타인이 아닌 내게 집중하고 부족해도 지금 이대로의 나를 인정하고 받아들이게 되니 정말 마음이 편안해졌다. 타인에게 맞추기 위해 살아오던 내가, 나에게 맞추기 위해 집중하고 생활하고 있는 지금에서야 여유가 생겼다. 내게 마음의 여유가 생기니 더불어 좋은 점이 생겼다. 그동안의 시선이 아닌 다른 시선으로 타인의 모습이 보였다. 나와는 다른 부러워할 대상이 아닌 그저 나와 같이 사랑 받아야 하는 사람으로 느껴졌다. 내가 닮을 필요도 없고 타인은 타인대로, 나는 나대로 존재하면 된다는 것을 알았다. 왜 이런 생각을 과거에는 하지 못하고 나를 일찍 들여다보지 못했는지 아쉬운 마음이 든다. 인생이란 지나고 보면 과거에 항상 아쉬움이 남는 것이지만 어릴 적부터 스스로를 사랑하는 방법을 깨달았다면 덜 외로웠을 것이란 생각을 했다. 종종 지인들이 사차원 같다고 장난을 쳤을 때도 왜 내게 사차원이라고 말하지? 무언가 사차원이란 말을 들으면 내가 타인과는 다르게 한 행동으로 큰 잘못을 한 것 같아 눈치가 보였다. 그런데 가만히 보니 나는 단순하고, 백치미가 있고, 항상 어설프고 사차원이 맞았다. 그 모습을 가진 내가 나의 일부분이었다.

사차원이란 말도 이제는 좋다. 사람들은 모두가 다른 생각을 하고 살아가고 있는데 그것이 지극히 정상적인 것인데 왜 나는 타인의 생각을 쫓으며 살았는지 모르겠다. 이제는 내 인생을 내가 원하는 방향으로 나갈 것이다. 타인의 시선에서 벗어나 나의 시선으로 인생을 살 것이다. 아무리 남이 좋다고 말을 한들, 나 자신이 행복하지 않으면 모두 헛된 것이다. 내면의 행복이 가장 우선이고 중요한 것이고 인생을 풍요롭게 해줄 것이다.

나 자신을 사랑하고 내 인생을 나의 시선으로 바라보니 책을 읽을 때도 중심이 생겼다. 예전에는 저자의 생각이 옳을 것 같아 내 생각으로 주입하기 위해 책을 읽었다. 당연히 내 생각이 아니니 시간이 조금 흘러버리면 그 저자들의 생각과 행동들은 기억에서 증발해버렸다. 흔적도 없이 사라졌다. 책을 읽을 때도 저자의 생각을 주입하는 것이 아닌 대화하는 방식으로 읽었다. 저자의 책도 주관적인 개인의 생각일 뿐이니 내가 다 받아들일 필요가 없었다. 나는 내게 자신감도 없고 타인의 시선으로 삶을 바라보았기에 저자의 말을 배우기만 했지 나의 말을 하지도 생각하지도 않았다. 그랬던 내가 요즘은 책을 읽어도 시간 낭비 하는 것 같지 않다. 책을 읽다 보면 저자와 나의 생각이 다르면 '아, 저자는 그렇게 생각하는구나. 근데 나는 아니야.' 하고 넘어간다. 예전보다 나 자신이 덜 흔들림을 느꼈다.

자신을 인정하고 있는 그대로 사랑하고 나의 시선으로 삶을 바라보는 연습을 꾸준히 할 것이다. 타인의 삶과 시선에 얹혀서 살아가는 것이 아닌 나의 길을 묵묵히 걸어가는 연습을 하며 살 것이다. 그렇게 살아야 나중에 후회를 덜할 것 같다. 무엇이든 양면이 있기에 아쉬운 것과 후회하는 일도 생기겠지만 내 인생을 살고 있다는 자부심이 생길 것 같다. 열등감이 아닌 자부심을 느끼고 살고 싶다.

내 삶의 주인공은 바로 나다. 내 속에 내가 가득 차 있어야 여유가 생기고 주변을 돌아보게 된다. 인생을 거닐다 보면 넘어지고 깊은 구렁으로 떨어지는 것 같은 암울할 때도 오는데, 그때 정신을 차리자. 너무 힘들어서 아무런 감정이 들지 않을 때 자신을 들여다보자. 그리고 주변을 돌아보자. 그럼 정말 신기하게도 깨끗하고 선명하게 자신의 모습이 보이는 경험을 할 것이다. 부끄러운 모습도, 못난 모습도, 귀여운 모습도, 사랑스러운 모습도 다양하게 보일 것이다.

그 모든 모습이 그냥 나의 모습이다. 나 자신이다. 받아들이고 있는 그대로 사랑하며 살아가 보자. 오늘부터 행복해질 거다.

타인이 행복한 삶을 살 수 있게 나라는 사람이 존재하는 것이고, 타인 또한 내가 행복한 삶을 살 수 있게 존재해주는 서로가 소중한 존재이다. 그것을 더 잘 알기 위해 나는 나 자신부터 더 깊이 사랑할 것이다.

내 나이 28세
어느덧 이십 대 후반
나는 아직도 '나는 무엇을 잘할까?' 라는 고민을 한다.
학창시절에 마음껏 고민하고, 도전했어야 하는데
내 삶에 허덕이며 살았더니
아직도 나의 인생에, 나의 가치를 알지 못하는 나 자신이 두렵다.

2016.03.19. 어느 기차 안에서

난 혼자가 아닌 늘 함께였다

너무 힘들고 지쳐버렸을 때 어떻게 할 방법을 도저히 찾지 못했다. 피하고 싶고 도망가고 싶었다. 내게는 아무도 없었다. 나는 오로지 혼자였다. 내 인생에 있어 선택한 것 중 가장 고통스럽고 절망스러웠던 것은 단연 이혼이었다. 결혼이란 내게 안식처가 되어줄 것이라 믿었고 따분한 일상에 행복을 선사할 것이라 믿었다. 모조리 깨지고 무너지고 나서야 나의 헛된 망상에 불과한 것이었음을 깨달았다. 혼자 모든 것을 이겨내고 있었고 견디었다. 내게 일어난 현실 앞에 답답하고 짓누르는 이 고통을 가족들에게도, 친구들에게도 말할 수 없었다. 내게 남은 희망과 기대가 사라지고 나서야 내려놓이게 되고 가족에게 도움의 손길을 요청했다. 비난이 쏟아질 것이란 나의 예상과는 다르게 가족들은 나를 위로하기 바빴다. 가장 힘든 순간 가족들은 내가 넘어지지 않게 지지대역할이 되어주었다. 인생이라는 여정에 앞으로만 나아가느라 주변을 살피지도 못하고 점점 세상을 바라보는 시야가 좁아졌다. 시야가 좁아지는 만큼 남을 배려하는 마음 또한 콩알만큼 작아졌다. 사회생활을 하고 밖에서 활동하는 시간이 많이 늘어나다 보니 자연스럽게 가족과 소통하는 시간은 줄어들었고 마음의 벽을 쌓고 있었다. 나날이 나는 날카로워지기만 했다. 타인의 배려에도 부정적인 시선으로 바라보았다. 그랬던 내가 이혼을 하게 되었고 걸어왔던 길을 되돌아가게 되었다. 그 과정 속에 미처 보지 못했고 가볍게 넘겼던 것이 점점 보이기 시작했다. 미처 보지 못하고 가볍게 여기기만 했던 것이 인생에 있어 가장 중요한 것이었다. 바로 가족이다. 항상 내 옆에 가족들이 나를 응원하고 있었다. 그것을 난 그동안 보지도 못했고 듣지도 못했다.

가족이란 말은 누구에게나 애틋하고 맘 한쪽이 시려온다. 내게도 그랬다. 아버지, 어머니는 두말할 필요 없는 소중한 분들이다. 또한, 내게는 언니와 남동생이 있다. 어릴 적부터 언니와 남동생은 내가 지켜야 한다는 생각을 많이 했다. 하루는 언니와 남동생과 집 앞마당에서 흙을 가지고 소꿉놀이를 하고 있었다. 대문에서 큰 물체가 우리에게 다가왔다. 자세히 보니 큰 진돗개였다. 그 당시 우리 남매 모두 어렸던 꼬꼬마 시절이었기에 진돗개가 호랑이처럼 커 보였고 무서웠다. 언니는 개를 워낙 무서워했었고 남동생은 너무 어렸었다. 나도 모르게 앞에 있던 세발자전거를 두 손으로 번쩍 들어 올렸다. 그리고 언니와 남동생을 내 뒤에 세우고 진돗개와 마주했다. 진돗개는 다행히 달려오지 않고 천천히 내게 다가왔다. 진돗개가 만약 우리를 해치거나 물어버리면 이 자전거를 집어 던질 각오를 하며 내게 다가오는 진돗개의 눈을 응시했다. 천천히 뒷걸음질 치며 신발장이 있는 문 쪽 계단으로 갔다. 식은땀이 흘렀다. 현관문에 도착하고 남동생과 언니가 신발장으로 들어가고 나서야 나 또한 자전거를 계단에 두고 집으로 피신했다. 그 당시 현관문이 양옆으로 밀고 닫는 유리문이었다. 진돗개는 계단 아래로 떨어진 자전거를 뛰어넘어 현관문 바로 앞 계단까지 올라왔다. 그때만 생각하면 아찔하지만 나보다는 언니와 남동생이 내게는 우선이었다. 가족을 지켰다는 것에 안심했었다. 내게 언니와 남동생은 나 자신보다 중요했다. 자식들을 흔히 부모님들의 아픈 손가락에 비유한다. 나보다 남매를 챙기는 것이 부모님을 위한 것이라고 어릴 적부터 생각했던 것 같다. 언니와 남동생이 다치거나 하면 제일 속상해할 분들이 부모님인 것을 어릴 적부터 알았다. 그래서 항상 언니와 남동생을 부모님 마음으로 바라보았다. 나는 속상해도 괜찮았다. 어떤 상황이든 나는 모든 상황을 이해할 수 있을 것 같았다. 모든 것을 양보해주고 싶었다. 함께 피를 나누고 태어나 한 집에서 어릴 적부터 오순도순 살아온 우리였기에 많이 다투고 싸우기도 했지만 늘 결정적인 순간에 누구보다 나의 언니, 내 동생을 챙기게 되었다. 좋은 것은 항상 함께하고 나누고 싶었다. 그렇게 사랑하고 누구보다 많이 아꼈는데 사회에 나오고 친구들을 사귀고 바빠지다 보니 항상 우선순위에서 뒤로 밀려나 있었다. 이유는 가족이니까 이해해주겠지. 라는 생각 때문이었다. 그런 생활이 되풀이되어오자 항상 힘이 되어주는 존재가 내 곁에 있다는 것도 잊어버리게 되었고 서먹함도 생기고 의지할 수 없었다. 가족이라도 자주 이야기를 주고받으며 소통을 해야 서로의 마음을 알 수 있는 인간관계 중의 하나였지만 나는 스스로 소통의 문을 걸어 잠근 채 열지 않았다. 가족보다 밖에서의 관계에서 많은 의미를 찾아 헤맸다. 이상하게도 주변에 사람이 많아도 공허하고 외로움은 늘 여전히 그대로였다.

결혼하고 나서도 그대로였다. 아무도 내 곁에 존재하지 않는다는 시궁창 같은 기분이 들었다. 공허하고 외로운 내 마음에 남편의 외도 사건은 내 가슴을 갈기갈기 찢어지게 했다. 괴로움에 사무쳐 죽을 것 같은데 말할 사람이 없었다. 아무도 보이지 않았다. 항상 내 곁에서 있던 가족을 등 돌린 채 바보같이 웅

크려있었다. 나의 질서 있게 정리되지 않은 이야기에도 척하면 알아 들어주고 누구보다 나를 생각하고 걱정해주는 가족이 있다는 것을 간과하고 있었다. 내게 가족이 없었더라면 이혼을 선택할 수 있었을까? 이혼이라는 큰 선택도 가족들이 곁에서 나를 믿어주고 나의 행복만을 진심으로 바라지 않았더라면 용기가 없는 나는 나를 위한 선택을 포기했을 것이다. 가족은 내가 다시 시작할 수 있게 용기를 내게 주었다. 그제야 철없던 지난날들이 부끄러웠다. 모든 게 내가 생각하고 나름 가족들을 위한 길이라고 스스로 선택했던 길이었으나 어느 순간 나는 가족들에게 피해만 입은 안쓰러운 나라는 사람으로 포장되어있었다. 대체 왜 그랬던 것일까? 하찮은 인정을 받고 싶었던 것일까? 군이 확인할 필요 없는 것들에 집착해왔다. 부정적인 시선으로 내가 보고자 했던 것 만 보고 왔음을 알았다.

나를 위한 선택을 하고 주변 정리가 필요했다. 그중 첫 번째가 핸드폰 번호를 바꾸는 것이었다. 내 핸드폰에는 200명이 넘는 번호가 있었다. 쓱 연락처를 훑어 내려 봤는데 대부분이 연락하지 않는 사람들이 많았다. 그저 SNS로 사진만 확인하는 사이였다. 누군가가 내게 SNS에 남편의 사진이 없어진 것을 보고 "무슨 일 있어?" 라고 묻는 것조차 싫었다. 대답해주고 싶지 않았다. 조용히 그 시간을 견디고 싶었다. 조금만 건드려도 예민하게 반응하게 되었고 날카로워져 있을 때였다. 힘들 때 연락 주는 것이 정말 고맙고 위로가 되지만 연락을 하지 않다가 뜬끔 없이 무엇인가를 확인하고 싶은 마냥 연락 오는 것에는 불쾌했다. 더는 그런 사람의 연락처를 저장하고 있을 필요가 없었다. 번호를 바꾸자 인맥 정리가 자연스럽게 되었다. 연락처에 저장되어 있던 것들이 확 줄어들어 50명 정도가 남았다. 자연스럽게 인맥 정리를 하고 SNS도 탈퇴하고 나니 처음에는 어색했다. 하루, 이틀 지나면서 핸드폰을 자주 들여다보지 않고 있어도 불안하지 않을 수 있었다. 정말 연락을 주고받는 사람들만 남겨두니 좋은 점이 매우 많았다. 쓸모없는 것에 감정을 허비하고 낭비할 일이 훨씬 많이 줄어들었다. 안정을 찾을 수 있는 행동 중에 최고의 방법이었다.

어릴 적에는 이미 이루어진 내 주변 지인들과 연락을 하지 않거나 소원해지면 발을 동동 구르며 그 관계를 유지하려고 애쓰고 노력했던 적이 많았다. 잘 사는 것이 연락처에 저장된 사람이 많으면 많을수록 잘 사는 것으로 생각했다. 그러나 이런저런 일을 겪으면서 발을 동동 구르며 지키고자 했던 인맥들은 모두 나의 욕심이었음을 알게 되었다. 손에 잡히지 않는 것을 움켜잡으려고 피곤하게 살아왔다. 인맥 정리를 통해서 자연스럽게 나와 맞는 사람들을 찾아가는 과정을 알게 된 것 같다. 이 좋은 세상에 좋은 사람들이 얼마나 많은데 나와 맞지 않는 사람들로 인해 그들의 배신과 외면에 괴로워하며 시간을 낭비할 바에 그 시간을 소중한 내 사람들과 공유하는 것이 삶의 기쁨이자 나의 행복이란 생각이 들었다. 줄어든 인간관계 대신 내 주변을 좀 더 세심하게 살펴볼 기회가 온 것이었다. 그 어느 때보다 행복한 것 같다. 주위를 돌아보니 나에게 먼저 다가와 주는 동료들도 많고 걱정해주고 챙겨주는 친구들도 있고 항상 아껴주고 위로해주고 응원해주는 가족들도 항상 내 곁에 있다는 것을 새삼 새롭게 느껴졌다. 보이지 않았던 것이 욕심을 비우고 모든 것을 내려놓고 나니 소소한 행복이란 것이 떠올랐다. 나의 행복이라는 것은 거창한 게 아니라 아주 사소한 것이었다. 그동안은 타인이 말하는 행복이란 것을 쫓아가기 바빴고 타인과 비교하며 뒤쳐져있던 나 자신을 싫어했다. 가족들의 관심과 배려와 사랑은 부정적으로 받아들이고 예민하게 바라보았고 나는 외면했다. 늘 나는 만족을 하지 못했다. 내 삶을 인정하지 못했다. 그럴수록 나는 외로웠고 공허함은 커져만 갔다. 외로움과 공허함은 연애한다고 해서 채워지지 않았다. 결혼한다고 해서도 채워지지 않았다. 비싼 옷과 명품을 쇼핑한다고 해서도 채워지지 않았다. 그것을 채우기 위해서는 타인의 기준으로 삶을 살아가는 것이 아니라 나만의 기준을 찾고 그 기준을 따라 삶을 살아가면 되는 것이다. 나를 그대로 인정하고 받아들이다 보면 가까이에 있는 소중한 것이 눈에 들어올 것이다. 나는 그 존재가 가족과 친구들이었다. 가족들과 친구들은 나를 그대로 인정하고 받아주고 있었지만 정작 나는 나를 숨기고 가면을 쓰고 다른 삶을 사는 것과 같았다. 그것이 나의 본모습인 마냥 나도 깨닫지 못하고 살아오고 있었다.

가족이란 내 삶에서 지울 수 없는 소중한 것이고 나를 표현할 수 있는 존재였다. 가족을 통해서 나라는 사람을 찾을 수 있었다. 보이지 않았던 나를 볼 수 있었다. 웅크리고 숨었던 나를 가족들은 이끌어 낼 수 있었다. 어릴 적 가족들을 위해 작은 몸으로 위험을 무릅 쓰고 가족을 지키고자 했던 누구보다 가족을 사랑하고 순수했던 그 아이는 그대로 내 속에 존재해있었다. 당당하고 항상 즐거움에 가득 차 있던 내 모습을 가족들은 잊지 않고 있었다. 가족들은 내가 스스로 나를 찾을 수 있게 곁에 있어 주었다. 더 이상 고통과 갈등, 괴로운 슬픔 속에서 스스로를 죽이며 살아갈 이유가 없다는 것을 깨달았다. 나의 주변은 따뜻했고 나를 지켜주고자 했던 이들로 가득했다. 나를 생각해주고 괜찮다고 위로해주는 친구와 가족이 있었기에 그 이유만으로도 나는 삶을 포기하지 않았다. 어떻게 해서든 살아갈 방법을 찾았다.

요즘 사회의 질병 중 하나가 우울증일 것이다. 나 또한 우울증 관련된 증상으로 병원에 방문도 했었고 상담도 했었고 약까지 처방받았다. 나의 경험이지만 주체할 수 없는 무기력함과 우울감 또는 분노 등으로 표현이 된다면 약을 복용하여야 될 것이 분명하지만, 우울증은 누군가가 옆에서 계속 지지해주고 들어주고 관심을 가지고 곁에 있어 준다면 호전될 수 있는 질병이다. 또한, 스스로를 사랑해야 하는 것이 기본이다. 앞으로 나의 주변에 우울감으로 힘들어 하는 누군가가 있다면 망설이지 않고 그 사람의 손을 잡아줄 것이다. 이 세상에 즐겁게 살아가기 위해 기적을 뚫고 태어난 우리들이 우울감이란 것에 좌지우지되어서 인생을 낭비하면 안 될 것 아닌가. 스스로가 정신을 차리고 뚝심으로 타인을 위한, 타인에 맞추어진 삶이 아니라 내가 즐거운 것, 나에게 맞는 삶을 찾고 살아간다면 우울증이 많이 개선될 것이다. 남과 비교 같은 것 하면서 살지 말자. 의미도 없고 너의 생각일 뿐이니 말이다. 인생은 정말 정답이 없다.

바라는 것이 아닌 베푸는 삶

나에게도 소신이라는 것이 있었다. 누구나 어릴 적부터 이런 생각을 했을 것이다.

'나는 커서 이것만은 잃지 말아야지.'

우리는 각자 나름대로 삶의 방향을 항상 찾고 있었고 미래의 멋진 나를 상상했었고 인생을 살아갈 때 꼭 필요한 소신을 가졌다. 나에게도 네 개의 소신이 잠시 머물렀었다.

첫 번째는 남을 따라가지 말고 내 길을 가자.

두 번째는 내가 아니다. 라고 생각했으면 끝까지 흔들리지 말자.

세 번째는 물질보다 본질에 집중하자.

네 번째는 따뜻한 가슴을 잃지 말자. 사람답게 살자.

막상 어릴 적 가슴에 품었던 나의 소신을 나는 아직도 잘 간직하고 있는가? 생각을 해보니 갑자기 부끄러워서 몸 둘 바를 모르겠다. 쥐구멍이라도 있으면 들어가서 숨고 싶다. 나의 소신을 잃어버린 것이 분명했다. 매 순간 나는 열심히 뛰었지만, 숨이 차오르는 시점은 늘 현실이었다. 미래를 생각할 수 없었고 현실에 안주하기 바빴다. 살아보니 친구들의 삶, 지인들의 삶은 왜 하나같이 다들 화려하고 탐이 나는지 인생의 절반은 남의 인생을 바라보고 들여다 보느라 정작 내 인생에 집중하지 못하고 살아왔다. 무엇인가 아닌 것 같고 잘못된 것임을 아는데도 돌아가는 분위기가 그러니까, 다들 그러니까, 튀면 안 된다. 라고 악마의 목소리로 나를 설득하며 살았다. 내게는 줏대도 없었고 개성도 없었고 흔들리는 갈대처럼 이리저리 수시로 흔들렸다. 또한, 의미가 중요한 것이 아니라, 과정이 중요한 게 아니라 누구에게나 보여지는 결과물에 집중했다. 다들 그렇게 살아가니까 나 또한 그렇게 살아야 한다고 생각했다. 따뜻한 가슴으로 불우한 이웃을 돕고 살자는 소신은 사라지고 세상에 대한 불신만 남아 있었다. 착하고 따뜻한 가슴으로 세상을 사는 것은 바보 같은 것이 되어버렸다.

이런 생각도 한다. 과연 나는 나의 소신을 잃어버린 것일까? 나 스스로 버린 것일까? 나만의 개성과 소신은 없고 누구나 사는 대로 살아가다 보니 삶에 재미가 없었다. 하루하루가 허무함과 무기력함에 휩싸여 시간을 갉아먹고 있었다. 자꾸만 고개는 숙여지고 어깨에는 힘이 하나도 없는 날들이 많아졌다. 내게 주어진 시간을 허비하는 사람일 뿐이었다. 이혼이라는 내 인생에 가장 충격적인 사건이 발생하지 않았더라면 사실 나의 소신에 대해 생각하지 않았을 것이다. 결혼생활을 유지하기 위해 앞만 보고 달리고 있었을 것이다. 어찌 보면 큰 충격이 된 이혼은 내 삶의 심폐소생술이었다. 죽어가는 내 삶을 다시 뛰게 만들어준 사건이 되어준 셈이다. 잊었던 나 자신을, 내가 하고 싶었던 것들, 어떻게 살아가고 자 했던 사람이었는지를, 지금껏 어떤 방향으로 잘 건너왔는지를 한 번도 점검하지 않았던 나에게 그 점검의 시간을 고통 위에 넌지시 내게 가져다주었다.

'어떻게 살아야 잘사는 것일까?' 라는 질문을 스스로 던졌다. 참 어려운 질문이 아닐 수 없다. 나는 최근까지도 이렇게 생각했다. 값비싼 자동차, 으리으리한 집, 수시로 사들이는 명품으로 치장된 삶이 내 눈에는 잘 사는 것으로 보였다. 그렇게 사는 사람들처럼 살게 되길 소망했다. 그러나 이제는 생각이 바뀌었다. 어떻게 살아야 잘 사는 것일까? 에 관한 나의 대답은 의외로 단순하고 간단했다. 그동안은 겉으로 보이는 것으로 판단했었지만 다 필요 없었다. 내게 값비싼 자동차, 으리으리한 집, 명품이 많다고 상상해보니 한 며칠간은 기쁠 것 같지만 그것 또한 평범함으로 여기게 될 것이고 나라는 사람은 그런 것들로 인해 행복함을 느끼지 못할 사람이었다. 내가 잘 사는 것은 바로 내가 즐거운 것을 하며 살아가는 것이었다. 내 기준에 맞고 내가 편안하고 행복감을 느낄 수 있는 것을 하면서 살아가는 것이 잘 사는 것이란 아주 특별하지 않은 대답이다. 이 특별하지 않은 것이 정말 잘 살아가는 것이다. 나는 이제껏 내가 즐거워하는 것이 무엇인지 몰랐다. 남들이 하는 것을 보고, 즐거워하기에 나 또한 따라하고 모방하며 살기 바빴다. 남들이 즐거워하는 것이니 나 또한 무조건 즐거워야 했다.

'날 따라해봐요.' 놀이일 뿐이었다. 잘 사는 것을 생각하다 보니 텔레비전을 보다가 이 사람은 참 잘살고 있네. 라고 생각했던 적이 있다.

한 방송사 프로그램에 출연 중인 박나래 개그우먼이다. 혼자 살면서 좋아하는 것을 마음껏 하고 살고 있었다. 좋아하는 개그를 하고 좋아하는 사람들을 본인의 집 안에 있는 나래 바에 초대해 즐거운 파티도 열었다. 고생을 사서 한다.라고 생각도 들었지만, 박나래 개그우먼의 얼굴은 가식이 아닌 진심으로 행복해하며 즐거워 보였다.

"나로 인해 누군가가 행복하고 즐거운 게 저는 좋아요."

박나래 개그우먼은 본인이 어떻게 살아야 행복한지 아는 분 같았다. 그 말을 듣는데 아차! 싶었다. 박나래 개그우먼은 본인이 좋아하는 것이 분명했고 서슴없이 그렇게 살고 있는 사람이었다. 정말 멋진 여자였다. 누군가가 행복하고 즐거운 것이 좋다. 이 말을 곱씹어보니 이런 생각이 들었다.

나 혼자로는 즐거울 수가 없다. 방안에서 아무것도 없이 혼자 가만히 있어야 한다고 상상해보자. 즐거울까? 그 즐거움이 며칠을 지속할 수 있을까? 나는 혼자서도 잘 놀고 잘 먹는 사람 중 한 명이긴 했지만 텔레비전, 책과 먹거리가 있다는 전제하였다. 텔레비전과 책이 있어야 한다는 점 또한 결국에는 누군가가 함께하고 있는 것이었다. 나의 이야기에 귀 기울여 들어주고 반응하고 재밌어서 웃고 그 모습에 내가 즐겁고 사람은 함께해서 즐거운 것이다. 나 또한 그랬었다. 누군가가 나로 인해 즐겁다면 양보는 물론 나 또한 우스꽝스럽게 망가져도 상관이 없었던 사람이었다. 그런데 그랬던 나는 어디로 혼적도 없이 사라진 것일까? 의욕은 찾아볼 수 없는 새침데기만 있었다.

'사람들도 다 그래. 똑같이 해줄 거야.' 한 해가 바뀔수록 순수했던 마음에는 작은 상처들이 생겼다. 세상도 내 눈에는 탁해 보였다. 그 세상에서 살아남기 위해 내 것 챙기기에 열을 올렸고 바빴다. 타인들은 모두 경쟁자로만 보일 뿐이었다. 그런 마음으로 타인들을 대했기에 누군가와 함께 있는 것이 나날이 피곤함으로 다가왔다. 어느 순간 혼자 먹고 혼자 놀고 그것이 편했다. 다만 전혀 행복하다는 생각이 들지 않았지만 말이다. 점점 나를 잃어갔고 방향 또한 잃어버렸다. 그랬던 나에게 박나래 개그우먼의 삶은 내가 언제 행복했었는지를 생각하고 찾게 도와주었다. 아마 나뿐만이 아닐 것이다. 사람이라면 누구나 행복함을 느낄 것이다. 그것은 바로 타인의 행복을 위해 내가 할 수 있는 것을 해줄 수 있다는 것이다. 물질이 아닌 정성과 사랑, 관심이 바탕이 된 무엇인가 말이다.

내가 이 세상에 존재하는 이유는 무엇일까? 아마도 나라는 사람은 나의 가족들과 친구들이 즐겁게 살 수 있게 도와주는 사람, 나의 가족들과 친구들 또한 내가 즐겁게 살아갈 수 있게 도와주는 사람이라고 생각한다. 서로 함께 살아갈 수 있게 곁에 있어 주는 존재 말이다. 그 어떤 것도 대신 할 수 없는 존재이다. 밥을 먹는 것도 혼자 먹으면 맛이 없다. 누군가가 봐주기라도 해야 먹을 맛이 나고, 옷을 사 입어 누군가와 함께 해야 행복하다는 것이 사실인 것이다. 나의 사람들이 나로 인해 입꼬리가 올라가며 웃을 때 정말 설명할 수 없는 기쁨으로 가슴이 벅찬 것을 느꼈다. 그랬다. 나는 소소한 것에 행복함을 느끼는 사람이었다. 내 곁에 행복은 정말 가까이에 있었다. 최근에 있었던 일로 다시 한번 더 느꼈다.

나에게는 조카가 있다. 내가 항상 멀리서 생활했기에 친구들이 하는 만큼의 이모 노릇을 못 했다. 그 점이 정말 미안했다. 아기 때 안아주고 돌봐준 횟수가 손에 꼽힐 정도였다. 아마 거의 없을 것이다. 그 조카가 어느덧 초등학교 입학을 앞두고 있다. 조카의 첫 등교 가방을 선물로 주고 싶었다. 조카의 선물을 사주기 위해서는 할아버지, 할머니들과 경쟁을 해야 했다. 결국에는 내가 선물을 할 수 있는 기회를 얻었다. 주말에 시간을 맞추어서 언니, 조카와 손을 잡고 백화점으로 향했다. 어린이들 가방이 진열된 매장으로 향했다. 새 학기가 다가와서 그런지 벌써 매장이 붐비고 있었다. 처음 접하는 광경이라 생소했다. 나 또한 어릴 적 이렇게 작은 가방을 둘러매고 학교에 다녔었나 싶을 정도로 가방이 조금만 하고 귀여웠다. 조카가 마음에 드는 가방을 둘러매고 거울 앞에 서서 자세를 잡는데 그 모습이 눈에 선하다. 알 수 없는 뭉클함이 퍼졌다. 조카가 기뻐하며 이모 고맙다며 안아주고 볼 뽀뽀를 해주는데 행복했다. 그동안 돈을 벌어야 하는 이유는 늘 따분한 이유들이었지만 조카의 행복한 모습을 본 이후 알 것 같았다. 나 자신을 위해서가 아니라 나로 인해 누군가의 행복한 미소를 볼 수 있다면 그 행복이 두 배로 내게 전해진다는 것을 알았다. 행복한 이유가 생겼다. 월급날이 되어도 즐겁고 행복하다는 생각을 안 했는데 앞으로는 행복하고 감사하다는 생각이 저절로 들 것 같다. 조카의 순수한 웃음이 탁한 우물에 빠져있던 나를 건져내 주었다. 나는 나 자신이 아니라 가족들과 내 친구들이 나로 인해 즐겁고 웃을 때 가장 행복했었다. 너무 많이 돌고 돌아왔지만, 다행히 순수했던 나는 여전히 그 자리에 머물고 있었다. 모든 것은 내가 외면한 것이었다. 나에게는 돈보다 중요한 것은 누군가와 함께한다는 것이었고 사람이었다.

어릴 적부터 커서 누군가를 돕고 살고 싶다고 생각했다. 나는 친할머니와 각별한 사이였다. 수시로 할머니를 찾아갔고 방학 때는 할머니와 거의 함께했다. 내 눈에 할머니는 외로워 보이셨다. 언제나 지켜드리고 싶었다. 지켜드리고 싶은 마음보다 세월이 빨라 할머니에게는 병이 찾아왔다. 할머니는 요양병원에 입원하게 되었고 돌아가실 때까지 병원에 계셨다. 내가 사회복지를 전공한 이유는 할머니의 존재가 많이 자리 잡았다. 외롭고 힘든 누군가를 도우면서 살아가고 싶다는 이유였다. 처음 마음먹은 것과는 다르게 때로는 좌절할 때도 많지만 누군가를 어떤 방식으로든 돕고 그 사람이 좀 더 나은 삶을 살아갈 수 있게 곁에 있어 주는 일을 하고 있는 내가 좋다. 나에게 집중하지 못하고 타인의 삶에만 관심을 가지고 나와 비교하고 살아왔기에 나는 행복하지 못했다. 그래도 이제라도 알게 되어서 다행이다. 화려하지 않지만 소소한 것에 나는 즐겁고 행복함을 느끼는 사람이라는 것 말이다. 나는 타인이 될 수 없고 타인 또한 내가 될 수 없다. 바라는 것보다 베푸는 삶이 행복하다는 말에 적극 공감을 표한다. 앞으로도 소소하지만 언제나 누군가를 위해 그들이 웃을 수 있도록 살아갈 것이다. 그 길이 나도 행복해 지는 길이니깐.

제5장
나의 상처를 우뚝 딛고 일어서기

진심은 만병통치약이다

지금 생각해보니 그랬던 것 같다. 어떻게 보면 나는 인생에 대해 매우 자만했었고 어리석었다. 또 한편으로 생각하면 별 대수롭지 않은 이야기다. 살다 보면 잘 가다가도 넘어질 수도 있고 웅덩이에 빠져 흙탕물에 옷을 더럽힐 수도 있다. 나는 비가 오는 날 지나가던 자동차 바퀴에 튕겨진 흙탕물에 교복이 더럽혀졌던 그 날처럼 우연히 재수 없게 인생에 한 번쯤은 일어날 수 있는 일을 겪은 것뿐이다. 그러나 누구에게나 일어날 수 있는 일인데 나는 마른하늘에서 내려친 벼락을 맞은 것 같았다. 내 인생에 이혼이란 것은 상상도 하지 않았던 터라 사실 한동안은 반쯤 정신이 나가 있었고 그 충격에 몸을 가눌 수가 없었다. 이혼하던 당일 날에는 법원에서 만난 수많은 사람들 속에 섞여 있다 보니 나의 이혼은 대수롭지 않게 느껴질 정도였다. 그동안의 마음고생과 잡생각, 괴로움에 몸부림치던 날을 청산할 수 있겠다는 생각에 정말 속이 시원하다는 느낌까지 받았다. 그러나 현실로 돌아온 나는 그다지 속이 시원하지도 않았고 그렇다고 괴롭지도 않았다. 감정을 빼놓은 사람처럼 근무하다가도 종종 멍하니 멈추고 있을 때가 있다. 하루하루가 지날수록 괜찮아질 것이라 생각했지만 내 속은 곪을 대로 곪고 있었다. 즐겁지도 않았고 슬프지도 않았다. 그렇다고 매일 같이 가족들이나 친구들에게 하소연만 하고 있을 수도 없었다. 말을 하고 싶지도 않았다. 말을 하고 나면 나중에 후회할 것 같았다. 나 스스로 생각 정리를 다한 후 지금껏 그래왔듯 밝은 딸로, 동생으로, 누나로, 친구로 내 가족과 친구들 곁에 있고 싶었다.

근무시간에 일하다가 헛웃음이 나왔다. 내가 생각해도 지금 내게 일어난 일들이 어이가 없었다. 대체 내가 내 인생에 무슨 짓을 한 것인가? 하는 생각에 죄책감이 들었다. 평상시처럼 직장생활을 해야했기에 바쁜 일정을 보내다 보면 까마득하게 잊을 때도 많다. 오로지 나 자신으로 존재하고 있는 그 느낌이 정말 좋았다. 좋은 반면 하루하루가 외로웠다. 예전 같았으면 외로워서 사람에게 의지하기 위해 소개팅을 하거나 늘 약속을 만들고 했겠지만, 이 외로움의 정체는 누군가를 만난다고 해서 사라질 외로움이 아니란 것을 깨달은 후 외로움이란 감정을 온전히 받아들이기 위해 매일 같이 노력하고 있다. 또한, 있는 그대로 흘러가게 두고 있다. 요즘 내게 일어나는 감정의 변화들을 지켜보는 재미도 쏠쏠해졌다. 아직 내가 받은 사랑의 상처는 아물진 않았지만 아프면 아픈 그대로 지켜보고 있다. 아무도 내게 이렇다 저렇다고 말하지 않지만, 트라우마가 생겼는지 자꾸만 움츠러들어서 큰일이었다. 사람들이 많은 곳으로 다가가기가 두렵고 누군가의 따뜻한 시선마저 경계하는 일이 잦아졌다. 내 마음속에 요동치는 이 감정이 대체 무엇인지 알 수 없었다. 그래서 내가 택한 방법은 온라인상에 나의 감정에 대해 글을 써보고는 것이었다. 기존에도 소셜네트워크 중 익명으로 사람들을 심정을 표현하는 공간이 있는데 그곳에서 나 또한 많은 위로를 받았다. 사람들의 이야기에 공감하면서 위로를 받았고 누군가의 시선을 의식 하지 않은 채 사실 그대로 글을 남기고 사람들의 말에 위로를 받았던 적이 있다. 그것이 생각이 나서 인터넷상에 사람들이 많이 공유하고 이야기를 나누는 공간을 찾았다. 그 공간에 접속을 해보니 또 다른 세상이었다. 한 세상에 참 많은 세상이 존재하는 것을 인터넷을 통해 알게 되었다. 사람들은 자신이 어떠한 관심사가 생기면 그것만 보인다더니 정말 내 눈에는 나의 고민과 비슷한 경험을 하고 고민이 있는 사람들의 글만 눈에 들어왔다. 정말 한 두 사람의 이야기가 아니라 수많은 사람들이 고통을 받고 슬픔에 잠겨있었다. 인터넷에 올라온 말도 안 되는 사연들을 접해서 읽을 때마다 예전에는 "이건 거짓말이야. 티가 다나." 라고 했었다. 그런데 내게도 말도 안 되는 일이 일어나고 겪어본 후 인터넷상에 올라온 사람들의 고민을 읽으면 의심의 눈빛보다 눈물이 났다. 어떤 마음인지 충분히 알 수 있을 것만 같았다. 글쓴이가 쓴 고통이 내게도 전해져 함께 울었다. 나와 같은 생각을 하는 사람들이 글에 댓글을 남기고 공감을 표현하고 위로하고 응원의 말들을 전하고 있었다. 그것을 보면서 든 생각은 이것이 상담이지 상담이 별 것 있나. 싶었다. 나 또한 여기저기 상담을 다녀봤지만, 상담에서 가장 중요한 것이 솔직하게 나의 이야기를 할 수 있는지였다. 본인에게 일어난 일을 솔직하게 말을 하게 되면 상담과 치유가 절반은 끝이 났다고 말할 수 있다. 그것이 정말 큰 용기가 필요한 일이기 때문이고 극복하고자 상담을 받고 있는 것이니 말이다. 나도 용기를 내어서 지금 내가 생각하는 것과 내가 느끼는 감정에 대해 솔직하게 글을 써내려 나갔다. 하고 싶은 말이 많아서인지 장문의 글이었지만 금방 작성을 하고 마무리했다. 사람들이 어떤 댓글을 남겨줄지가 두렵기도 했고 설레기도 했다. 비난과 욕이 있더라도 잘 새겨듣고 정신을 차리고자 마음을 먹었다. 소통하는 공간에 나의 글이 올라와 있었다. 그 온라인상에 무수히 많은 사람들이 접속을 해있었던 모양이었다. 댓글이 하나가 달리더니 눈 깜짝할 사이에 수많은 댓글이 나의 글에 달렸다. 나를 조롱하는 사람들도 있었고 잘했다고 응원해주는 사람들도 있었고 정말 제각기였다. 그러나 그들의 댓글에는 그들의 인생관이 느껴졌다. 옳지 않은 댓글은 없었다. 정말 하나같이 내게는 귀한 조언들이었다. 이 많은 조언들을 읽을 수 있다는 것에 감사했다. 나는 글을 하나 남겼을 뿐인데 많은 사람들의 관심을 받고 이야기를 나눌 수 있는 것이 신기했다. 몇 시간이 흐르고 나의 글은 순식간에 베스트로 선정되어있었다. 모든 사람들의 글이 베스트로 선정되는지는 모르겠지만 베스트로 선정된 것을 보는 순간 머리가 떵하니 종이 울렸다. '이것은 무슨 일인가?' 싶었다. 내가 생각하기에는 짧은 시간에 수많은 사람들이 글을 읽었고 댓글을 남겨주었기에 조회 수를 기준으로 선정이 된 것 같았다. 정말 별것 아니지만 나의 사연이 베스트에 올라왔다는 것이 기분이 나쁘지는 않았다. 사람들이 나의 진심이 가득 담긴 글을 알아봐 준 것 같아서 기뻤다. 수많은 사람들의 댓글에 하나하나 감사하다고 인사 하고 싶을 정도였다. 그때 나는 스스로 치유를 받는 기분이 들었다. 혼자 고민하던 것도 어떤 분의 댓글 하나에 속이 시원해지는 것을 느꼈고 이러한 상황에 현명한 대처방안까지 배울 수 있었다. 인생을 살아가는 데 있어 소통이 가장 중요한 것이었다.

내게 일어난 일을 떠올리며 무덤덤하게 글을 써 내려가면서도 이상한 감정을 느꼈다. 엉망진창 난장판이 되어있는 나의 머릿속이 정리가 되는 것이었다. 생각하고 싶지 않고 떠올리고 싶지 않았지만, 글을 쓰기 위해서는 떠올릴 수밖에 없고 그것을 글로 표현을 하고 나니 그렇게 고통스럽지 않았다. 나 자신이 내게 일어난 일이 꿈도 아니고 타인의 이야기도 아닌 나의 이야기이고 내가 걸어가야 할 현실이라는 것을 정확히 인지하게 해주었다. 나는 글을 쓰면서 나를 위로하고 있었다. 정말 이것은 어떤 형용사로 표현해야 할지 모르겠다. 나 자신을 정말 진심으로 위로할 수 있는 사람은 어떻게 보면 가장 정확하고 나 자신을 잘 알고 있는 본인이다. 자신과의 대화는 가장 편안하면서도 나를 행복한 사람으로 만들어주었다. 글을 쓰는 행위는 자신과의 대화를 가장 잘 할 수 있는 방법의 하나인 것 같다.

나의 글에 남겨진 몇백 개가 넘는 댓글을 읽었다. 성별, 연령, 지역도 알 수 없지만 많은 사람들이 그곳에서 소통해주고 있었다. 나에게 일어난 일은 나 자신이 가장 아프지만, 이 아픈 감정을 누구나 똑같이 느끼고 인생을 살아가고 있었다. 댓글을 읽는 도중 어느 한 댓글에 계속 나의 시선이 멈추고 있었다. 심금을 울리는 댓글이었다. 나에게 힘을 내라는 위로의 댓글이 아니었다.

"무엇보다 글을 너무 잘 쓰세요. 정말 잘 읽었어요. 그 마음의 상처가 차분하지만, 절절히 전해져 오네요. 글을 써보세요. 모두가 느끼지만, 말로 표현하지 못하는 일상의 상처들을 담담하게 써보시면 좋을 것 같아요."

한동안 시선이 고정된 채 움직일 수 없었다. 학창시절에 듣던 나의 글에 관한 칭찬을 사회인이 된 지금 칭찬을 들으니 무언가 어색하면서도 설레었다. 정말 기뻤다. 나의 글이 읽는 사람에게 잘 전달되었다는 것이 무척이나 설레고 기쁜 것임을 느꼈다. 그동안 잊고 있었던 나 자신에 대해 알아보고 글을 쓰고 싶다고 다시 용기를 가지게 해준 댓글이었다. 정말 칭찬은 고래를 춤추게 한다는 말처럼 누군지도 모르는 익명의 누군가의 말 한마디에 나는 감동하고 영감을 얻고 잊고 살았던 내가 하고 싶었던 것을 새삼 떠올리는 기적 같은 경험이었다. 별일 아니었지만, 그 별일 아닌 것은 내 심장을 빠르게 뛰게 해주었다. 내가 어떻게 받아드리느냐에 따라 별일이 될 수도 있고 가장 중요한 것이 될 수도 있었다. 이상적인 삶을 지향해오던 나였지만 이혼이라는 선택을 한 후 삶을 대하는 태도가 변해있었다. 그저 현실에 만족하자. 그냥 흘러가는 대로 살자. 라고 생각했다. 이 말이 틀린 것이 아니다. 다만 이상적인 상상을 하고 그렇게 될 수 있다는 기대로 부푼 꿈을 안고 살아오던 내게 정신적인 혼란이 오면서 무너지자 하루하루를 근근이 버티고 있었을 뿐 새롭지도 감사하지도 기쁘지도 않았다. 그런데 그 댓글을 보고 이상적인 상상을 다시 꿈꾸고 있는 나를 발견했다. 아직 불꽃이 사라지지 않고 있었던 것이다. 예전의 상처받기 이전 해맑았던 이상적인 삶을 지향했던 내가 그대로 있다는 것을 심장이 뛰는 것을 보고 알았다. 나의 어릴 적 꿈이 책을 쓰는 것이고 처음으로 쓰고 싶은 책은 내가 살아가는 평범함을 담은 별일 없는 내용이 담긴 책이었다는 것을 다시 생각할 수 있게 만들어주었다. 무언가 상상만으로 무료했던 일상에 재미와 설렘이 첨가되는 순간이었다. 상상만 하는 것뿐이었는데 설레어서 잠을 못 잘 지경이었다.

'내가 글을 쓴다고? 내가 글을 잘 쓴다고?'

늘 미루기만 했던 것, 세월이 흘러 퇴직 후 꼭 이루겠노라. 거창한 것을 이루고자 하는 사람처럼 가슴속에만 담아두었던 꿈을 되찾았다. 행동할 용기를 얻을 수 있었다. 사람은 누군가의 말에 쉽게 상처받기도 하지만 쉽게 감동도 받고 용기도 얻고 살아갈 힘을 얻기도 한다. 내가 정말 이 경험을 절실히 하게 된 사람 중 한 명이다.

시련이 감당되지 않아 계속 눈물밖에 나지 않는 것, 온 세상이 무너진 것 같고 나 홀로 남은 것 같은 기분, 너무 외로워서 미칠 것 같이 가슴 속에 공허한 찬바람이 휘몰아칠 경우…… 모든 것을 내려놓고 하루 동안 자신을 안아주자. 그리고 이렇게 말을 해보자.

"괜찮아. 정말 잘했어…… 정말 그동안 고생했어. 오늘만 울고 다시 잘 살아가 보자."

그리고 무엇이 되었든 내가 일어날 수 있는 밧줄을 잡아 다시 일어나보자. 견디다 보면 괴로웠던 것 또한 아무 일이 아니게 되는 신기한 경험을 하게 될 것이다. 나는 소중한 존재니깐 내 행복을 위해서 내 인생을 열심히 살아갈 것이다.

고민 말고 지금 당장 저지르자

'언젠가는 이룰 수 있겠지?'라고 생각하는 꿈. 그 꿈을 이룬 내 모습을 상상하는 것은 막대사탕보다 비교도 할 수 없을 만큼 달았다. 현실에서는 아무리 좋은 일, 재밌는 일을 겪어도 꿈을 간직하고 꿈을 위해 노력하는 사람들의 머릿속보단 덜 재미있을 것이다. 나는 가끔 한 가지에 꽂히면 그 생각에 벗어나지 못하는 경우가 있다. 생각나고 하고 싶으면 무엇이든 해봐야 직성이 풀리는 성격이다. 알지도 못하는 누군가의 칭찬에 나는 녹아있었다. 내 인생에 이렇게나 빨리 심장이 뛴 적이 없었다. 심장 뛰는 소리에 잠을 이룰 수가 없을 지경이었다. 무언가 책장에 숨겨둔 돈 천 원을 시간이 흐른 뒤에 생각지도 못하다가 발견했을 때의 기쁨이랄까? 잊고 살아왔던 현실과 타협했던 나에게 정신을 차리라고 양어깨를 흔들며 말해주는 것 같았다.

"야, 땅 꺼지겠다. 웬 한숨이야. 뭐가 그렇게 울적해? 정신 차려. 이 좋은 세상에 웃지 못할 일이 어디 있어. 괜히 우울한 생각 따위는 집어치우고 그 시간에 네가 하고 싶었던 네 꿈을 위해 노력하면서 살아봐. 얼마나 행복할 일이 많은

데."

무엇인가에 홀린 것 같기도 하고 성격이 급하기에 지금 당장 꿈을 위해 노력하는 사람이 되어야 할 것 같았다. 어릴 적 갖고 있던, 상상만 해오던 작가의 꿈을 상상해보니 돈 안 들이고 행복함에 취할 수가 있었다. 그런데 문제가 있었다. 작가가 되고 싶지만, 그 길을 걷기 위해서는 방법을 몰랐다. 늘 인터넷 검색창에 "작가가 되는 방법"을 검색하고 나오는 내용들은 도저히 엄두가 나지 않을 이야기들이 많았다. 나같이 평범한 사람은 작가가 될 수 없다는 생각이 들었다. 다가갈 수가 없었다. 또한 가장 큰 문제는 나의 글에 대한 자신감이 없었다. 나는 여기저기 낙서를 자주 했다. 길을 걷다가 생각나는 것이 있으면 핸드폰에 메모를 남기고 일기를 쓰고 여러 가지 공책에 주저리주저리 쓰는 일이 많았다. 시간이 흘러 우연히 일기장을 보았는데 예전의 내 생각이 부끄러웠다.

'왜 이런 글을 남겼을까? 누가 보기라도 할까봐 부끄럽다.'

그 당시에 고뇌하고 슬픔에 잠겨 남겨두었던 일기, 메모들을 모조리 찢어버렸다. 그때부터 기록을 남기는 것이 두려움으로 다가왔다. 시간이 흘러 내가 남겨둔 글에 대한 나의 시선이 달라져 있으면 어쩌지? 누군가가 보고 비웃으면 어쩌지? 지금 당장에는 이런 생각으로 남긴 글이 시간이 흘러 부끄러웠던 나를 돌이켜본다는 자체가 싫었다. 나는 완벽한 나를 원하고 있었다. 그런 강박감이 강해질수록 나 스스로 괴롭고 힘들었다. 항상 실수투성이에 성숙하지 않은 나를 만날 때마다 좌절했다. 내게 한참 멀었다고 늘 꾸짖었다. 자존감이 많이 낮아진 상태였다. 내가 아닌 타인이 하는 모든 것이 우월하게만 보였다. 이런 행동과 생각을 하면서 생활하다 보니 자연스럽게 나의 꿈을 접게 되었고 잃어버렸다.

돌이켜보니 작가에 대한 꿈이 문득문득 떠오를 때마다 힘껏 저 멀리 밀쳐버렸다.

"나중에 퇴직하고 할래."

생각이라는 것은 기분처럼 쉽게 바뀌는 것 같다. 내 생각이 어느 순간 달라져 있었다. 지금 당장 꿈을 향해 노력하면서 살고 싶었다. 물론 직장생활에 피해를 끼치지 않는 범위 내에서 말이다. 무엇인가에 집중하는 삶에 행복을 느끼며 살고 싶어졌다. 늘 반복되는 일상에 우물 안 개구리가 되고 싶지 않았다. 소중한 삶을 일상에 뒤처지고 지쳐서 소중한 나 자신을 갉아먹고 싶지 않았다. 에너지를 얻는다는 것은 일상에 활력으로 다가올 것이 분명해 보였다. 내게 에너지를 줄 수 있는 것이 무엇인가를 생각해보면 나에게는 글 쓰는 일뿐이었다. 잘 쓰든 못 쓰든 내게 글이란 진심이면 충분하고도 남았다.

그날도 여느 날과 다르지 않았다. 째깍째깍 시계는 물 흐르듯 흘러가고 있었고 사무실에는 동료들이 각자의 업무로 정신이 없었다. 정말 오전 근무시간은 눈 깜짝할 사이에 흘러가 버렸다. 식당에서 점심을 먹은 후 잠시 휴식을 취하고 있었다. 핸드폰을 꺼내서 검색했다.

"작가가 되는 방법."

포털사이트에 검색 후 나오는 내용들은 정말 다양했다. 나와 같은 꿈을 꾸는 사람들이 무수히 많았다. 그들 또한 작가가 되고 싶어 방법을 찾고 있는 사람들이었다. 그들의 질문은 모두 내가 궁금해하던 내용이었다. 이것저것을 봐도 속 시원히 나의 궁금증에 해결이 되는 내용을 찾을 수가 없었다. 그러다가 우연히 뉴스 기사를 접했다. 자이언트 스쿨이라는 공간인데 작가가 되는 방법을 알려주고 그곳에서 계속 작가가 배출되고 있다는 내용이었다. 나는 뉴스 내용에 의심이 생겼다. 그토록 고민하던 내용이 이렇게 쉽게 이루어진다는 것이 말이 되지 않는다고 생각했다. 사기의 일종일 것 같았다. 그런데 정말 이것이 사기라면 정말 대단한 사기 같았다. 나처럼 작가에 대한 꿈을 갖고 있는 사람들이라면 이 뉴스기사에 솔깃했을 것이다. 나는 자이언트스쿨이라는 블로그에 접속해 내용을 읽었다. 나의 귀는 팔랑거리기 시작했다. 블로그에 있는 내용들은 더욱 내 심장에 펌프질을 해대었다. 블로그에 가입하고 오프라인 수업 세 번만 들으면 작가가 될 수 있다는 내용은 의심스러우면서도 믿고 싶어졌다. 당장이라도 블로그 주인 작가님을 만나고 싶었다. 그토록 멀게만 느껴졌던 범접할 수 없었던 작가의 길을 이렇게 단순하게 갈 수 있다는 말이 믿어지지 않았다. 블로그 명을 캡처해둔 후 아무 일도 없었던 듯 평균적인 심장박동을 찾았다. 한 며칠간은 헛된 상상 그만하자며 마음을 접으려고 했다. 그런데 나의 좌우명이 후회할 짓 하지 말자. 인 만큼 해보고 후회하고 싶었다. 그 공간이 무척이나 궁금했고 그 공간에 모인 사람들이 궁금했다. 나의 호기심은 퇴근하는 내내 떠나지 않았다. 집에서도 계속 그 공간을 탐색했고 우연의 일치였을까? 아니면 나만의 의미부여였을까? 그 주에 자이언트 스쿨의 비전 선포식 계획이 잡혀있었다. 가고 싶었고 가자는 생각밖에 들지 않아 참석비를 즉시 계좌이체 해버렸다. 이체하고 괜한 짓을 한 건 아닌지 걱정도 들었다. 사실 그 공간에 혼자 간다는 자체가 무서웠다. 모르는 사람들 틈에서 뻘쭘하지 않고 잘 있을 수 있을까? 하는 생각도 들었지만 그런 생각은 나의 궁금증을 이겨내지 못했다. 직접 가서 그 공간을 보고 싶었고 대체 어떤 곳인지 확인하고 싶었다. 드디어 주말이 다가왔고 늦잠을 자던 주말과는 다르게 이른 시간에 일어나 참석하기 위해 서둘렀다. 긴장도 되고 설레기도 했다. 호랑이굴에 들어 들어가도 정신만 차리면 된다. 라는 말처럼 굳게 마음을 다잡았지만 긴장하고 있었다. 혹시라도 다단계이거나 물건을 파는 곳은 아닐까 하고 걱정에 걱정하면서 향했다.

약속시간에 늦는 것을 싫어하는 나는 그날도 일찍 도착했다. 근처 카페에서 브런치를 혼자 먹으며 약속된 시간을 기다리고 있었다. 약속시간이 되었고 건물로 향했다. 건물 안 엘리베이터를 타고 해당 층에 내리자마자 입구 앞에 책상이 놓여있었다. 그 위에는 각자의 이름이 적힌 명찰이 널려있었다.

마침, 누군가가 내게 말을 걸었다.

"안녕하세요. 성함이 어떻게 되세요?"

인상이 좋은 중년의 남성이었다. 낯을 가리지 않는 성격인 나이지만 그런 공간은 처음이라 살짝 뻘쭘함이 밀려왔다.

"아, 장유진입니다. 처음 왔습니다."

뻘쭘함이 가득 담긴 인사를 건네고 명찰을 받았다.

"제가 이은대입니다."

자이언트 스쿨을 운영하고 계신 작가님이었다. 무척이나 반가웠지만 부끄러워서 짧은 인사만 드리고 강의실 장으로 향했다. 제일 끝에 위치해있던 빈 테이블에 앉았다. 그 테이블에도 여성분이 혼자 와 계셨다. 동병상련이라 했던가. 반가워서 인사를 나누고 이런저런 이야기를 나누다 보니 금세 마음이 안정되었다. 한두 명이 늘어나기 시작했고 강의실 장은 많은 사람들로 북적였다. 서로서로 인사를 나누고 밝게 웃는 사람들의 모습을 보고 있으니 덩달아 기분이 좋아졌다. 서로의 호칭은 "작가님"이었다. 그곳에는 정말 책을 출간하신 분들이 많으셨다. 누군가가 내게 작가님이라고 불렀다.

"저는 작가가 아닙니다. 너무 궁금해서 한번 와봤습니다. 안 오면 후회할 것 같아서요."

"글을 쓰는 사람들은 다 작가인걸요. 예비 작가님도 작가님이시죠."

그곳의 사람들은 하나같이 마음이 따뜻했다. 전혀 외롭지가 않았다. 그날 때마침 네 명의 작가가 자신의 책을 소개하는 자리가 있었다. 정말 값진 경험이었다. 강단 앞에 서서 자신의 책과 자신을 드러내는 작가님들에게서 빛이 났다. 그 광경은 나 또한 꿈꿔오던 모습이었다. 내가 늘 상상하고 숨겨둔 꿈을 작가님들이 미리 이루신 것 같아 존경스러웠다. 작가님들의 넘치고 생기발랄한 에너지에 나 또한 이미 작가가 된 기분이 들었다. 마음이 조급해질 만큼 글을 쓰고 싶어서 미칠 것 같았다.

자이언트 스쿨의 비전에 관한 이야기는 내 귀에 쏙쏙 박혔다. 내가 원하는 내용으로 이루어진 행사 같았다. 모든 내용이 마음에 들었고 내가 걸어갈 수 있는 길을 발견한 것 같았다. 어두컴컴해 보이던 길에 가로등 하나가 불이 켜지면서 밝아진 기분이었다. 작가님들이 내게 그랬다.

"혼자 오신 용기가 멋져요."

그렇다. 나는 혼자서도 하고 싶으면 하는 사람이었다. 단점으로만 느껴졌던 해봐야 직성이 풀리는 성격이 이날은 내게 어두운 골목을 밝히는 가로등 불빛이 되어주었다.

내 인생의 운전자격

우리는 태어나면서 이름을 누구나 갖게 된다. 각기 다른 이름으로 삶을 시작한다. 어느 누구가 옳은 삶을 살아가고 틀린 삶을 살아가는 것이 아닌, 각자의 길을 묵묵히 견디어내며 살아가고 있다. 어느 날 문득 거울 속에 비친 내 모습이 어색한 날이었다. 분명 나라는 사람의 모습인데 성인이 되어있었다. 아직 내 속에는 어린 내가 그대로 있는데 내면에 숨겨둔 채 커버렸다. 이런 생각들은 나뿐만이 아니라 누구나 다들 생각하고 살아가고 있을 것이다. 아마 평생 어린 자아와 함께 해야 할 것이다. 인생을 살아가면서 겪게 되는 우여곡절들로 인해 성숙함이 생기겠지만 누구나 마음 한편에는 언제라도 자신을 위해 금방 울어줄 어린 자아가 자리하고 있다.

나는 인생에 정답이 있다고 생각했다. 그 정답을 찾기 위해 성공한 사람들의 책을 많이 읽었다. 또한, 강의 영상도 찾아서 보았다. 분명 그들의 이야기에는 정답이 있을 것만 같았다. 그것만 잘 찾아서 그대로 모방하며 살아가면 성공한 삶을 살 수 있을 것처럼 보였다. 아마 100% 똑같이 살아가면 비슷한 삶을 살아 갈 수는 있겠다. 다만 그것은 진정한 내 삶이 아니지만 말이다.

　내 나이 스물한 살 때 있었던 일이다. 그 당시에는 직장생활을 하고 있었다. 오랜만에 고향에 내려와 친구를 만났다. 친구가 자동차를 샀다고 운전해서 나를 만나러 왔다. 그것이 내 인생에서 처음으로 친구가 운전하는 자동차를 탔던 기억이다. 운전하는 친구가 정말 멋있어 보였다. 그 당시만 해도 운전을 하는 내 모습은 상상할 수 없었다. 그저 운전을 하고 있는 친구의 모습에 감탄하며 부러워만 했다. 시간이 흘러 대학에 진학했고 방학 때 운전면허를 취득하기 위해 운전학원에 등록했다. 하나부터 열까지 혼자 알아서 해야 해서 걱정이 많이 되었다. 그래도 시작이 반이다. 라는 말처럼 학원에 등록했더니 하루, 이틀 계속 다니다 보니 어느덧 도로주행 연습을 하고 있었다. 때마침 여름방학에다가 장마철이라 운전학원 가는 날마다 비가 내려서 고생했던 기억이 어렴풋이 난다. 무조건 한번 만에 합격하자는 마음으로 성실히 교육에 임했다. 그리고 한번 만에 운전면허를 취득했다. 취득 후 뿌듯함도 잠시 나의 운전면허는 한동안 장롱 속에 머물렀다. 자동차를 살 돈도 없었고, 탈 일 또한 없었다.

　장롱 속에 꼭꼭 숨겨져 있던 운전면허는 그로부터 몇 년이 지난 후 생기를 불어 넣어주었다. 직장생활에 개인용 자동차가 꼭 필요해졌기 때문이었다. 다시 운전대를 잡으려니 눈앞이 캄캄했다. 분명 운전면허 1종 보통을 땄지만, 운전하는 방법이 전혀 기억나지 않았다. 그래서 급하게 중고 마티즈를 구입 한 후 자동차는 집 앞에 도착했는데 나는 운전대를 잡을 수 없었다. 그 즉시 다시 운전면허 학원에 도로주행 세 시간을 끊어서 연습했다. 다행히도 옆에 선생님 이 계시고 운전대를 잡고 운전해보니 몸이 기억하고 있었다. 운전 연습은 스틱 자동차가 아닌 오토 자동차로 연습했다. 세 시간 연습 후 운전대를 잡을 수 있을 것 같은 용기가 불끈 생겨서 집 앞에 주차된 자동차에 시동을 켰다. 그때 자동차와 정전기가 통하듯 짜릿했다.

'내가 운전을 하다니 말도 안 돼.'

남들이 하는 운전을 멋있게만 바라보았던 내가 운전하면서 다니게 되다 보니 이것 또한 적응되었다. 막상 해보니 이런 생각이 들었다.

'뭐 별거 아니네. 그냥 하면 다하네.'

어릴 적 운전하는 친구를 멋있어하며 감탄사를 연발했던 나 자신이 떠올랐다. 머쓱해졌다. 운전이란 필요에 의한 선택으로 하고 싶으면 하면 되는 것이고, 하기 싫으면 대중교통을 이용하면 되는 것이었다. 멀리서 바라보았을 때 그토록 탐나던 것이 막상 해보면 별거 아닌 것이 인생이 아닐까? 그래서 종종 공허함을 느끼는 것인지도 모르겠다. 분명 저것만 내 것으로 만들면 나는 행복해질 거라 믿고 열심히 그것을 내 것으로 만들기 위해 달려오다 막상 내 손안에 잡으면 간절함이 사라지고 공허함이 오는 것 같다. 아마도 나는 이런 기분을 다람쥐 쳇바퀴 돌 듯 계속 느끼며 살아갈 것 같다.

문득 이런 생각이 든다. 같은 기분을 계속 느끼는 것 같지만 하루하루 미세하게 생각이 변하고 있는 것 같다. 옛말에 어르신들 말은 다 일리가 있다는 말처럼 나 또한 그 말에 동의한다. 가끔은 세대 차이가 크게 나는 것처럼 느껴질 때도 있지만, 모든 것은 우리에게 교훈을 주고자 하는 마음이 아닐까 싶다. 나보다 앞선 시대를 겪으셨고 그 삶에서 얻은 지혜가 있으시고 본인이 겪어 본 바 똑같은 실수를 되풀이하지 않길 바라는 마음에서 하시는 말씀이지 않을까? 싶다. 우리에게는 간혹 잔소리처럼 들릴지라도.

일상 속 직장생활에 지쳐 주말에 누굴 만나 뜻깊은 속마음을 꺼내고 대화를 나누며 지혜를 얻기란 하늘의 별 따기처럼 어려운 일인데 책은 내 마음만 열려 있다면 쉽게 지혜를 얻을 수 있는 방법이다. 책이란 것은 그래서 좋다.

나는 건강염려증이 있다. 어디가 조금이라도 불편하거나 기분이 이상하거나 아프면 참지 않고 바로 병원으로 향한다. 겨울에는 감기를 피해갈 수 없었다. 친구들은 내가 늘 골골대며 아파한다며 장골골이라고 놀렸다. 나에게는 체질개선이 필요했다. 그래서 예전에 한의원에 가서 침도 맞고 한약을 지었다. 여기에서도 작심삼일이 존재했다. 그 비싼 돈을 주고 한약을 지었지만, 자꾸 깜빡 잊고 음식을 가려서 먹어야 했지만 이 핑계, 저 핑계 온갖 합리화를 늘어놓았더니 한약이 줄지가 않았다. 그렇게 해서 버리게 된 한약이 한 두 번이 아니었다. 그랬던 기억이 생생한데 그래도 또다시 한약을 지었다. 이번에는 반드시 나와의 약속을 지키겠다고 다짐했다. 인생에서 정말 많은 다짐을 했지만 정작 잘 지켰던 다짐은 손에 꼽는다. 아마 이것이 사람의 습관이 아닐까 싶다. 어떤 행동이 습관이 되려면 66일 정도의 시간이 필요하다고 하는데 나는 역시나 3일 정도 후 흐지부지되기가 일수였다. 지금껏 후회와 반성을 반복하며 살아왔다. 정말 사람은 쉽게 바뀌지 않았다. 그런데 쉽게 바꿀 수 있음을 분명 나는 알고 있었다. 곰곰이 생각해보니 "그냥." 하지 않았던 것이었다. 사람이 바뀌려면 그냥 하면 되는 것 같다. 그 어떤 방법도 없이 "그냥." 하고자 하는 일을 계속하면 되는 것이었다. 습관을 만들어야 한다며 하루 이틀 66일까지 살리는 것이 아닌 그냥 매일같이 편안한 마음으로 하고자 하는 것을 하면 그것을 자연스럽게 이루어가고 있는 내가 되어 있을 것이다. 한약을 먹을 때마다 생각했다. 무엇이든지 내 의지에 달렸다고.

앞으로의 내 인생도 뭐든지 내 의지에 달렸다. 한번 돌부리에 걸려 넘어졌다고 해서 평생 못 일어나는 것도 아니다. 어떻게 하다가 넘어지게 된 것을 생각하고 괴로워하고 자책하지 않고 툴툴 털고 일어나면 되는 것이었다. 항상 20대로 머물 것 같았던 나도 어느덧 30대가 되었다. 30대가 되고 나서야 인생이 흐르고 있구나 하는 것이 실감난다. 지금까지 내 인생에도 시행착오가 있었지만, 그것 또한 내 인생에 있어서 하나의 작은 의미로 평생 남을 것이다. 지금 가장 중요한 것은 앞으로 어떻게 나이 들고 싶은가에 대한 대답을 찾는 것과 진정으로 내가 행복해하는 것이 무엇인지를 깨닫는 것이 인생에 있어서 가장 중요한 과업인 것 같다. 사람들은 대부분 비슷한 생각으로 괴로워하고, 행복해하고 작은 위로에 감동 받고 살아가고 있다. 모두가 특별하면서도 특별하지 않다. 서로 비난할 이유도 없고 증오할 이유도 없다. 나만의 길을 묵묵히 걸어가면 된다. 앞으로는 타인과 비교하는 삶에 갇혀 열등감에 나 자신을 파괴하지 않을 것이다. 이 세상에 "나"라는 자신은 정말 소중한 존재이다. 어떤 가치로도 대신할 수 없는 것이다. 내가 해야 될 일은 나라는 사람을 곱게 잘 가꾸어서 타인에게 좋은 영향을 주는 사람이 되고 그들과 함께 인생의 배를 저어간다면 행복할 것 같다. 희망을 잃은 누군가에게 작은 위로라도 줄 수 있는 내가 되고 싶다. 나라는 사람의 인생을 좌지우지할 수 있는 것과 방향을 잡아 주는 것 또한 나만 할 수 있는 일이다. 내 인생의 운전을 할 수 있는 자격은 오로지 나에게만 부여되는 자격이다.

운전하기 전에 면허를 취득해야 하듯이 반드시 필요한 것이 있다. 마음공부가 필요하다. 나 자신을 알아야 바른길로 운전할 수 있다. 내 인생의 운전 기술이 나날이 늘어날수록 타인과 함께 나눌 수 있는 삶을 살 수도 있을 것이다. 또한 타인으로 인해 흔들리지 않고 오로지 나라는 사람의 좋은 영향을 전할 수 있는 나만의 정신력이 생긴다. 나에게 마음공부란 글을 쓰는 것이다. 가장 솔직하게 이야기 나눌 수 있으며 나를 알 수 있는 방법 중에 하나이다. 나의 과거부터 지금까지 있었던 일들을 기억해내다 보면 잊고 있었던 일들이 생각이 났다. 뭉클하기도 하고 슬프기도 하고 흐뭇하기도 해진다. 그 모든 것을 덤덤히 글로 써 내려 가다 보면서 나라는 사람을 들여다보게 되었다. 나라는 사람을 나 자신도 이제야 이해하게 되었다.

화려하고 질투 나는 삶을 사는 사람들이 여기저기에 많이 있지만 나는 그렇게 나라는 사람이 그런 것에 만족하고 행복을 느끼지 않을 것이란 것을 잘 안다. 그러니 어디서 무엇을 하며 살든지 간에 어떤 마음으로, 어떤 시선을 가지고, 확고한 의지를 품고 살아간다면 우린 잘 살아가고 있다고 나는 확신한다.

자신을 우선 사랑하는 방법을 깨닫고 나면 삶이 재미있어질 것이다.

이것도 하고 싶고 저것도 하고 싶고 의욕이 활활 불타오를 것이다. 이런저런 일상 속에서 상처를 받기도 하지만 그 상처로 인해 생각의 전환이 될 수도 있다. 삶은 앞날을 알 수 없다. 하루하루 나 자신에게 집중하고 사랑하며 즐겁게 생활하다 보면 저절로 주변과 함께 행복해질 것이다. 그 누구도 나 대신 살아주지 않는 진리를 잃어버리지 말자. 하고 싶으면 하자. 해보고 나면 생각 정리가 되는 것이니깐.

내가 글을 쓰려는 이유

글쓰기 오프라인 강의에 다녀온 후 나의 이야기에 관한 글을 쓰려는 상상만으로도 심장이 빨리 뛰어 잠을 이룰 수 없었다. 아침에 눈을 떴더니 아무도 붙잡지 못할 만큼 빨리 뛰던 내 심장은 돌덩이에 묶인 채 바다 밑으로 가라앉은 듯 고요하고 잔잔하니 적막했다. 빨리 식어버리는 냄비근성이 역시나 하고 툭 튀어나온 것일까? 평온함도 잠시 큰 바위가 내 가슴 한쪽에 떡하니 올려져 있었다.

'지금 내 생각이 짧아서 또 후회하는 짓 하는 것 아닐까? 그냥 조용히 살면 모르던 사람들은 모르고 살 수 있고 혹시나 나중에라도 이 글을 남긴 것에 대해 후회하면 어쩌지?'하는 생각 때문에도 가슴 한편이 답답해져 왔다. 그렇다. 굳이 내 입으로 말을 안 해도 되는 지극히 개인적인 사생활인데 말이다.

하지만 우연히 나의 속마음을 터놓고 이야기하는 인터넷 공간에서 알게 되었다. 사실은 그때만 해도 내가 겪은 충격에서 헤어 나오지 못하는 상황이었다. 그 고통이 감당되지 않았다. 그런데 그 인터넷 공간에서 나와 비슷한 경험으로 고통 받고 있는 사람들을 보았다. 나보다 더 심한 환경에서도 견디며 살아가는 사람들의 이야기를 읽게 되었다. 나의 이야기를 하고 그들의 이야기를 읽다 보니 고통은 점점 멈추어갔다. 소통하는 것이 삶에 있어서 큰 위로가 되는 것이 틀림없었다.

또한, 잊고 있던 나의 꿈을 다시 상기시킬 수 있었다. 나중에 작가가 되겠다는 허무맹랑하게만 느껴지던 나의 꿈을 이룰 수 있는 방법 중에 하나가 나의 이야기를 쓰면 되는 것이었다.

지금은 직장생활에 전념해서 돈을 모아 결혼을 해야 하고 적당한 나이가 되면 하는 것들을 나의 과업인 마냥 행해야 한다는 생각을 하고 있었다. 나이 별로 그 시기쯤은 이것을 해야 된다는 과업을 다들 그렇게 하듯이 나 또한 겪을 것을 의심하지 않았다. 내 인생에 흙먼지가 날아올 것이란 생각은 나의 그토록 많던 잡생각 중에도 선정된 적이 없었다. 그런 것을 보면 터무니없이 나는 긍정적인 사람이다.

나의 짧았던 결혼 생활은 콩쥐팥쥐에 나오는 두꺼비 같았다. 장독대에 금이 가서 물이 샐까 봐 전전긍긍하며 온몸으로 금이 간 부분을 막고 있던 두꺼비처럼 나는 하루하루 전전긍긍하며 버티었다. 두꺼비는 콩쥐를 위해 행복한 마음으로 견디었을 텐데, 남편의 외도 후 나에게는 견디어야 할 명분이 없었다. 이 좋은 신혼임에도 불구하고, 아침에 일어나면 눈물로 베개가 축축했다. 몸에는 힘이 없고 복잡한 생각들을 짊어지고 출근했고 안 먹던 두통약부터 챙기는 나의 모습을 보고 나의 결혼생활에 문제가 심각해지고 있었음을 깨달았다. 나의 불안한 마음과 눈물이 요동치고 흘러넘쳐 나의 가정은 산산조각이 나버렸다. 결국에는 결혼 1년 만에 이혼이란 선택을 하게 되었다. 가슴은 메마른 땅으로 변해갔고 내 얼굴에는 그늘이 생겼다.

그 남자와 행복한 가정을 꾸릴 수 있을 거란 믿음으로 나의 모든 것을 양보하며 선택한 결혼이었기에 믿음이 의심으로 변질되고 깨지는 순간부터 이루 말할 수 없는 고통이었다.

나의 고통을 나눠주었던 것은 노래였다. 그때 나는 생각했다. 예술가들은 내면의 상처들을 예술적인 재능으로 표현하고 그 표현이 당사자에게만 위로와 치료가 되는 것이 아닌 비슷한 상처가 있는 그 누군가에게도 영감과 위로가 되어주고 만날 수는 없지만, 예술로 감싸 안아주고 있는 것 같았다. 그런 생각이 들자 예술가들의 재능이 너무나 부러웠고 그것이 하고 싶어졌다. 나는 미술, 음악, 춤 등에 재능이 없고 그저 그들을 동경하고 위로받아 오며 살던 사람 중 한 명에 불과했다.

많은 사람들이 나처럼 노래에 의지하면서 힘든 시간을 견디어 내고 있을 것이다. 법원에 갔던 날도 발걸음이 무거웠다. 차마 어떤 말도 할 수가 없었다. 그곳에는 나뿐만 아니라 사랑이라는 감정으로 시작하고 서로의 행복을 위해 노력하겠다는 서약을 뒤로한 채, 서로의 헤어짐을 약속하러 온 사람들로 붐비었다. 나 또한 지금 이렇게 가슴이 쓰린데 그때 법원에 있었던 그 사람들의 심경도 오죽했을까? 그리고 나보다 먼저 헤어졌던 사람들 또 앞으로 이혼을 앞둔 사람들……. 그 상처를 감히 어떻게 함부로 말할 수 있을까.

"인생에 이런 일이 있을 수 있지 그만 슬퍼하고 웃어봐. 툴툴 털어버려." 라는 위로보다 어떤 한 단어, 한 문장, 한 소절이 절실히 위로되는 것을 스스로 느꼈기에 나만의 방식으로 그 누군가를 위로하고 싶었다.

나의 이야기로 "나도 이런 일이 있었는데 너도 참 많이 힘들었겠다. 괜찮아." 하며 누군가가 위로가 필요한 시점에 곁에서 함께 해줄 수 있는 것이 하고 싶어졌다. 그래서 퇴직 후로 미뤄두었던 나의 꿈을 더는 늦추지 않고 지금 시작해야겠다고 다짐했다.

'한시라도 빨리, 함께, 누군가에게 위로가 되었으면 좋겠다.'

늘 상상해왔던 나의 꿈. 글을 쓰는 작가가 되는 것. 주제가 좋은 이야기였다면 얼마나 좋았을까?도 생각했지만 이미 벌어져 버린 나의 이야기. 숨겨둘 필요 없다고 생각되는 나의 이야기를 통해 비슷한 상처가 있는 그 누군가에게 위로가 되었으면 한다. 누구의 잘못이 아니라 내가 행복하기 위해 또 다른 선택과 시작을 할 수 있다고 말하고 싶다.

인생을 살아가면서 누구나 선택을 잘못할 수도 있고, 잘못된 것을 알게 되면 되돌아와서 다시 시작하면 되는 것이다. 그 이상 그 이하도 의미가 없다. 그저 함께 자신을 되돌아보고 용기를 갖고 행복해지길 바란다. 나의 글에는 정답이 없고 우리 인생 또한 정답이 없다. 그저 대한민국에 사는 어느 사람의 이야기이다. 누군가의 입에서 나오는 나의 험담, 안줏거리가 아닌 나 스스로 말하는 나의 있었던 이야기를 통해 나의 상처와 누군가의 상처가 더 이상 따끔거리지 않길 바라며 또 다른 시작을 함께 걸어가길 소망한다.

내 자리에서 나는 최선을 다해왔으니 이제 다 벗어던지고 행복해질 것이다.

내가 겪은 아픔은 의미가 없지 않다. 나의 아픔을 고스란히 이 책으로 남겨 내 곁에 둘 것이다. 그것이 나의 앞으로의 인생에 디딤돌이 되어줄 것이다. 인생에 일어나는 일들은 모두 의미가 있다. 아주 작은 일이라도 말이다. 내게 일어났던 일에 미련을 두고 슬픔에 빠져 허우적거리지 않을 것이다. 나의 이야기가 전 세계 인구 중에 한 명의 가슴속에라도 위로로 전달 될 수가 있다면 더 바랄게 없다.

나에게는 글이라는 것이 다른 사람들과 소통할 수 있는 유일한 방법의 하나임을 알았다. 그것도 허구가 아닌 진심이 가득 담긴 글로 말이다. 나의 글솜씨가 뛰어나지 않다는 것을 나 또한 잘 알기에 쉽게 글을 쓴다는 것이 엄두가 나지 않았다. 하지만 작은 칭찬이 나의 가슴에 나비가 날아들게 해주었다.

글을 통해 잊고 있었던 나의 꿈을 다시 떠올리게 되었고 행동으로 옮길 용기를 주었다. 또한, 나의 이야기가 누군가에게 위로가 될 수 있다는 작은 희망도 생겼다. 누군가에게도 위로가 되고 나에게도 회복이 되는 글쓰기는 마법이 틀림없다.

이런 나의 작은 기쁨을 누군가에게 전달하고 싶고 누군가가 나의 진심을 알아주길 바란다.

상처로 인해 좌절하지 말고 엉망진창이 된 삶 같아도 꼬이고 꼬일 대로 꼬여서 삶에 의욕이 나지 않아도. 마지막으로 한 번만 더 용기를 가질 수 있다면 나의 이야기를 용기 내어 건네겠다.

과거의 삶이 어떠했을지 몰라도 지금부터 다르게 생각이 든다면 망설이지 말고 용기를 내시라고 응원하고 싶다. 나의 행복을 위해 방향을 전환해도 괜찮다고 말이다. 많은 사람들이 서로의 개인사로 인해 힘들어하고 슬픔에 빠져 생활한다. 이 좋은 세상에 슬픔에 빠져 시간을 낭비하지 않길 기도한다.

일상의 행복

어김없이 이 시간이다. 시계는 오전 12시를 가르키고 있다. 새벽이 시작되는 시간이다. 하루의 일과를 마치고 글을 쓰기 위해 거실에 앉아 노트북을 켜고 시계를 바라보면 항상 이 시간이다. 나는 오전 12시가 좋다. 적막하면서도 고요하고 온전히 내게 집중할 수 있는 시간이다. 내 마음에서 우러나오는 소리를 듣기 위해 집중 또 집중하는 시간이 된다. 낮에 직장에서 보내는 시간도 내게는 소중하고 중요한 일이 지만 나만을 위한 이 시간의 소중함도 양보할 수 없다. 이 시간을 갖게 되고 나 자신을 바라볼 수 있게 된 용기와 지금이 행복하다.

거실에 앉아 노란 조명 아래에서 글을 쓰고 있는 나는 그 어느 때보다 행복하다. 마음이 편안하고 즐겁다. 하루의 노곤함이 싹 사라지는 기분이다.

학창시절에는 정해진 수업시간에 맞추고 부모님의 일정에 맞추어 생활을 많이 했다. 어떻게 보면 시간적으로나 정신적 여유로 보면 많은 시간을 가질 수 있었던 학창시절이었지만 그 시간을 내 것으로 만들지 못했다. 내가 무엇을 원하고 하고 싶은지 생각하기보다는 가정형편에 맞는 꿈을 찾기 바빴다. 어릴 적에는 어떤 생각을 하면서 살아야 하는지 몰랐다. 그런데 돌고 돌아와 보니 이제야 조금은 알 것 같다. 삶에 대한 모든 것을 안다고 말하는 것은 거짓일 것이다. 아무도 모른 것이 삶이다. 마음의 상처를 입게 되면 앞만 보고 달려가던 삶 속에서 나를 멈추어 세울 수 있다. 그동안 잘못된 길을 가더라도 나를 붙잡아 줄 사람이 없었다. 상처입고 정신적, 육체적으로 힘이 빠져버렸지만, 그 누구도 내 마음을 알아차리지 못했다. 그 모든 것은 나의 몫이었다. 나 자신만이 나를 붙잡아 줄 수 있었다. 그 누구도 대신 해줄 수 없었다. 스스로 다짐이 생기지 않는다면 그 누구의 말도 귀에 들어오지 않았다. 나 자신을 다독이고 마음을 비울 수 있게 되자, 내가 가야 할 길이 보이기 시작했다.

이혼이라는 선택이 어떻게 쉬운 선택이 될 수 있을까? 내게도 감당이 되지 않는 선택이었다. 그 선택만을 피하고자 늘 밤마다 기도했다.

"불안한 내 마음을 잠재워주십시오."

하지만 이미 깨져버린 신뢰는 돌이킬 수 없었다. 깨진 것을 붙이더라도 이미 깨진 것은 깨진 것이었다.

정신적 고통, 불안함과 슬픔은 다른 이들의 것이 아니었다. 나의 것이었다. 왜 내게 이런 시련이 생겼을까를 늘 밤바다 떠올리고 괴로워했다. 분명 결혼의 목적은 영원한 나의 편이 되어줄 인생의 동반자를 만나 그를 닮은 예쁜 아기와 함께하는 행복한 가정이었다. 그것만 상상했었다. 그 상상은 결혼 후 금방 얻을 수 있다고 생각했지만 결혼 후 4개월 만에 깨져버렸다. 내게 결혼은 행복에서 순식간에 지옥으로 곤두박질쳤다. 하루하루 괜찮은 척 해야 했다. 용서하겠다고 이성적으로는 타협했지만, 감정적으로는 분노와 슬픔이 꺼지지 않았다. 늪에 빠져 자꾸만 깊숙이, 더 깊숙한 우울함에 빠져들어 갔다.

결혼한 의미도 사라져버렸고 이 가정을 위해 헌신할 이유도 내게는 결혼 후 4개월 만에 없어진 지 오래였다. 하지만 이혼이란 것을 선택하기에는 두려움이 앞섰고 자신이 없었다.

어떤 지인이 내게 말했다. 세상 사람들 다 그렇게 산다고. 결혼하고 이런저런 갈등과 사건들을 겪으면서 사랑하는 감정이 싹 사라졌지만, 자식들이 있기에 어쩔 수 없이 그럭저럭 살아가는 것이라고 했다. 남편은 아내를 속이고, 아내는 남편을 속이면서 말이다. 세상 이치가 정말 그런 것이면 나 또한 그냥 참고 속으면서 살아야 하는 것일까?를 생각했었다. 이혼은 엄청난 변화가 일어나는 것이 분명했기에 참을 수 있는 만큼 참고 잊으려고 온갖 노력을 다했지만, 상처받은 마음과 정신에 깊이 박힌 기억은 그 어떤 것으로도 지울 수 없었다. 그 고통에서 벗어나기 위해서는 그와 헤어지는 길밖에 없었다. 그와 함께 하지 않는 것이 고통 속에서 벗어나는 길이었다. 그 와 아무런 사이가 되지 않고 남으로 다시 돌아가는 길이 아이러니하게도 나의 행복을 되찾을 수 있는 유일한 방법이었다. 숨이 막히는 공간에서 숨이 트이는 공간을 찾아 뛰쳐나오는 기분이었다. 남들의 시선은 중요한 것이 아니었다. 나의 안정과 행복함이 나를 되찾을 수 있게 해주었다. 이혼 후 매일 같이 신선한 공기를 마시는 것 같다. 정말 상쾌하고 편안하다.

나의 결혼생활이 1년 만에 끝났다는 사실에 가끔은 참 허무하기도 하다. 아마 결혼 생활 1년 안에 너무나 많은 감정들을 마주해야 했고 환경이 뒤바뀌었기에 더 크게 느껴지는 것 같다. 작은 선택이 나의 인생을 뒤바꿀 수 있다는 사실에 두려우면서 신비롭다. 내게 일어난 이 허무한 일들을 통해 나는 비로소 나를 다시 찾을 수 있게 되었다. 지금은 내 인생에서 주어지는 하루하루에 감사함이 느껴지고 행복하다. 어릴 적에 느껴보지 못했던 감정들을 마주하고 있다. 글을 쓰면서 흩어져있던 나의 퍼즐을 하나씩 끼워 맞추는 기분이 든다.

아침마다 어머니는 출근하는 나를 배웅해주신다. 아침 드라마의 하이라이트 장면이 나올 때쯤이면 늘 출근하는 나지만 어머니는 선뜻 일어나주신다. 요즘 날씨가 추워서 아침마다 자동차 유리에 얼음이 생겼다. 어머니는 미지근한 물로 앞 유리의 얼음을 녹여주시고 떠오르는 앞동산을 바라보며 오늘 하루가 의미 있기를 기도해주신다. 아침마다 그 모습을 보며 출근하는 데 기분이 좋다. 어느새 주름살이 늘어나신 아버지와 어머니를 보살필 수 있는 가까운 곳에 다시 돌아올 수 있게 되었음에 감사하다. 그토록 벗어나고 싶었고 멀리서 살고 싶었던 어린 시절 철없던 내 마음이 온데간데없이 사라져있었다.

마음속의 상처가 아물고 있음을 하루하루 느낀다. 때로는 내게 아팠던 시련이 있었는지도 종종 잊어버린 채 동료들과 수다 삼매경에 빠져있는 나를 보게 된다. 그때는 솔직히 이렇게 행복해도 되나? 싶을 만큼 행복하다. 일상에 집중할 수 있는 것과 내가 하고 싶은 것을 할 수 있는 지금이 그 어떤 것과도 바꿀 수 없을 만큼 값지고 소중하다. 내게 출근길이란 늘 따분하고 지루했었지만, 이제는 출근길에 잠시 틀어놓은 노래에 저절로 춤을 추고 싶을 만큼 즐겁다. 예전에 밝았던 내가 돌아온 것 같았다. 동심을 다시 얻었다. 행복한 맛이라는 것을 느낄 수 있었다. 나의 미각이 되살아나는 기분이었다.

주말에 어머니와 동네 근처 동산에 올라간 적이 있다. 어머니께서 내게 꼭 보여주고 싶은 동산이라며 내게 같이 가길 원하셨다. 동네 아주머니들과 종종 운동 삼아 찾아가는 곳이라고 했다. 정상에 도착하면 운동기구가 있다고 했다. 아주 높지 않은 산이라 선뜻 따라나섰다. 요즘 멧돼지들이 장소 불문하고 나타나기에 등산한다는 어머니의 말에 늘 걱정이 되었는데 그럴 때마다 어머니는 괜찮다고 하셨다. 그 생각에 직접 안전한 곳인지를 검토하고 싶은 마음도 들었다. 집에서 산 입구 까지 가는 시간이 약 30분 정도 소요되었다. 걸어가면서 요즘 어머니의 고민과 생각들을 나누었다. 성인이 된다는 장점은 아마도 부모님의 걱정을 함께 나누고 들어드릴 수 있다는 것이 아닐까싶다. 걸어가는 내내 열정적으로 수다스럽게 이야기를 하시는 어머니의 모습에 흐뭇했다. 등산하면서 트로트 메들리를 들으며 어머니와 장난을 치면서 몇 분 걷지 않은 것 같았는데 금세 정상에 도착했다. 정상에는 어머니의 말씀처럼 운동기구들이 기다리고 있었다. 운동기구로 뭉친 근육을 풀었다. 근육만 풀어지는 것이 아니라 뭉쳐있던 마음속 응어리도 풀어지는 기분이었다. 어머니와 함께 올라온 산이 참 묘했다.

눈앞에 보이는 모든 것들이 내게 말하는 것 같았다. 내 눈앞에 보이는 지금이 가장 행복한 것이라고 말이다. 내 마음만 열면 모든 것을 들을 수 있는 것이었다.

어머니는 소리쳤다.

"야호!"

어머니는 내게도 소리쳐보라고 권유했지만, 막상 입이 떨어지지 않았다. 예전에는 내가 먼저 소리치고도 남았을 텐데 내가 정말 많이 소극적으로 변해있었다. 어머니는 자꾸 소리치고 다 털어버리고 내려놓고 가자고 말씀하셨다. 새해도 밝았기에 어머니는 내가 더 밝게 예전의 나로 돌아왔으면 좋겠다는 말을 하지 않으셨지만, 함께 등산하면서 충분히 느낄 수 있었다.

계속 망설였다. 이상하게도 입이 떨어지지 않았다. 높은 곳에서 내려다본 곳에는 나의 추억이 그대로 남아 있는 고향의 전경이 보였다. 고향에 내려온 것이 정말 다행스럽게 생각되었다.

하루하루 특별한 일이 일어나지 않는 나의 일상이지만 그 일상이 얼마나 행복한지 알게 되었다.

　사랑하는 나의 가족들과 함께 할 수 있음에, 동료들과 직장에서 진심을 다해 함께 소통할 수 있음에, 나의 일을 진심으로 사랑할 수 있다는 것에 소소한 의미가 생겼다.

　일어나버린 일에 대한 더 이상의 괴로움에 시간 낭비 할 필요 없이 앞으로의 의미 있는 시간들을 위해 내가 할 수 있는 것들을 찾아가는 것이 내가 할 일이라는 것을 알게 되었다. 파노라마처럼 그동안의 이야기들이 스쳐 지나갔지만 모든 것은 내게 의미로 다가왔다.

　더 이상 망설이지 않고 나는 소리쳤다.

　"나는 잘 살 것이다! 나는 내가 의미 있는 사람이라는 것을 그 누구보다 잘 알고 있다!"

　"나는 잘 살 것이다! 나는 내가 의미 있는 사람이라는 것을 그 누구보다 잘 알고 있다!"

　어머니와 나는 서로를 바라보며 웃다가 먼 곳을 바라보며 웃었다.

삶은 언제나 선택의 연속이다

이 시대에 태어난 것에 감사했다. 왜냐하면 궁금한 것이 생기면 인터넷 포털 사이트에 검색해보면 많은 정보를 얻을 수 있기 때문이다. 나 또한 작가에 대한 궁금증을 항상 갖고만 살다 우연히 다시 작가에 다가갈 수 있는 방법을 검색해봤다. 검색해본 후 이은대 작가님을 알게 되었다. 무언가의 끌림에 이끌려 때마침 진행되었던 비전 선포식에 참가했던 날이 선명하다. 평생 잊을 수 없는 좋은 기억이다. 두려움보다는 가고 싶은 마음이 앞섰고 작가에 대한 열망이 더 컸었다. 그곳에는 이미 책을 출간한 작가님들과 글을 쓰고 계신 작가님들만 모여계셨다. 나처럼 호기심으로 참가한 사람은 없었던 것 같다. 비전 선포식에서 진행된 행사를 통해 작가님들의 다양한 재능에 감탄만 하다 집으로 돌아왔다. 여태껏 느껴보지 못한 긍정적인 에너지를 발산하는 사람들만 모여 있는 곳이었다. 그곳은 내게 충격과 신선하고 긍정적인 자극을 주기에 충분한 공간이었다. 집으로 돌아온 후 마음이 조급해졌다. 나 또한 그곳에서 만난 작가님들처럼 나만의 책을 하루빨리 쓰고 싶었다. 마음만 분주해지기 시작했고 가슴이 뛰기 시작했다. 상상만 해도 기분이 좋아졌다. 무언가 내가 하고자 하는 것이 생기니깐 삶에 의욕이 뜨겁게 불타올랐다. 열정이 가슴속에서 마구 뿜어져 나오는 것 같았다. 터질 것 같은 심장을 고요히 진정시키지 않으면 잠을 잘 수 없었다. 하루빨리 작가수업을 듣고 싶었다. 하지만 대구에서 진행되는 수업이 없었다. 직장생활을 하기에 주말밖에 시간이 없었고 또한 시간이 잘 맞아야 작가수업을 들을 수 있는 형편이었다. 내가 가장 빠른 시일 내에 들을 수 있는 수업은 부산에서 진행되는 수업이었다. 오로지 수업을 한시라도 빨리 듣고 싶은 마음에 교육을 신청했고 교육 날이 오기만을 하루하루 손꼽아 기다리며 지내고 있었다.

어떤 수업들을 듣게 될지가 정말 궁금했다. 형편없는 나의 글쓰기가 수업을 통해 얼마나 변할 수 있을까? 하는 의문도 생겼다. 별의 별 걱정과 생각들을 하다 보니 어느새 수업이 진행되는 날이 다가왔다. 학창시절 소풍 갈 때 누가 깨우지 않아도 아침 일찍 일어나 밤에 준비해둔 옷을 입고 소풍 갈 준비를 하는 소녀 같았다. 오전 10시경에 진행되는 수업이라 새벽 일찍 일어나 기차역으로 향했다. 늘 주말은 늦잠으로 달콤하게 보내던 나에게 새삼 놀라운 광경이었다. 새벽 일찍 일어나 수업을 들으러 갈 준비를 마치고 집을 나서는데 마음이 이상하게도 가뿐하고 즐거웠다. 무언가 하고자 하는 마음이 있다면 삶이 순식간에 이토록 아무 이유 없이 즐겁게 바뀔 수 있다는 것에 의아했다. 부산의 부전역까지는 초행길이었기에 혹시라도 수업에 늦어질까 봐 새벽 일찍 기차에 몸을 실었다. 기차 안에는 이른 아침이었지만 많은 사람들이 자리에 앉아있었다.

다들 어디서 어디로 가고 있는 거지? 괜히 다른 이의 목적지가 궁금해졌다.

늘 나의 일상 속 모습만 보고 살았는데 이른 아침 기차 안 모습이 신선하게 다가왔다. 평상시 같았으면 아직도 이불 속에서 잠을 자고 있을 내가 기차 안에 있다는 사실이 놀라울 따름이었다. 해가 떠오르지 않은 창밖 풍경을 바라보며 부산으로 향했다. 하고 싶은 것이 생기면 무엇이든 도전해보는 예전의 나는 사라지지 않고 있었다. 마음이 편안했다. 의자에 머리를 뒤로 기대어 창밖 풍경을 눈에 담았다. 기차의 달리는 소음마저 풍경에 잠겨 고요했다. 부산에 도착하고 나니 주말의 해가 떠올라 있었다. 날씨가 쌀쌀해서 입김이 나왔다. 추위를 워낙 많이 타는 나는 두 손을 주머니에 꼬옥 넣어둔 채 바삐 학원으로 향했다. 다행히 수업 시간보다 30분가량을 일찍 도착할 수 있었다. 그 학원에서는 더 이른 새벽부터 다른 수업이 진행되고 있었다. 정말 오랜만에 보는 모습이었다. 연령대가 다양한 사람들이 모인 교실이었지만 열정만큼은 다들 똑같아 보였다. 그동안 안일하게 생활해왔던 나의 그 모습과 이른 새벽부터 본인들의 목표를 위해 하나라도 더 배우기 위해 모인 사람들의 모습이 비교되면서 부끄러움이 몰려왔다. 저절로 반성하는 마음이 들었다. 학원 안에 놓인 테이블에 앉아 수업시간을 기다렸다. 수업시간이 임박해오자 한명 두명 모습을 보이기 시작했다. 제일 먼저 수업을 진행해주실 이은대 작가님을 만날 수 있었다. 사실 비전 선포식에서는 알아 뵙지도 못하고 어색함에 눈도 제대로 마주치지 못한 채 자리를 피했는데 다시 만나 자세히 뵈니 인상이 좋은 분이셨다. 인생의 확고한 방향을 두 눈에 품고 계신 분이랄까? 나는 작가님이 어떤 분인지 궁금해서 미리 작가님의 책을 구입해서 읽어보았다. 책의 제목은 이러했다.

'내가 책을 쓰는 이유.'

이 책 안에는 말도 되지 않은 작가님들의 경험이 담겨있었다. 매우 신선했다. 작가님의 인생에 큰 역경이 있었고 그 역경을 넘어서는 과정이 담긴 책이었다. 교도소에서 생활하게 된 이야기부터 시작해서 책을 읽고 쓰게 된 이야기까지 작가님의 내면에서 일어났던 모든 감정들이 담겨있었다. 한 편의 드라마가 따로 없었다. 만약에 나였다면 나는 어떻게 행동했을지 상상해보니 눈을 질끈 감게 되었다. 나는 그런 시련을 겪게 된다면 삶의 방향을 찾는데 아주 많은 시간을 허비했을 것이고 아직도 길을 찾지 못해 방황 속에 벗어나지 못하고 있지 않았을까 싶다. 하지만 작가님은 시련 속에서도 현명하게 자신을 제어하는 방법을 찾으셨고 이겨낼 방법을 찾았다. 그것이 바로 글을 쓰는 것이었다. 아무런 이야기를 주절주절 쓰다 보니 계속 쓰게 되었고 삶에 녹아들었다고 했다. 작가님이 쓰신 책은 충분히 누군가에게 감명을 주기에 충분했고 산뜻했다. 우리들의 삶은 개인의 선택이라는 것을 작가님의 책을 통해 또 한 번 더 느꼈다. 내가 어떤 시련을 겪어도 그다음의 행동은 오로지 나의 선택이고 나의 행동일 뿐이었다. 내 삶에 일어나는 모든 것들은 내가 제어하고 바꿀 수 있었다. 나도 나를 제어하고 비록 내게 시련이 있었지만 이미 일어나버린 시련에 좌절하지 않고 또 다른 내 삶의 의미를 찾으려는 방법이 글쓰기 수업을 듣는 것이었다.

오프라인 수업에는 많은 사람들이 함께했다. 오랜만에 책상에 앉아 2~3시간이 되는 수업에 집중했다. 시간이 가는 줄 모르고 수업에 빠져있었다. 수업을 들으면서 작가님이 다단계를 한다면 모두가 유혹에 빠질 수도 있겠다. 싶을 만큼 글을 쓰고 싶게 수업을 진행하셨다. 수업을 마친 후 당장이라도 종이를 꺼내어 내 속에 있는 모든 것을 글로 담아 낼 수 있을 것 같았다. 최근 들어 본 내 모습 중에 가장 뜨겁고 열정적이었다. 하지만 열정이 점점 뜨거워지는 만큼 알 수 없는 두려움도 커졌다.

나는 나의 글에 대해 자신이 없었다. 감동을 주는 글을 쓰고 싶지만, 여력이 없었고 무언가 부족했다. 글쓰기 수업시간에 집중해서 듣고 계신 작가님들은 쓱 바라보면서 자꾸만 나 자신이 작아졌다. 다른 작가님들의 눈빛이 확신에 가득 차 생글생글 빛날수록, 나는 나 자신에 대한 확신이 자꾸만 작아지고 있음을 느꼈다. 그런 내가 싫었지만 어쩔 수 없었다. 많은 사람들 속에서 막상 나의 시련을 꺼내 보려 하니 망설여졌다. 불끈 치솟던 용기가 몸을 숨긴 채 내 곁에 없었다. 수업을 들으면서 열정은 있었지만 잡생각이 나의 열정을 자꾸 식히고 있었다. 나는 위축되었다. 글쓰기를 시작하려면 나 자신을 드러내야 하는 것이 우선으로 진행되어야 했다. 나의 이야기를 책으로 담을 것인데 당연한 이야기였다. 과연 내가 할 수 있을까? 라는 의문은 자꾸만 크게 부풀어 올랐다.

내게는 처음이었던 이 오프라인 수업은 다른 작가님들에게는 2회째였다. 1회째에 회사 일로 참석을 할 수 없었기에 이번 오프라인은 내게 남달랐다. 1회 수업자료는 메일을 통해 미리 공부해서 왔지만 직접 와서 수업을 듣는 것과는 차원이 달랐다. 내게 주어지는 3시간가량의 오프라인 수업은 그 어떤 것보다 중요했고 작가님의 말 한마디도 놓칠 수 없어서 녹음하며 수업을 들었다.

그 수업을 들은 작가님들에게 주어지는 숙제는 매일 글을 쓰는 것이었다. 어떤 내용이라도 좋으니 일기 형식으로 글을 써서 제출하는 것이었다. 처음에는 낯설었다. 나의 일기를 작성해서 작가님에게 보낸다는 것이 초등학교 시절에 담임 선생님께 제출한 일기와 다를 게 없었다. 나의 일기를 누군가가 본다는 것을 알기에 의식해서 글을 써 내려가고 있었다. 처음에는 이 과정이 왜 필요한가? 무슨 의미가 있는 것인가? 싫었다. 이런 것 말고 글을 좀 더 화려하게 쓸 수 있는 작가님만의 노하우들이 궁금했다.

하지만 형식에 구애받지 않는 이 일기라는 것도 매일 꾸준히 쓰는 것이 잘 되지 않았다. 종이도 활활 태워버릴 것 같았던 나의 열정이 식어가는 듯 했다. 문득 무서웠다. 또 이렇게 내 꿈을 포기하고 말 것인가? 하는 생각이 들었다. 이번만은 절대 작심삼일로 끝낼 수 없다고 나 자신과 다짐하고 또 다짐했다.

일기도 아닌 그냥 내가 하고 싶은 말과 떠오르는 생각들을 글로 풀어서 작가님에게 보내고 또 보내고 보내고 하다 보니 나의 일과는 작가님에게 메일을 보내면서 마무리하고 있었다. 이 행동이 습관처럼 하고 있었다. 왠지 하지 않으면 기분이 찝찝할 정도였다. 이때 작가님의 의도를 파악할 수 있었다.

'아……. 습관. 글 쓰는 습관을 만들어 주시려고 그러셨구나.'

책을 쓰려면 계속 글을 쓰는 습관이 필요했다. 쓰지 않으면 결코 책이 나올 수 없는 진리가 있기 때문이었다. 늘 쓰면서도 이렇게 글을 쓰는 것이 무슨 도움이 될까? 내가 보내는 글에 대해 그 어떤 대답도 돌아오지 않았는데 실력이 향상될까? 의문이 나날이 증폭되다 오프라인 마지막 수업 때 무릎을 '탁' 쳤다.

'의미가 가득 담긴 행동이었네.'

작가가 되기 위한 가장 중요한 것. 매일 매일 글을 써 내려가는 습관을 길러 주기 위한 작가님의 수업이었다. 다행히 이 수업을 통해 매일 밤 책상에 앉게 되었고 글을 써야 잠이 오는 신기한 경험을 하게 되었다.

정말 작가가 될 수 있을까?

　나의 글 쓰는 시간은 새벽 12시로 정했다. 직장인들 누구나 공감하겠지만 칼퇴근을 할 수 있는 날은 많지가 않다. 일찍 퇴근을 하더라도 퇴근 후 한 시간에서 두시간 정도 업무 정리를 해야 사무실에서 나가는 발걸음이 무겁지 않았다. 그렇게 해야, 할 일들이 떠올라 가슴이 답답해지는 현상이 그나마 줄어들었다. 혹시 모를 야근도 대비하고 퇴근 후 집까지의 거리와 귀가 후 씻고 이것저것 일과를 대충 마무리 하고 나면 내게 자유시간이 새벽 12시였다. 그래서 마음이 가장 가볍고 편안했다. 하루의 무게에 눈꺼풀이 감길 때도 있었지만 하고 싶은 것이 생기니 자꾸만 감기는 눈꺼풀을 지탱할 정신력이 강해졌다.

　'유진아, 무슨 글을 쓰고 싶어?'

　식탁 위에 노트북을 올려놓고 나는 내게 물었다. 분명 수업시간에는 쓰고자 했던 글이 무궁무진하게 펼쳐졌는데 본격적으로 글을 쓰기 위한 작업을 시작하려고 보니 머릿속에 여백이 가득한 백도화지 상태였다. 정말 아무런 생각이 떠오르지 않았다. 손끝으로 노트북을 건드릴 엄두가 나지 않았다. 나의 이야기를 쓰고 싶은데 제일 처음 어떤 이야기를 꺼내고 싶은지 그리고 그다음에는 어떤 것, 또 그다음에는 어떤 것을 나타내는 목차를 구성하기가 너무 어려웠다. 그동안 이은대 작가님께서 습관을 키워주시기 위해 매일 제출하라던 일기 형식의 글쓰기 안에는 나의 이야기가 담겨있었다. 나의 글은 앞뒤가 맞지 않았고 시간개념도 없었다. 그저 생각나는 대로 하고 싶은 말을 썼다. 친구가 내 앞에 앉아 있는 것처럼 나의 이야기를 보냈다. 작가님은 나뿐만이 아니라 수업을 들은 학생들의 글을 하루도 빠짐없이 읽어주셨다. 그 글을 통해 작가님은 낯선 나에 대해 파악해주셨다. 그리고 내가 쓰고자 하는 글에 대한 방향을 잡아주셨다. 내가 하고 싶은 것과 쓰고 싶은 이야기에 대해 자유롭게 쓸 수 있도록 안내해주셨다. 목차를 구성하는 것에도 며칠이 소요되었다. 정말 쉬운 것은 이 세상에 존재하지 않았다. 나의 이야기를 잘 담아줄 목차를 완벽하지 않았지만, 정성스레 다듬은 후 본격적인 나의 이야기를 써 내려갔다. 빈 여백을 나의 이야기로 오롯이 채워야 하는 과정에 온몸이 비비꼬였다. 생각하는 것과 그것을 글로 옮기는 과정은 매우 큰 차이가 있다는 것을 온몸으로 체감했다.

　나의 이야기를 진솔하게 작성하기 위해서는 나의 어릴 적부터 떠올려야 했다. 친구들이 내게 과거에 있었던 추억을 이야기하면 나는 하나같이 생각이 나지 않았다. 과거가 없었던 사람처럼 지우개로 지워버린 듯 잘 떠오르지 않았다. 왜냐하면, 나는 살아오면서 과거에 대해 생각을 하지 않았다. 떠올리고 싶지 않았다. 내가 생각했을 때는 나의 과거가 불행했다고 생각했기에 돌아가고 싶은 마음이 없었다. 가끔 떠오를 때마다 다른 생각으로 과거의 기억을 덮어버렸다. 이 행동을 반복하다 보니 정말 과거가 잘 생각이 나지 않았다. 사람은 정말 행동하기 나름이고 생각하기 나름이었다. 그렇게 살아온 내게 다시 과거를 떠올리는 작업은 심리적으로 거부감이 들었다. 막상 생각해보면 어릴 적 무슨 큰일을 겪어 큰 상처가 있는 것도 아닌데도 말이다. 지금 생각해보면 아무 일도 아니었던 사소한 일들에 혼자 상처받았던 것이다. 그 과거에 나는 그 사소한 일을 감당할 수 없었던 나약한 아이였다.

글을 쓰기 위해 내가 태어났던 고향과 어릴 적에 있었던 일들을 하나씩 기억 속에서 꺼내 보려고 노력했다. 나는 어릴 적 어떤 아이였고 어떤 것을 좋아했으며 어떻게 시간을 보냈던 것일까?

생각에 꼬리를 물다 보니 무의식에 있었던 일들이 떠오르기 시작했다.

"와, 생각났어."

나의 어릴 적 추억은 모두 나의 무의식에 덮여있었다. 나 자신에게 집중하다 보니 하나둘 추억들이 떠오르기 시작했다. 나는 그것을 글로 옮겼다. 손끝은 키보드를 건드리고 노트북 속 여백은 나의 이야기들로 한 줄, 한 줄 채워지고 있었다. 이때 느껴지는 희열은 아무도 상상할 수 없을 것이다. 손끝에서 음악 소리가 들리는 듯했다. 나의 하루하루의 마감은 손끝의 음악 소리에 맞춰 정리 되었다.

미뤄두고 꿈으로만 간직했던 작가가 되는 꿈을 더 이상 미루지 않고 해보겠다고 다짐했던 것은 사실은 내가 살기 위한 방법이었다. 아무리 심리 상담을 다녀도 나 자신이 치유되지 않았다. 심리 상담도 정말 전문적인 곳으로 가야되는 이유가 이상 한 곳에 가면 상처를 받아 상담하러 온 내게 더 많은 상처를 주는 곳도 있었다. 나의 심리를 상담해주는 선생님 또한 인간이기에 본인의 편견이 담겨있었다. 그곳 덕분에 심리 상담을 접게 되었다. 심리상담보다 포털 사이트에 속 시원하게 글을 쓰고 소통하는 과정에서 치유되는 기분을 느꼈다. 그 경험은 내가 스스로 나의 정신적 안정을 찾을 수 있겠구나 하는 생각을 들게 해주었다. 흘러가는 시간에 나의 의지만 올려둔다면 마음의 안정은 어려울 게 없었다. 괴로웠던 생각들과 트라우마를 극복하기 위해 한 행동이 내게는 글쓰기였다. 내게 있었던 일을 덤덤히 글로 표현하면서 인정하는 과정이었다. 글을 쓰면서 잊힌 감정이 되살아나 몸살에 걸릴 정도로 힘들기도 했다. 그때 그 감정이 되살아나 많이 울기도 했지만, 마음속의 안개가 걷히는 기분이 들었다. 나의 인생을 회피하는 것이 아닌 하나씩 보듬고 자세히 들여다보는 과정이었다. 글을 쓰면서 나 자신을 내가 안아주는 기분이었다. 나의 안색도 밝아지고 있었다. 나의 꿈인 책을 출간하는 것도 욕심이 났지만, 그것보다는 나 자신에게 집중하는 시간이 행복했다. 그동안 바빠 어디로 향해 달려가는지도 몰랐던 내가 나 자신과 대화하는 시간이 생겼고 진정으로 바라는 미래를 고민할 수 있게 해주었다. 늘 타인의 삶에 비교하며 자신을 채찍질하기에 바빴으나 잘못된 생각이었음을 깨닫게 되었다. 모든 것이 나의 욕심에서 비롯된 것이었다. 시기, 질투 등 생각의 욕심도 글을 쓰면서 저절로 버리는 연습이 되었다. 작가가 되지 않아도 이 과정 자체가 나에게는 깊은 의미로 다가왔다. 이 과정이 행복해서 끝까지 완주하고 싶었다.

무언가 내 생각을 잘 표현하고 싶었지만 내 뜻대로 잘되지 않았다. 잘 쓰다가 멈추어버리기 일쑤였다. 한 시간 동안 멍하니 자리에 앉아있기도 했지만, 멈추었을 때 그냥 계속 멈추어버리면 정말 끝이 나기에 조금씩이라도 행동으로 움직였다. 그렇게 나의 글쓰기는 하루하루 끈을 이어갔다. 그 누구도 내게 말하지 않았다. 내게 재촉하지 않았다. 글은 내가 쓰는 것이었고 나의 의지일 뿐이었다. 인생도 그러한 것 같았다. 나를 대신해 살아주는 사람 없고 무엇을 하라고 재촉하지도, 조언하지도 않았다. 단지 내가 생각해야 하고, 살아가는 것임을 글을 쓰면서 가슴속에 새겼다.

매일 쓴 글은 이은대 작가님에게 보냈다. 혹시라도 내가 하고 싶은 이야기가 처음에 생각한 것과는 다르게 먼 산으로 가지 않도록 늘 읽어주셨다. 이은대 작가님에게 연락이 오지 않는 것이 학생들에게는 좋은 일이었다. 그만큼 쓰고 싶었던 방향으로 잘 표현하고 있다는 뜻이었다. 작가님에게 연락이 오지 않아 그렇게 생각하고 생활하고 있었지만, 마음은 여전히 불안했다.

'이거 제대로 쓰고 있는 것 맞나?'

때론 나의 이야기가 헛소리 같아 보이기도 했다. 내가 느낀 감정들을 상세하게 표현하고 싶었지만 떠오르는 단어가 없었다. 매번 새벽 고요함 속에서 글을 쓰다 보니 다음날 출근을 위해서는 깊은 사색에 잠길 수 없었다. 여백이 나의 이야기로 점점 짙어질수록 나의 고민도 함께 늘어나고 있었다.

고민은 많았지만, 다음날이 되면 어김없이 고민을 곱씹어볼 여력이 없었다. 늘 고민은 해결되지도 않은 채 그대로 머물러 있었다. 아침 9시에 시계의 초침이 멈추면 그때부터 울려대는 전화벨 소리에 사무실은 순식간에 시끌시끌한 현장으로 변했다. 업무 속에 빠져 시간이 흐르는 것도 못 느끼고 있다 보면 주변에서 점심시간임을 알려주었다. 직장인들에게 가장 즐거운 시간은 허기진 배를 채울 수 있는 점심시간이었다.

점심을 먹기 위해 구내식당으로 향했다. 눈앞에는 길게 늘어져 있는 줄이 보였다. 그 사람들 뒤에서 나도 점심을 먹기 위해 기다리고 있었다. 선배 언니와 장난을 치고 있다가 언니가 내게 말했다.

"유진아, 전화 오는 것 같아."

언니의 말에 핸드폰을 들여다보니 요란하게 진동을 치고 있었다.

발신자를 보자마자 순간 겁이 났다.

'어떡해. 드디어 왔네.'

발신자는 김은대 작가님이었다. 진동치는 핸드폰을 보며 짧은 시간에 온갖 갈등을 겪었다.

'받을까? 받지 말까?'

점심 전에 걸려온 전화라서 전화를 받고 나면 밥맛이 뚝 떨어질 것 같은 예감이 들었다.

'혼나더라도 점심은 맛있게 먹고, 꾸중을 들을까? 나중에 다시 전화를 드릴까?'

두 손에 올려진 진동을 울리는 핸드폰을 피하고 싶었다. 작가님에게 어떤 말을 들을지가 상상이 되었다. 올 것이 왔다는 마음으로 심호흡을 짧게 한 후 전화를 받았다.

믿음

"여보세요?"

심호흡을 하고 전화를 받았지만 긴장되는 것을 멈출 수가 없었다.

"네, 유진씨도 잘 지내고 있죠?"

이은대 작가님은 다정하게 안부를 물어봐 주셨다. 일상적인 이야기를 주고
받았다. 통화를 하고 있었지만 얼마나 내게 충격적인 말씀을 하시려고 이렇게
뜸을 들이시는 것 인지란 생각이 들어 괜히 얼굴이 화끈거렸다.

'유진씨는 글을 너무 못 쓴다. 그냥 쓰지 마세요. 접으세요.' 라고 내게 말씀
하시면 어떻게 해야 될지 눈앞이 캄캄해져 왔다. 나는 충격을 덜 받고자 나에
게 가장 충격적인 말들을 떠올리며 걱정하고 있었다. 가장 충격적인 말은 나에
게 글을 쓰지 말라는 것만 아니면 된다고 생각했다.

"유진 씨, 진짜 글 잘 쓰시네요."

나의 예상과는 전혀 다른 작가님의 말씀에 어안이 벙벙했다. 나는 작가님에

게 되물었다.

"제가요? 저요?"

이상했다. 분명 작가님의 전화는 혼내기 위해 울린다고 했는데 내게 칭찬을 해주시니 믿기지 않았다.

"작가님, 저 장유진입니다."

수업들은 학생 중에 동명이인이라도 있는 것인지, 아니면 전화를 잘못 거신 게 아닐까 싶었다.

나의 말을 들은 작가님은 대답하셨다.

"네, 유진씨에게 전화를 한 것이 맞아요."

내게 글을 쓰지 말라며 작가님에게 혼이 제대로 나거나, 나의 글은 쓰레기라는 말을 들을 각오를 하고 있었는데 나의 예상은 완전히 빗나갔다. 나 또한 나의 글에 많은 고민이 있을 때 즈음 생각하지도 않던 작가님의 칭찬에 감사하고 기분이 좋았지만, 글쓰기를 포기하지 않게 격려 차원에서 전화를 주신 것이라는 생각이 들었다. 응원 차원에서 전화를 주신 것이라도 기분이 째질 것 같이 기뻤다. 작가님의 의도가 글쓰기를 포기하지 않는 마음을 심어주는 것이라면 작가님의 의도는 성공한 것이었다. 작가님과의 통화가 끝나자 따뜻해졌다. 통화를 끝내고 나니 길게 늘어서 있던 내 앞의 사람들을 지나 나의 차례가 되었다. 배도 고팠지만, 칭찬을 듣고 먹는 밥이라 그런지 밥을 먹는 내내 실실 웃음이 났다. 밥맛이 그 어느 때보다 좋았다. 사람에게 있어 칭찬은 정말 좋은 선물인 것 같다. 퇴근 후 노트북 앞에 앉아 글을 쓸 시간이 기다려졌다. 그날의 오후 시간은 계속 황홀함에 취해있었다.

수업을 들을 때 작가님이 말씀하셨다. 작가님이 글을 쓰고 가르치는 이유는 개인의 삶이 책이고 개인의 솔직한 이야기들로 인해 다른 사람들이 치유된다는 것이었다. 나 또한 그 말을 간접 경험해보았기에 도전했었다. 나에게도 글쓰기 과정은 큰 용기를 내지 않으면 할 수 없었다. 내게 일어났던 일을 있는 그대로 글로 써 내려가는 것이기에 먼지 하나 묻지 않았다. 이런 나의 진심이 담긴 이야기가 누군가의 상처와 맞닿으면 분명 위로가 될 거라고 믿었다. 나도 책을 통해 위로를 많이 받았으니까 말이다. 인생의 정답을 찾기 위해 수많은 책을 뒤졌지만, 책이란 정답이 적힌 것이 아닌 저자와 소통을 할 수 있는 길이었다. 모든 사람들이 같은 생각과 같은 생활방식으로 살지 못한다. 모두 재각각의 생각을 갖고 살아가지만, 항상 위로가 필요하다. 작은 돌멩이에 걸려 넘어질 때도 있었고 한편으로 지나고 보면 큰일도 아닌데 인생이 끝난 것 같아 아무것도 보이지 않고 가슴 아파 잠을 못 이룬 적도 있다. 그럴 때마다 책은 나를 감싸 안아주었다. 나에게 조언을 해주는 것이 아니라 저자의 삶 이야기를 읽어가면서 공감했고 눈물이 났고 나만의 시련이 아니고 누구나, 그리고 함께 겪을 수 있는 것임을 알았다. 이 시기만 잘 헤쳐 나가면 내 인생에도 언제 그랬냐는 듯 따뜻한 봄이 올 것이란 희망이 생겼다. 나의 이야기도 나와 비슷한 경험과 상처가 있는 그 누군가는 공감하고 위로받을 것이라 믿는다.

  믿음이라는 것은 사랑보다도 중요한 것이라 생각한다. 결혼과 이혼이라는 큰 사건을 겪은 후 정신적인 스트레스로 한동안 많이 힘들었지만, 나의 세상을 바라보는 시야도 넓어졌다. 나의 일이 소외된 계층과 함께 하는 것인데 그동안 이웃을 대할 때 나도 모르는 사이 색안경을 끼고 있지 않았는지? 의문이 들었다. 많은 사정이 있는 이웃들과 함께하면서 일상에서 일어나는 이야기들을 덤덤하게 꺼내고 했던 것들이 이웃에게는 어쩌면 아물지 않은 상처였을 것이다. 나에게도 마음의 상처가 생기면서 누군가의 아픔을 더 깊게 바라볼 수 있었다. 내게도 시련이 다가왔을 때 나의 인생이 송두리째 흔들렸다. 그때 가장 중요했던 것은 내가 어떤 생각을 하고 있느냐는 것이었다. 내가 하는 생각으로 앞으로의 내가 바뀌는 것이었다. 상처로 인해 나약해진 내 마음 때문에 내 인생을 포기했다면 나는 지금 정상적인 생활도 못 했을 것이고 소중한 이웃들을 만나지 못했을 것이다. 상처는 받았지만, 그 상처 또한 나의 것임을 받아드리고 나니 마음이 평온해졌다. 그 상처가 나를 성숙하게 해준 것이다. 가족들이 나를 믿어주는 것처럼 나도 나를 진심으로 믿는다. 나라는 사람이 필요 없는 존재가 아니라는 것을. 그리고 그렇게 되기 위해 앞으로 더욱 최선을 다해 즐겁게 살아가겠다는 것을.

지금의 나는 그리고 나의 주변에서 일어나는 일들은 우연이 아니라 필연이 아닐까?라는 생각을 종종 해왔다. 일어나야 하는 일이 일어난 것만 같았다. 막상 자신을 사랑하는 방법도 모르면서 내가 누구를 진심으로 사랑할 마음의 준비가 되어 있긴 했었을까? 사랑만 갈구했고, 누군가에게 의지하려고만 했다. 준비가 되지 않은 철없던 나였기에 서두른 결혼의 결말이 어찌 보면 당연했다.

사람은 매일매일 실수를 하면서 살아간다. 다만 그 실수를 한 후 반성하고 개선할 의지가 있나, 없나에 따라 방향이 바뀌는 것이다. 나의 이야기를 쓰면서 많이 울었다. 눈물 흘린 만큼 나 자신을 되돌아볼 수 있었다. 또한, 가장 중요한 것도 얻었다. 내가 나를 믿는 것. 나를 행복하게 만들어 주는 것은 그 어떤 이가 아닌 바로 나 자신이 이라는 것을 말이다.

나는 어른들의 말씀을 귀담아듣는 편이었다. 어른들의 말씀은 정말 내게 도움을 주고 싶어서 하는 말일 것이라는 생각이 들었다. 분명 나와는 생각이 다른 주장을 할 때도 있지만, 누군가의 의견을 듣는 것은 어려운 일이 아니었기에 듣고 나름대로 판단해보는 편이었다. 어릴 적에 들었던 말 중에 어른들은 이런 말씀을 많이 하셨다.

"나이가 들수록 시간이 너무 빨리 지나간다."

왠지 그럴 수도 있겠다고 생각했던 것이 나 또한 새해를 맞이하면서 그 말을 몸소 느끼고 있다. 시간이 흐르는 것이 아깝다는 생각이 들었다. 늘 어김없이 연말이 되면 한 것도 없이 빨리 지나간 시간을 탓하느라 바빴다. 이렇게 빨리 지나가는 이 시간을 괴로움, 슬픔, 분노 따위로 보낼 이유를 찾을 수 없었다.

'인생이란 대체 무엇일까? 어떻게 하면 잘사는 것일까?'

텔레비전에서 몇십 억을 벌어들이는 유명한 연예인들의 소식을 자주 접하고 있다. 그들의 화려한 삶이 인생을 잘 사는 것일까? 그들의 삶에 비교한다면 내 삶이 초라하게 느껴졌다. 화려한 조명 아래에서 살아야 후회하지 않을 인생을 보낼 것만 같은 생각에 종종 사로잡힐 때도 있었다. 나와 비슷한 생각을 하는 사람들이 많기에 연예인을 준비하는 사람들이 늘어나고 있는 것이 아닐까? 또한, 나를 초라하게 만드는 사람들은 연예인뿐만이 아니었다. 나의 주변에도 많았다. 주변에서 들려오는 소리에 시기와 질투도 많이 했었다.

"어느 대학을 갔다더라. 어떤 차를 타더라. 어떤 집에서 살더라. 어디로 여행을 갔다더라."

정말 신기하게도 지금은 전혀 부럽지가 않았다. 좀 덤덤해졌다고 해야 될까? 보여 지는 것으로 인생을 잘살고 있다고 판단할 명분이 없었다. 모두가 각자의 관점에 따라 보이는 것이 다를 테니 말이다.

그저 그들의 인생일 뿐이니까. 그들이 행복하다고 말을 한다면 믿어주고 그들의 멋진 삶을 응원해주면 되는 것일 뿐. 또한 나도 내가 좋아하는 일을 찾아 내 갈 길을 가면 되는 것이었다. 지금은 나의 길을 갈 마음의 여유가 생겼다. 글쓰기를 통해 나를 건져낸 기분이었다. 타인을 모방하고 쫓는 삶이 아닌 나의 하루하루에서 삶의 의미를 찾아가며 살고 있다. 삶을 살아가고 있는 우리들은 모두 영향력이 충분한 사람들이다. 나로 인해 다른 사람에게 좋은 것이든, 나쁜 것이든 누군가에게 영향을 줄 수 있는 사람이기 때문이다. 인생은 혼자 살아갈 수 없고 누군가와 반드시 함께해야 된다. 내가 세상을 바라보는 시선과 마음의 그릇이 커질수록 내가 만나게 되는 이웃들과 어떤 것을 소통하며 살아갈 수 있을까? 단 한 사람에게 만이라도 긍정적인 선한 영향을 끼칠 수 있는 사람이 될 수 있다면 그 어떤 것보다 내게는 큰 영광일 것이다. 소소하지만 내 주변에 집중하고 바라보며 세월에 녹는 사람이 되고 싶다. 때로는 실수를 하더라도 그 실수 위에는 더 인간다운 내가 존재하고 있을 테니 말이다.

쉼표와 마침표

영화 속에도, 책 속에도, 음악 속에도, 그림 속에도 모두 사람의 마음이 담겨 있다. 작품 속에 담고 있는 의미는 다 달라도 모두가 삶에 대한 고민이다. 예전에는 뭣도 모르고 그림을 보러 간다며 미술관으로 향했다. 계속 보러 다닌다면 예술과 미술에 대한 조예가 깊어질 수 있을지도 모르겠다. 아무것도 모르는 나도 미술관에 가서 작품을 바라보고 있으면 느낌이 다 다르다. 어떤 형용사로도 설명할 수 없는 감정과 느낌에 휩싸이게 된다. 설명할 수 없는 것을 담아주기에 예술은 존경스럽다. 그래서 발걸음을 멈출 수가 없다. 내 주변에는 수많은 것들이 존재하고 있고 관심을 가지고 마음만 먹는다면 배울 수도 있고 소통할 수 있다. 사실 이런 생각을 하게 된 시점도 얼마 지나지 않았다. 나는 20대 후반에 접어들면서 현실에 물들었다. 주변 타인들의 삶처럼 살아야 할 것 같아 그것에 집중하고 맞추며 살아왔다. 자연스럽게 나의 꿈을 지우고 살았다. 늘 그랬다. 그렇게 하루하루를 일상에 허덕였고 공허한 느낌을 받았다.

모두가 그렇게 살아가는 것 같으니까 나 또한 그렇게만 살면 되겠다는 생각을 했다. 인생의 기준은 항상 변했고 아슬아슬했다. 나만의 것이 없었으니 당연하였다. 나는 인생에 있어서 가장 중요했어야 할 선택에 실수를 범했다. 그것을 인지했고 인정했고 그리고 멈추어버렸다. 그제야 정신이 번쩍 들었다. 누구의 탓을 하기보단 내가 삶을 살아가는 데 있어 미숙했었다. 한동안의 두통과 가슴앓이로 지쳐있던 나에게는 휴식이 절실히 필요했다. 하지만 나는 현실 범위 안에서 휴식을 취할 수밖에 없는 직장인이었다. 평일 속에 조금씩 끼어 있는 휴식이라는 틈에 숨을 쉬면서 지냈다. 그것만이라도 감사했다.

시련에 움츠리고 아팠던 시간 속에서 벗어나지 못할 것 같았는데 어느새 시간은 훌쩍 지나가 있었다.

나는 인문학책을 많이 읽었고 좋아한다. 나의 책꽂이에 꽂혀있는 책들의 제목들을 보고 있으면 하나같이 나를 찾고자 노력했던 흔적들이 보였다. 슬픈데 이유를 모르는 것이었다. 내 감정을 내가 읽을 수가 없었다. 그래서 인문학책들을 많이 읽었고 책을 읽는 순간에는 무엇인가 위로를 받았고, 삶의 방향성이 눈앞에 보였다. 하지만 늘 그때뿐이었다. 나의 일상은 변하지 않았고 똑같이 흘러갔다. 그런데 지금은 변했고 다르게 흘러가고 있다. 사람의 인생이란 정말 알 수가 없다. 어떻게 흘러가게 될지 아무도 모르는 것 같다. 늘 새벽마다 나는 글을 쓰고 있고 나 자신을 알아가는 시간을 보내고 있다. 무엇이든 작심삼일로 끝내기만 하던 내가 꾸준히 무엇인가를 하는 것이 놀라웠다.

인생에 있어 죽으란 법이 없다는 말처럼 아무리 힘들어도 다시 살아가게 되는 것 같다. 내가 어떤 마음을 가지고 어떤 생각을 하면서 살아가느냐에 따라 내 인생의 만족도가 뒤바뀌었다. 요즘에는 정말 행복하다. 나 자신을 있는 그대로 받아들이고 있다. 그러기 위해 연습도 하고 있고 노력도 하며 지내고 있다. 글쓰기 수업에서 만난 새로운 인연들과 미래의 꿈을 위해 서슴없이 이야기 나누는 것도 즐겁다. 나의 하루하루에 의미가 생겼고 삶에 대한 의욕도 생겼다. 가슴속에 꿈을 가지고 살아야 사람은 살 맛이 나는 것 같다. 아무리 작은 꿈과 목표더라도 작은 것들을 성취하며 살아간다면 그 작은 것들이 모이고 모여서 내 인생이 되어있을 테니 말이다. 또한, 그 속에서 쉼표와 마침표의 적절한 조화가 반드시 필요하다. 쉬어야 할 땐 나를 위해 쉬어주고 끝내야 할 땐 과감히 끝내고 다시 시작하는 용기가 필요하다.

나는 새해부터 다시 잘해보자고 자신을 응원하는 차원으로 선물을 주었다. 그것을 위해 손꼽아 기다리고 있던 날들이었다. 선물은 바로 여행이었다. 나의 여행지로 선택된 곳은 일본 후쿠오카라는 도시였다. 2박 3일간의 자유여행이었다. 오랜만의 여행이었다. 기다리고 기다렸던 여행인 만큼 후쿠오카 여행은 최고였다. 여행 가는 사람들이 많이 늘어나는 이유를 비행기를 타고 창밖을 보는 순간 짐작할 수 있었다. 하늘에 비행기가 떠오르고 창밖 아래를 내려다보는 순간, 그동안의 근심 걱정이 사라졌다. 우리가 살고 있는 곳은 평온해 보이기만 했다. 그 어떤 고통도 전혀 없을 것처럼 보였다. 분명 공기는 땅에 더 많이 있는데 하늘에 떠 있는 것보다 땅으로 내려갈수록 숨쉬기가 벅찼었는지……

얼마나 많은 사람들이 비행기 창가에 앉아 저 아래를 바라보았을까?

어떤 생각을 했을까?

어떤 마음이었을까?

어떤 것을 내려놓았을까?

비행기 속 안의 나는 그동안 왜 스트레스를 받았는지의 이유를 찾을 수 없었다. 창가를 통해 보이는 풍경들은 이런저런 생각들에 잠기게 해주었고 금세 평온해졌다. 아무리 바빠도 여행은 한 번씩은 다니는 사람들의 마음을 알 것 같앉고 그 이유에 공감했다. 그동안은 내가 바라보게 되는 현실이 오로지 나의 세상이 되었고, 그 세상에 상처받고 괴로워했지만 한결 떨어져서 보니 아무 일이 아니었다. 나와 함께 여행길에 올랐던 많은 사람들의 표정이 다들 밝아 보였다. 비행기가 이륙한 지 한 시간도 지나지 않아 후쿠오카 도시에 도착했다. 여행의 목적은 그 도시의 사람들은 일상생활을 어떻게 하는지가 궁금했었다. 왠지 다른 나라 사람이기에 삶의 방식이 다를 것 같았다. 직접 보고 느끼고 싶었다.

2박 3일간 걸어서 후쿠오카의 중심지를 휘젓고 다녔다. 걸어 다녔기에 잘못 들어선 길도 있었지만 잘못 들었음에도 색다른 풍경을 만날 수 있었고 잘못 들어섰기에 다른 길을 찾을 수 있었다. 그런 여행의 재미가 쏠쏠했다. 여행 날짜가 주말이었기에 휴일을 즐기고 있는 일본사람들을 만날 수 있었다. 도서관에서의 모습, 박물관 속 모습, 길거리에서의 모습, 백화점에서의 모습, 카페에 앉아있는 사람들을 볼 수 있었다. 아침, 저녁으로 신사에 들려 기도를 하고 집으로 돌아가는 문화만 조금 다를 뿐 생활방식이 비슷했다. 사람들의 욕구가 비슷하기에 사람 사는 곳은 다 비슷하겠다고 생각은 당연히 했었지만, 실제로 내가 보지 못했기에 그 생각에 체감은 할 수 없었다. 하지만 직접 보고 난 후 체감했다. 오호리 공원이라는 곳에 유명한 카페가 있어서 들렀다. 카페에 앉으니 저녁 7시 18분이었다. 늘상 보던 풍경이었지만 또 다른 시선으로 느껴졌다. 그곳의 카페는 창밖을 나란히 볼 수 있는 구조였다. 카페에 앉아있던 손님들은 다들 창밖 오호리 호수를 바라보며 생각에 잠겨있었다. 그 모습이 아름다웠다.

'전쟁 같은 거 없이 모두가 어느 나라에 있더라도 행복하고 즐겁게 살았으면…….' 하는 생각이 스쳤다. 그런 생각을 하면서 카페에 머물고 있던 사람들을 바라보았다. 나뿐만이 아니라 모두가 소중하게 느껴졌다. 이곳에 있는 자체에 감사했고 소중해졌다. 여행을 통해 작은 것에 비유하는 것이 아니라 큰 것을 바라보는 마음의 여유 공간을 확보해서 돌아온 것 같았다.

나는 어떤 생각에 잠기게 되면 그것에 대한 답을 스스로 내리지 못하면 불안해졌다. 항상 답을 쥐고 있어야 안심이 되는 사람이었다. 결혼이라는 것도 내 인생 30대의 답이었다. 답이라 믿었던 결혼으로 나는 엉망이 되었다. 그 후 더 큰 불안감이 찾아왔고 눈앞이 캄캄해졌었다. 사람의 기분도 밑바닥까지 내려가면 더는 내려갈 곳이 없어서 다시 올라오듯이 인생도 그런 것 같았다. 이혼 후 지옥이 따로 없었다. 괴로운 마음에 매일 지쳐갔고 현실을 받아들이기가 어려웠다. 하지만 내가 살고자 한 나의 선택이었다. 나의 가족들이 불안함과 걱정스러운 눈빛으로 나를 바라볼 때마다 죄송스러웠기에 나는 반드시 감정을 추스르고 일어서야만 했다. 절대 나의 선택에 후회해서가 아니었다. 이렇게 되어버린 상황에 좌절감이 들었던 것뿐이었다. 아무도 내게 탓하지 않았다. 가족들은 나를 재촉하지 않았고 내 곁에 있어 주었다. 앞으로의 내 삶이 어떻게 흘러갈지는 모르겠다. 하지만 확실한 것은 타인에게 피해를 끼치지 않는 선에서 즐겁게 살아갈 것이다.

내가 가장 좋아하는 명언 중에 이런 말이 있다.

"어떤 역경이든 그 역경에 걸맞은 번영의 씨앗이 있다."

학창시절부터 불안할 때마다 중얼거리며 입에 달고 살았던 말이다. 나에게 번영의 씨앗은 자이언트 스쿨이다. 그 씨앗을 얻어와서 내 텃밭에 심었고 나는 매일같이 가꾸어 나가고 있다. 내 텃밭이 앞으로 얼마나 많이 성장하고 다양하게 가꾸어질지 기대가 된다. 잘 가꾸어서 많은 열매를 주변 이웃들과 나누며 살아가고 싶다. 지금까지 늘 보이지 않는 미래를 걱정하면서 아까운 시간만 허비했다.

글을 쓴다는 것은 지금에 집중하고 있어서 좋다. 글을 쓰는 행위는 자신과 소통하기 딱 좋은 방법이었다. 모든 것은 때가 있는 듯 그동안 미루었던 꿈을 다시 잡기 위한 용기가 신의 한 수였다. 삐뚤어진 내 마음을 바로잡을 수 있었다. 실패를 통해서 사람들은 깨달음을 얻는다. 실패는 성공의 어머니라는 말이 있듯이 말이다. 이혼했다고 해서 삶이 실패했다는 것이 아닌 것을 알고 있다. 이혼은 나의 선택사항에 불과했다. 상상했던 행복한 나만의 가정을 이루지는 못했지만 지금 그 어느 때보다 의욕에 넘쳐 행복하게 생활하고 있다. 진정한 자유와 그 속에서 꿈이 많았던 생기 넘쳤던 예전의 나로 돌아온 것 같다.

인생을 거창하게 생각하면 한 도 없이 거창할 것이고 간단하게 생각하면 정말 간단하다. 인생은 생각하기 나름이고 그 생각을 원동력 삼아 밀고 나아가면 되는 것이다.

미래를 움켜쥐려고 애쓰기보다는 지금에 집중해서 행복한 것을 하면서 살아간다면 분명 미래에는 내가 웃고 있을 것 같다. 인생이라는 정글 속에서 언제 어떤 것이 불쑥 튀어나올지 모르고 살아가고 있지만, 나만의 길에 적당한 휴식을 적당히 조화시키면서 살아갈 것이다.

먼 훗날 세상을 떠날 때 나는 어떤 말을 마지막으로 하게 될까?

이렇게 말하고 싶다.

"잘 살았다. 장유진."

나는 언제나 나의 선택을 응원한다.

마치는 글

요즘 우리 사회에는 이혼이라는 단어가 쉽게 그리고 아주 흔하게 들린다. 텔레비전에서도 연예인들은 이혼 소식을 직접 알리기까지 한다. 그 덕분이라고 해야 될까? 이혼에 대한 시선이 요즘에는 그렇게 나쁜 편견이 아니라 개인의 선택으로 존중해주는 분위기이다.

요즘에는 종종 이런 생각을 한다.

'이혼을 개인의 선택으로 생각해주는 분위기가 조금이라도 형성된 이 시대에 태어나서 다행이다.'

왜 이런 생각을 하냐고?

내 인생에는 없을 것이라 장담했었고, 꿈에서도 상상하지 않았던 이혼을 내가 선택하게 될 줄을 전혀 몰랐다. 나에게 결혼이란 안정적인 가정을 만들고 평범하게 알콩달콩 살아가기 위한 제2의 인생이었다.

나는 매우 천진난만했다. 결혼하고 나면 내가 원하던 것을 얻을 수 있을 것이라 믿었다.

　안정, 사랑, 행복……

　모든 것이 술술 풀리고 남편과 함께 백년해로까지 할 수 있을 것만 같았다. 어떤 어려움이 와도 잘 극복할 수 있을 것이라고 생각했다. 내게 결혼을 선택하지 않아야 할 이유가 없었다. 결혼식장에서 신부들이 한 번씩은 뭉클함에 눈물을 훔치고 한다던데, 나는 생글생글 웃기만 했었다.

　'나도 드디어 결혼을 했구나. 이제 행복만 남았어!' 라는 상상으로 가득한 채.

　내게 행복만을 가져다줄 것이라 믿은 결혼이라는 달콤함의 유효기간은 4개월뿐이었다. 남들은 1년 내내 행복하다는 신혼생활인데 나의 신혼생활은 순식간에 지옥이 되어버렸다. 남편만을 믿고 바라보고 했던 결혼이었기에 경제적인 문제이거나 시댁과의 갈등이라면 최선을 다해 극복하기 위해 노력을 했을 것이다. 내게 다가온 그 현실적 충격은 남편의 외도 사건이었다.

　'모르는 게 약이다'는 말처럼 차라리 몰랐다면 좋았을 것 같다. 하지만 여자들의 감각 중 가장 발달한 것이 바로 '촉'일 것이다. 이 촉이라는 것 때문에 자꾸만 무엇인가가 나의 신경을 거슬리게 만드는데 확실한 증거가 없으니, 남편과 시댁에 나는 점점 예민한 여자, 의심이 많은 여자로 비치고 있었다. 그러다가 상간녀의 연락으로 그동안 혼자 두통에 괴로워하고 힘들었던 모든 것이 나의 잘못된 의심이 아니었던 것을 확인할 수 있었다.

　그 사실을 알고 남편을 보자 온몸에 소름이 끼쳤다. 하지만 결혼한 지 4개월밖에 되지 않았는데, 반대하는 결혼을 설득해서 한 것이기에 쉽게 판단이 서지 않았다.

　'나만 현명하게 판단한다 면 모두가 평온하게 이 위기를 넘어갈 수 있어.' 라고 생각했다.

내게 현명하게 판단이라는 것이 용서였다. 하지만 용서를 한 당사자인 나는 하루하루 두통과 불안함, 절망감, 배신감에 우울증까지 시달려야 했다. 모든 것은 용서한 나의 몫으로 돌아왔다.

말할 곳이 필요했고 도움이 필요했다. 나는 익명이 보장된 인터넷 소통 창구를 사용했다. 그곳에 하소연하기 시작했다. 그곳에는 나와 비슷한 고민을 가진 사람들이 상당히 많았고 고통을 호소하고 있었다.

우리는 모두 행복하기 위해서 결혼을 선택했는데 왜 고통을 호소하고 있는 것일까? 대부분 괴로움에 호소하는 분들은 배우자의 외도를 알고 난 후부터였다. 자녀들이 있으면 그 고통은 두 세배일 것이다. 배우자의 외도는 정신적 살인이나 다름없었다. 모두가 힘들어했고 분노했으며 어떻게 살아가야 될지 막막하다고 길을 잃었다고 했다. 나 또한 그들과 다를 게 없었다.

일상 생활에 지장이 올만큼 정신적으로 괴로웠으며, 신체적으로 무기력했고, 배신감과 불안감 등으로 우울해졌고 어찌해야 될지 막막했다. 하지만 비슷한 일을 겪은 사람들과 소통하면서 숨은 쉴 수 있을 것 같았다. 이 방법, 저 방법 써가며 극복하려던 찰나 또다시 남편의 외도가 발생했다.

믿을 수 없었다. 남편이란 사람의 정신세계가 궁금해졌다. 대체 내게 왜 이러는 건지 이유를 알 수 없었다. 끝까지 남편의 말을 믿어주기 위해 변명인 것 같아도 나 스스로 합리화하며 넘어갔던 것들을 더 이상은 할 이유가 없었다. 더 이상 그와 함께할 수가 없었다. 괴로움 속에 고통을 호소하며 살고 싶지 않았다. 그래서 나는 이혼을 선택했다.

법원을 나서고 보니 허무함이 몰려들었다. 이혼은 내가 선택했지만, 용서를 했을 때도, 이혼을 선택했을 때도 가장 아픈 것은 나 자신이었다. 꿈에서도 상상 못 한 이혼한 여자가 되어있었다.

위로라는 것은 누군가가 진실하게 공감을 충분히 해줄 수 있을 때 받을 수 있다. 우리 사회가 아직도 이혼에 대한 편견을 다 버리지는 않은 것 같다. 그래서 많은 사람들이 이혼 후 숨기기도 하고 굳이 말을 하지 않기도 한다. 어떻게 하든 개인의 자유이다. 사람은 누구나 실수를 하면서 살아간다. 자신을 구속하지 않길 바란다. 또한, 자신의 행복을 지킬 수 있는 사람도 오로지 자기 자신뿐이라는 것을 알아주었으면 한다.

나의 경험담을 통해 이 책을 읽고 있는 누군가도 위로받길 진심으로 바란다.

그 누구도 자신을 대신할 수 없고, 자신을 이끌 사람은 오로지 자신뿐인 것을 잊지 않길 바란다.

- 모든 이의 선택을 존중하고 응원하며

p. s.

소중한 내 가족들, 내 친구들 사랑하고 고마워. 우리 많이 웃으며 살자.